伝承文学を学ぶ

小川直之・大石泰夫
服部比呂美・飯倉義之　編

清文堂

伝承文学を学ぶ

目次

装幀／寺村隆史

凡　例

一、「伝承文学」の視点に基づいて第1講から第26講までの個別テーマを設け、それぞれに具体例をあげて解説を付した。

一、取り上げた具体例は、各講とも奈良時代以降の記載文芸から現代の口承文芸まで、通時的に同類の内容のものを取り上げて配列した。

一、収録した記載文芸については、作品の章段全体ではなく、各講のテーマに沿った内容をもつ部分のみを抄出している場合が多い。前略、後略という表記は付していない。

一、収録した記載文芸・口承文芸は、明らかな誤字は訂正し、漢字は新漢字に改めたが、仮名遣いは旧かな遣いのままとし、適宜句読点などを補った作品もある。表現は出典に示した書冊の原文に従った。

一、各講の解説については四名の編者が分担執筆し、各講の末尾に執筆者名を記した。

一、巻末にはこの書を起点にさらに掘り下げができるように口承文芸を中心とする基本文献リストを付した。このリスト作成は飯倉義之が担当した。

一、本書の制作にあたっては、野村純一・大島廣志・花部英雄編『日本伝承文学』（平成八年一月、おうふう）を参考にした。

総　論　「伝承文学」とは何か

「伝承文学」研究とはどのような学問領域か。これを大まかに説くならば、非文字の領域で創造され継承せられてきた文芸の営為と、それを持ち伝えてきた人々の生活文化を明らかにすることを通じて、文字として記載されてきた文芸を読み直し、文学および文化をより深く理解していく文学研究／民俗学研究だと言えるだろう。さらに簡潔にまとめれば、書かれなかった文学（声の文学）から、書かれた文学（文字の文学）を読み直す、問い直すことを通じて、文学や文化を理解する学問領域ともいえる。

「伝承文学」という表記と概念は、すでに柳田國男が大正十五年（一九二六）の「東北文学の研究」で、「文字以前の文学」「文字以外の文学」の意味に使い、折口信夫は昭和十年（一九三五）の「伝承文芸論」で、口頭で伝承されてきた文芸を「伝承文芸」としている。こうした来歴をもつ伝承文学の研究は、日本における民俗学の成立・進展を受けて確立・展開してきた。柳田國男は、「民間伝承」としての庶民文化を対象とする新たな学問領域の樹立をめざし、折口信夫も「生活の古典」という名辞で言語や行為、感性などによる伝承文化を捉え、民俗学に基づく古代からの文化・文学研究を行っている。

柳田、折口とも明治・大正・昭和という「近代」の、現実の社会や文化の変化を見つめながら、柳田は民間伝承からの庶民史の叙述に意を注ぎ、折口は変化のなかに通底する文化原理を求めていったといえるが、本書が扱う「伝承文学」は民俗学がいう「口承文芸」と密接な関係をもつ。口承文芸というのは、口伝えである「口承」、つまり非文字の「声の文芸」であり、昭和五十二年（一九七七）には日本口承文芸学会が設立され、独自の学問領域ともなっている。

今いう口承文芸の研究を積極的に進めた柳田は、これを「言語芸術」や「昔の国語教育」などとも言い換えたが、その対象として真っ先に置いたのは、新しい言葉を作り出す「命名・新語」の領域で、次には喩えや発語の技術としての「なぞ・ことわざ・舌もじり」、さらにことばの呪術性や言霊信仰と関連する「唱えごと」、呪いことばにも関連する「民謡・童唄」、職能者により広められた「語り物文芸」について触れ、最後に口承による散文の物語である「民間説話」を示している。この「民間説話」が、現在では一般語になった「民話」である。

伝承文学はこうした領域を内包するのであるが、これの対極に存在し、対比・対照が必要となる文字による文学との関係でいえば、なかでも密接な関係をもつのが民間説話の領域である。民間説話はその性質により「昔話・伝説・世間話」の三つに分類される。昔話は時間と場所を特定しないフィクション、ファンタジーの物語として語り、聴くものである。たとえば桃から子供が生まれたり、動物が口をきいたりなどの世界がある。そうした昔話の語りは、語り始めと語り納めに定型句が定められ、伝聞調の語尾で語られるなど、現実の発話と区別される形式的な語り口をとる。伝説は歴史上の過去にその土地で起きたとされる出来事と、その結果としての事物の由来を伝える物語である。その土地では過去の事実として信じられているが、歴史学が明らかにする史実とは異なるものである。世間話は話し手・聴き手に身近な同時代に本当に起きたとされる奇事異聞の噂話である。現代においては学校の怪談や都市伝説もこの世間話に属する。

口承文芸研究は民間説話、とりわけ昔話を中心として展開してきた。柳田に師事した関敬吾は『日本昔話大成』を編み、昔話をストーリーのパターンで分類し整理する「話型研究」の方法を確立した。関の話型索引編纂に関わった野村純一は、昔話の伝承のありようや語り手への視座を提唱して昔話研究を発展させた。

伝承文学の方法として重要なのは、物語の発想のパターン、すなわち「話型」が時代を超えて受け継がれるという視座である。時の経過の中で受け継がれる「話型」は文化の最深部において持続し、私たちのものの考え方や感じ方に影響を与え続けているのみならず、時を経て新たな物語としてよみがえる。このことは本書の、奈良時代から江戸時代までの文字による記載文芸からのテキストと、現代の口承文芸を中心としたテキストの対比・対照からも読み取れる。奈良・平安時代の信仰や感性は、物語の中に潜行、底流して、現在に受け継がれているともいえる。このような時代を通じて持続する文芸と文化の潮流を具体的に考える素材を編み、提示したのが本書である。

（飯倉　義之）

第一章　人間と動物の物語

『稲荷妻の草子』より、「いなりつまと狐」
（江戸時代中期、國學院大學図書館蔵）

第1講　異類婚姻・蛇聟入

『古事記』中巻　崇神天皇条の「美和の大物主」（三輪山伝説）

この意富多多泥古《おほたたねこ》といふ人を、神の子と知れる所以《ゆゑ》は、上にいへる活玉依《いくたまより》毘売、それ顔好かりき。ここに壮夫《をとこ》ありて、その形姿威儀《かたちよそほひ》時に比《たぐひ》無きが、夜半《さよなか》の時にたちまち来たり。かれ相感《め》でて共婚《まぐはひ》して、住めるほどに、いまだ幾何《いくだ》もあらねば、その美人《をとめ》姙《はら》みぬ。

ここに父母、その姙《はら》める事を怪みて、その女に問ひて曰はく、「汝《いまし》はおのづから姙《はら》めり。夫《ひこぢ》無きにいかにかも姙《はら》める」と問ひしかば、答へて曰はく、「麗《うるは》しき壮夫《をとこ》の、その名も知らぬが、夕《よ》ごとに来りて住めるほどに、おのづからに姙《はら》みぬ」といひき。ここを以ちてその父母、その人を知らむと欲《おも》ひて、その女に誨《をし》へつらくは、「赤土《はに》を床の辺に散らし、巻子《へそ》（閉蘇）紡麻《を》を針に貫《ぬ》きて、その衣の襴《すそ》に刺せ」と誨《をし》へき。かれ教へしが如して、旦時《あした》に見れば、針をつけたる麻《を》は、戸の鉤穴《かぎあな》より控《ひ》き通りて出で、ただ遺《のこ》れる麻《を》は、三勾《みわ》のみなりき。

ここにすなはち鉤穴より出でし状《さま》を知りて、糸のまにまに尋ね行きしかば、美和山に至りて、神の社に留まりき。かれその神の御子なりとは知りぬ。かれその麻《を》の三勾《みわ》遺《のこ》れるによりて、其地《そこ》に名づけて美和《みわ》といふなり。この意富多多泥古の命は、神《みわ》の君、鴨の君が祖なり。

出典

武田祐吉訳注『古事記』(角川文庫、昭和四十三年五月刊〈二十八版〉)による。

『平家物語』巻第八の「緒環(苧環)」

豊後《ブンゴノ》国は、刑部《ギャウブ》卿三位《ざんみ》頼資《ヨリすけノ》卿の国なりけり。子息《シソク》頼経《ヨリツネの》朝臣を代官《ダイクワン》におかれたり。京より頼経のもとへ、「平家は神明《シンメイ》にもはなたれたてまつり、君にも捨られまゐらせて、帝都《テイト》を出《い》で、浪のうへにたゞよふ落人《(おち)うと》となれり。しかるを鎮西《チンぜイ》の者どもがうけとッてもてなすなるこそ奇怪《キックワイ》なれ。当《タウ》国においては、したがふべからず。一味《ミ》同心して追出《ツイシュツ》すべき」よし、の給ひつかはされたりければ、頼経《ヨリツネの》朝臣、是を当《タウ》国の住人緒方《ヲカタの》三郎維義《コレヨシ》に下知《げチ》す。

彼維義《カノコレヨシ》は、おそろしきものの末なりけり。たとへば豊後《ブンゴノ》国の片山里《カタヤマザト》に、昔をんなありけり。或《アル》人のひとりむすめ、夫《ヲット》もなかりけるがもとへ、母にもしらせず、男よな〳〵かよふ程に、とし月もかさなる程に、身もたゞならずなりぬ。母是《これ》をあやしむで、「汝がもとへかよふ者は何者ぞ」ととへば、「くるをば見れども、帰るをば知らず」とぞ言ひける。「さらば、男の帰らむとき、しるしを付《つけ》て、ゆかむ方をつないで見よ」とをしへければ、むすめ、母のをしへにしたがッて、朝帰《アサガヘリ》する男の、水色《ミズイロ》の狩衣《カリギヌ》を着たりけるに、狩衣《カリギヌ》の頸《クビ》かみに針《ハリ》をさし、しづのをだまきといふものをつけて、へてゆくかたをつないでゆけば、豊後《ブンゴノ》国にとッても日向《ヒウガ》ざかひ、うばだけといふ嵩《ダケ》のすそ、大《おほき》なる岩屋《イハや》のうちへぞつなぎ入《い》れたる。をんな、岩屋のくちにたゝずんで聞けば、おほきなるこゑしてによびけり。「わらはこそ是《これ》まで尋《たづね》参《(まい)》りたれ、見参《げんざん》せむ」と言ひければ、「我は是《これ》、人のすがたにはあらず。汝すがたを見ては、肝《キモ》たましひも身にそふまじきなり。とう〳〵帰れ。汝《ナンヂ》がはらめる子は男子なるべし。弓矢・打物とッて、九州・二島《じタウ》にならぶ者もあるまじきぞ」とぞ言ひける。女重《かさね》て申けるは、「たとひいかなるすがたにてもあれ、此日来《このひごろ》のよしみ、何とてかわするべき。互にすがたをも見もし、見えむ」と言はれて、「さらば」とて岩屋の内より、臥《フシ》だけは五六尺《シャク》、跡枕《アトマクラ》へは十四五丈もあるらむとおぼゆる大蛇《ジャ》にて、動揺《ドウヨウ》してこそは出《いで》たれ。狩衣《カリギヌ》のくびかみにさすとおもひつる針《ハリ》は、すなはち大蛇ののぶえにこそさいたりけれ。女《をんな》是を見て、肝《キモ》たましひも身にそはず。ひき具《(ぐ)》したりける所従《ショジウ》十余《ヨ》人、たふれふためき、をめきさけむでにげさりぬ。女帰ッて程なく産《サン》をしたれば、男子にてぞありける。母方《ハヽカタ》の祖父《ヲヽヂ》太《だい》大夫、そだてゝみむとてそだてたれば、いまだ十歳にもみたざるに、せいおほきにかほながく、たけたかゝりけり。七歳にて元服《ゲンプク》せさせ、母方《ハヽカタ》の祖父《おほぢ》を太大夫と言ふ間《あいだ》、是《これ》をば大太《だいた》とこそつけたりけれ。夏も冬も手足《テアシ》におほきなるあかゞりひまなくわれければ、あかゞり大太とぞ言はれける。件《クダン》の大蛇《ジャ》は、日向国《ヒウガノ》にあがめられ給へる高知尾《タカチヲ》の明神《みやうジン》の神体也《タイなり》。此緒方《このヲカタ》の三郎は、あかゞり大太には、五代の孫《ソン》なり。かゝるおそろしき物の末なりければ、国司《シ》の仰《ヲホセ》を院宣《インゼン》と号《カウ》して、九州・二島《タウ》にめぐらしぶみをしければ、しかるべき兵ども、維義《コレヨシ》に随《したが》ひつく。

出典

梶原正昭・山下宏明校注『平家物語』下（新日本古典文学大系45、岩波書店、平成五年十月刊）による。

新潟県長岡市吹谷の昔話「蛇聟入」

あったってや。

あるどこいない。娘ん子がひとり、あったてや。その娘の子が、器量が良うて、あんまり器量がいいんだんが、家

の衆が、

「こんげん器量がようなって、よかった」

って、いって、喜んでたって。

ほしたらない。その娘んどこい、どこからかだか、いい男が、その娘んどこい忍んで来るようんなったって。いつの間にやら、忍んで来るようんなったって。ほうして、親が気が付かないでいると思っていたら、親のことだんだんがない。子供のことは、いつも心配しているがだんだんが。そいで、つぁんげのいい男が来て、

「あれは、じょうや、魔物に違いないが、なんとかいうて聞かせんばならん」

と思うて、そいで、

「こら、こら、うなどこい、だれか来るようだが、どこのおっこ（男）だや」

って、そういうて聞いたってや。ほうしたら、

「そんげの人なんて来ねい」

って、ほうしたら、そういうって。

「いや、来てるはずだがない。なんだか夜中に音がするようだが、うなんどこい、どっか、ひとが来るだがねいか」

って、そういうたって。

「いや、知らねい。いや知らねい」

って。

「いや、俺、ゆんべな、よう見てたが、うなんどこい、なんだか魔物らしい、人間らしゅうねい男が来るようだが、隠していんな」

って。

「隠してなん、いねいがだいしい」

って、そういったって。

「いや、来てる。いや、おらよう見たが、あの来るが見たが、うな、たらかさいて（たぶらかされて）いるがでねいか」

「おら、たらかさいてなんかいねいしい。心配しねいたっていいしい」

って、そういったって。

「そいだどもない。おら、うなが可愛いでいうがだすけいで、うな、そんな隠さんで、よう聞かせねいや」

「おら、隠しなんいねいし」

って、そういうども、親は心配して、

「いや、うな隠しているがだ。うなんどこいかな、人間でねい。魔物のようだが気付けれい。うな、そいじゃ、今夜来たら魔物だか人間だか、おら、いうごとがそんな疑っているようだら、あの縫物針をない、裾に縫い付けておいてみれ。ほいで、背中の縫い目を、こう撫でてみれ。縫い目のねいのは、魔物だすけいね。うな、おらにたらかさいたと思うたら、うな、そんげいに隠すようだら、まあ、うな、そんげいに隠すようだら、まあ、うな、それしてみれ。そいで、縫物針を二針か三針、こう、縫い付けて戻せ」

って、そういうて、かっか聞かしたってや。

ほうしたらの、その娘ん子も心配になったやら、なんだやら、縫物針を隠しておいたら、また、

「夜中の十二時、丑三つ時にない、その時期に来ることに違いねいすけいにない。ない。そん時、来たらない、背中ん縫い目をさすってみれ。こう、縫い目があれば人間だし、縫い目がねいば、やっぱし魔物んだど。うな、裾い針を縫い付けて戻せ」

って。そう、いうておいたってや。

そうしたら、おっかのうなったやら、なんだやら、娘ん子が隠して、縫物針を枕ん下い入れといたら、やっぱし、

夜中に来たってや。

ほうして、来たんだんが、いつもと同じに、

「よう、来てくらした」

そういうて、大事にしておいて、そっと判らん間に、着物の裾い針を縫い付けて戻したってや。ほうした、そん時、その縫物針刺したら、なんだかこったい声出してない、キャーツていうたってや。そうして、思いさもねい、飛び出して逃げて行ったたってや。ほうしたら、かっかも聞かしておいたども、おっかのうて震え上ったたってや。

ほうして、次の朝げんなって、起きて、門い出てみたらない、血を垂らし行ったたってや。そうして、その血ぃ垂らし行ったがの通うで行って、ほして、行ってみたら、ごうぎの洞穴ん中い入って、オン、オン、っていって、唸っていたってや。ほして、唸っているんだんが、そこい行って、耳すまして聞いていたら、

「ほら、みれ、馬鹿奴。おら、あんげいんよう聞かしておくがんに、人間なんか構うんだねいって、あんなん、よう聞かしておくがんに、うな、いうこと聞かねんだんが罰が当たってそうだ。そいだすけいに、おら、人間なんか構うなって、あんげいによう聞かしておくがんに、うな、なんだって人間になんいそぎ(懸想)したい。馬鹿だない。人間になんいそぎしんなって、あんげによう聞かしておくがんに、んな、聞かねいんだんが」

って。そういうたら、そうしたらない、その子がない、

「んな、そんげんいうたっていいよし、おら、子を残して来たすけいに、心配ねいよし。そんげにお前なんてに意見しらいることもねい。おらだっても、もう、子供残して来たすけいに心配いらねい」

って、そういうてたってや。

ほうしたら、その魔物のかっかがない、

「人間でてや、利口のんで、五月の節供の菖蒲で湯い入れば、んな、子を残して来たなんてったって、その子がみんな下ってしもうて、んな、子を残して来たって、みんなその子が砕けてしもうんだすけい、そんげんこといったっ

て、人間ては、菖蒲湯い入って、んな子なて残らねいようんなってしもう。んな、馬鹿したこてや」

って、そういうたって。

それを聞いて来て、家い来て、早速、戻りしまに菖蒲と蓬を取って来て、そいでせい風呂たって入れたってや。そうしたら、それがみんな下って、そうして、その下ったが蛇の子だっけや。そうして、

「そらみれだあすけい、今度ぁ、人間になん二度と構うんじゃねいで」

って、いわぃたってや。

そんで、その、五月節供ってや、そういうんのいわれだって。

いっちご・さっけい。鍋ん下、ガイガイガイ。臼ん下、スッコンコン。

出典
野村純一編『定本関澤幸右衛門昔話集―「イエ」を巡る日本の昔話記録―』（瑞木書房、平成十九年二月刊）の「〔増補改訂〕吹谷松兵衛昔話集」による。

解説　異類婚姻・蛇聟入

異類婚姻譚の動物

日本の昔話には、動物が登場する物語が多くある。その中でも人間が動物など人間以外の生き物と結婚する異類婚姻譚をみていくと、蛇や猿、犬、蛙、蟹などが男性となって人間の女性と結婚する場合と、逆に狐や鶴、蛇、蛙、蛤、魚が女性となって男性と結婚する場合とがある。

このような異類婚姻譚には、結婚する異類が植物や神霊的存在の場合もあるが、生き物の場合は、それが人間の男や女に化身したり、生き物のままで、あたかも人間であるかのような振る舞いをして人間と結婚したりしている。人間と結婚する生き物は、人間界のなかで同居していたり、人間界と隣接していても棲息地が異なったりしているが、いずれも身近にいる生き物である。しかし、一つ一つの物語の内容は、人間と結婚はしても、その生き物の描かれ方やあり方は異なっている。もっとも大きな問題は、どうして人間は架空の物語であっても生き物などとの結婚を想像したのかということである。伝承文学を学ぶ一つの課題にして欲しい。

大神神社（奈良県桜井市）
この神社は三輪山が御神体であり、神社には神が宿る本殿はない

蛇聟入

第1講で取り上げたのは蛇と人間の女性の結婚で、蛇が聟となるので「蛇聟入」と命名されている。この物語は、すでに『古事記』中つ巻「崇神天皇」に「美和の大物主」（三輪山伝説）として記されている。奈良県桜井市の三輪山を御神体にする大神《おおみわ》神社の物語で、和銅五年（七一二）の『古事記』の時代には、すでに蛇聟入の物語があったのがわかる。文献で主なものを見ていくと、『平家物語』巻第八の「緒《お》環《だまき》（苧環）」にもこれがあるし、「昔語り」などといって家の囲炉裏端で語られていた「昔話」としても全国各地に伝承されてきた。いわば千年を超えて日本列島に伝承されてきた物語といえる。

こうした蛇が人間の女性と結婚する物語は、日本だけではなく古いものでは中国唐代の『宣室志《せんしつし》』、朝鮮三国時代の『三国遺事』にもある。『古事記』のこの物語は『日本書紀』にもあって古くから存在するが、記紀が起源ということはできず、ある意図をもって記紀に取り込まれた物語と考えるのが妥当である。

ここには『古事記』の「美和の大物主」の主要部分、『平家物語』巻第八の緒方三郎の物語、そして昔話としては、新潟県長岡市に伝えられている蛇聟入譚を収めた。

蛇聟入の「昔話」には、蛇が男に化身して女のもとに通って結婚する型と、水田に水を引き込む代償として娘が蛇の嫁になるという型に大別できる。今までの研究では前者を「苧環《おだまき》型」、後者を「水乞型」と命名して区別してきた。伝承文学なかでも昔話研究は、内容の類別化を行うことで物語の全体像を捉えていくことから始まる。

水乞型というのは、蛇を水の神あるいは水の霊とする信仰がもとにあり、この蛇の力で干上がった田に水を引き込むことができ、その代わりに家の三人娘のうちの末娘を蛇の嫁に出すという内容である。しかし、この物語では末娘は池で瓢箪を蛇に沈めさせ、さらに針千本を投げ込んで蛇を殺すという結末をもっている。

苧環型の蛇聟入

第1講に収めたのはいずれも苧環型の蛇聟入譚である。「苧環」というのは、「苧」から分かるように紡いだ麻糸を玉のように丸めたもののことである。物語では、夜になると女のもとを訪ねてくる男の正体を知るために、男の衣服に針で麻糸を結びつけ、これを辿って男の住むところに行き着き、男が蛇であることを知るという内容になっている。男に化身して訪ねてくるのが夜であるのは、夜が神霊の時間だからであり、また、男の正体の蛇が住む場所は、『古事記』では三輪山であり、『平家物語』では姥嶽の岩屋の内というように、人間界ではないのが特徴である。

こうした苧環型の蛇聟入譚には、人間の女との間に子どもが生まれる場合と、孕んだのが蛇の子どもであることを知り、女はその子どもを堕ろす場合とがある。前者はずば抜けた力を持つ者の誕生を説明する英雄譚となっているのに対し、後者は五月の端午節供に行われる菖蒲湯とか、三月の上巳節供に行う海での禊ぎといえる浜降りの説明となっている。菖蒲を入れた風呂に入ったり、浜降りして潮を浴びたりすることで孕んだ蛇の子どもが流れ出ていくという内容である。

ここにある『古事記』では、列島に蔓延する疫病を終息させた三輪山の「意富多多泥古」が強い力を持つのは「神の子」、つまり三輪山の神である蛇の子孫だから、『平家物語』では、平家を追討した緒方三郎維義が強い力をもつのは「おそろしきものの末」、つまり大蛇の男と人間の女の間に生まれた子どもの末裔だからとなっている。

苧環型には、このように人間としてのヒューマニズムから蛇の子どもは生まれないタイプ、普通の人間を超える力をもつことの由縁を説明するために尋常ではない出自としてのタイプの二つがある。

（小川　直之）

参考文献

関敬吾『昔話と笑話』岩崎美術社　昭和四十一年八月刊

臼田甚五郎『屁ひり爺その他・昔話叙説Ⅱ』桜楓社　昭和四十七年五月刊

第2講　異類婚姻・狐女房

『日本霊異記』上巻　第二「狐を妻《め》として子を生ましむる縁《ことのもと》」

昔欽明《きむめい》天皇是《こ》れ磯《し》城嶋金刺宮《きしまのかなさしのみや》に国《くにを》食しし天皇《すめらみこと》天国押開広庭命《あめくにおしはらきひろにはのみこと》なりの御世《みよ》に、三乃国大乃郡《みののくにおほののこほり》の人、好《よ》き嬢《をみな》を妻《め》覓《まぎ》せむとして路《みち》に乗りて行く。時に曠《ひろ》き野の中に姝《よ》き女《をみな》に遇《あ》ふ。其《そ》の女壮《をとこ》に媚《こ》び馴《なつ》く。壮睇《めかりう》ちて言《い》はく「何《なに》すれぞ行く雅《よ》き嬢」といふ。女《をみな》答へていはく「能《よ》き壮《をとこ》を覓《ま》がむとして行く女《をみな》なり」といふ。壮また語りて言はく「我《わ》が妻《つま》と成らむや」といふ。女《をみな》答へて言はく「聴《ゆる》さむ」といふ。すなはち家に将《ゐ》て、交通《とつ》ぎて相住《す》む。比頃《このころ》懐任《はら》みて一《ひとり》の男子《をのこご》を生む。時に其の家の犬も十二月《しはす》の十五日に子を生む。彼《そ》の犬の子、家室《いへのとじ》に向《むか》ふごとに期剋《いのご》ひ睚眥《にら》み嗥吠《ほ》ゆ。家室脅《おび》え惶《おそ》り、家長《いへぎみ》に告げて言はく「此の犬を打ち殺せ」といふ。患《うれ》へ告ぐといへどもなほ殺さず。二月三月《きさらぎやよひ》の頃《ころほひ》に、年米《ねんまい》を設《まう》けて舂《つ》く。時に其の家室、稲舂女《いなつきめ》等《ら》に間食《けんじき》を充《あ》てむとして碓屋《からうすや》に入《い》る。すなはち彼の犬の子、家室を咋《く》はむとして追《お》ひ吠《ほ》ゆ。すなはち驚き譟《さわ》き恐《お》ぢ、野干《きつね》に成り、籬《まがき》の上に登りて居る。家長《いへぎみ》見て言はく「汝《なむぢ》と我《わ》れとの中に子を相生《う》むが故に、吾《わ》れは汝を忘れじ。毎《つね》に来りて相寐《ね》よ」といふ。故《このゆゑ》に夫《をひと》の語《ことば》に随《したが》ひて来て寐《ね》き。故に名《な》づけて支都禰《きつね》と為《い》ふなり。時に彼《そ》の妻《め》紅《くれなゐ》の襴染《すそぞめ》の裳《も》を著《き》て今の桃花裳《つきも》なり窈窕《さ》び、裳《も》を襴引《すそび》きて逝《い》ぬ。夫《をひと》去《い》ぬる容《すがた》を視《み》て、恋ひ歌ひて曰《い》はく「こひはみなわがうへにおちぬたまかぎるはろかにみえていにしこゆゑに」といふ。故《このゆゑ》に其の相生《う》ましむる子を、名《な》づけて岐都禰《きつね》と号《い》ふ。また其の子の姓《かばね》、狐直《きつねのあたひ》を負《お》ふなり。是《こ》の人強《つよ》き力多《あまた》有り。走ること疾《はや》くして鳥の飛ぶが如《ごと》し。三乃国《みののくに》の狐直《きつねのあたひ》等《ら》の根本《もと》是れなり。

出典
出雲路修校注『日本霊異記』（新日本古典文学大系30　岩波書店、平成八年十二月刊）による。

竹田出雲作「芦屋道満大内鑑」の「第四　保名住家の段」
葛の葉が我が子に自らの正体を告げて信太の森に去る場面

妻《つま》は衣服《いふく》を。改《あらため》てしほ〳〵と奥より出。ふしたる童子《どうじ》をいだき上ゲ。乳《ち》ぶさをふくめだきしめていはんとすれどせぐりくる。涙《なみだ》は声にさきだちてしばらく。むせび入リけるが。

「はづかしやあさましや年シ月キつゝみしかひもなく。おのれと本性《ほんしやう》をあらはして妻子《つまこ》の縁《ゑん》を是切リに。わかれねばならぬ品になる。父御《ちゝご》にかくといひたいが互《たがい》にかほを合ハせては。身の上ヱかたるもおもてぶせ。御ン身ねみゝによく覚ヱ父御《ちゝご》にかくとつたへてたべ。我レは誠《まこと》は人間《にんげん》ならず。六ク年ンいぜん信太《しのだ》にて悪右衛門に狩《かり》出され。しぬる命《いのち》を保《やす》名《な》殿にたすけられ。ふたゝび花《はな》さくらんぎくの千ンねんちかき狐《きつね》ぞや。あまつさへ我レ故《ゆへ》に数《す》ケ所《しよ》の疵《きづ》を受ケ給ひ。生害《しやうがい》せんとし給ひし命《いのち》の恩《をん》を報《ほう》ぜんと。葛《くず》の葉《は》姫《ひめ》のすがたと変《へん》じ。疵をかいほう自害《じがい》をとゞめいたはり付キそふ其内に。むすぶいもせのあいぢやくしん夫婦のかたらひなせしより。夫《おつと》の大じさ大ィせつさぐちなるちくしやうざんがいは。人間《にんげん》よりは百クばいぞや。ことにおことをもうけしより右《みぎ》と。左《ひだり》につまと子と。だいて寝《ね》る夜のむつごともゆふべのとこを限《かぎ》りぞと。しらず野干《やかん》の通力《つうりき》もいとしかはいにうせけるか。今わかるゝとて父《ちゝ》ごぜのわざでもなく。元《もと》より名をかりすがたをかりし葛《くず》の葉殿。恩《をん》はあれ共（ども）うらみはなし。庄司《しやうじ》殿御夫婦をまことのぢい様ばゞ様。葛の葉殿をしんじつの母《はゝ》と思ふてしたしまば。さのみにくふもおぼすまじわるあがきをふつつとやめ。手《て》ならひ学文《がくもん》せいだしてさすがは父の子ほどあり。器用者《きようもの》とほめられよ。何をさせても埒《らち》あかぬ道理《どうり》よきつねの子じやものと。人にわらはれそしられて。母が名迄も呼出《よび》すな。常〻《つねぐ》父《ちゝ》ごぜの虫けらの命を取ル。ろくな者には成ルまいとたゞかりそめのおしかりも。母《はゝ》が狐《きつね》の本性《ほんしやう》を受《うけ》ついだるかあさましやと。胸《むね》に釘《くぎ》はりさすごとく。なんぼう悲《かな》しかりつるに。成人《せいじん》の後迄《まで》も小鳥一ト虫一トつ。無益《むやく》の殺生《せつしやう》ばしすなゑ必〻《かならず〳〵》わかるゝ共。母はそなたのかげ身にそひ。行ク末《すへ》長ガく守《まも》るべしとはいふ物のふりすてゝ。是が何とかへられふなごりおしやいとをしや。はなれがたなやこちよれ」とだき上《あげ》。だき付キだきし。めて思はずわつと泣《なく》声に。保名《やすな》一ト間を走出《はしりいで》「しさいは聞ィたり何故《ゆへ》に。童子《どうじ》をすてゝやるべき」と呼《よば》はる声に庄司《しやうじ》夫婦。葛《くず》の葉もまろび出《いで》「はなちはやらじ」と取付ケば。いだきし童子《どうじ》をはたと捨《すて》かたちは。きへてうせにける。

庄司目をしばたゝき。「ヱ、扠《さて》夢《ゆめ》計《ばかり》かくと知《しつ》たらば。ふか〳〵尋《たづね》こず共仕《し》やうもやうもあるべきに。むざんのしだいを見ることや」と。夫婦がくやめば葛の葉も手持《てもち》ぶさたに見へけるが。

「ア、そふじや何はともあれかくもあれ。みづからが姿《すがた》と成リみづからが名をなのり。うんでもらひしこの坊《ぼん》は取リもなをさぬ我ガ子也。とゝ様かゝ様おまへがたのためにも。真実《しんじつ》の孫じやと思ふてくださんせ。コレ坊稚《ぼんち》今から此母が身にかへていとしがる。今迄のかゝ様のやうに。かゝ様〳〵としなつこしう頼《たのむ》ぞや。ヲ、よい子や」とだき給へば。乳《ちゝ》をさがして「いや〳〵〳〵。此かゝ様はそでない」と膝《ひざ》をはいおり見まはして。「かゝ様。〳〵」と呼《よび》さけべば。保名《やすな》たへかね大声《おほごゑ》上ゲ「たとへ野干《やかん》の身なり共。物の哀《あはれ》をしればこそ五年ン六年ン付キまとひ。命《いのち》の恩《をん》を報《ほう》ぜずやいはんや子迄《まで》もうけし中。狐《きつね》を妻《つま》に持ッたりと笑《わら》ふ人はわらひもせよ。我レはちつともはづかしからず。別《わか》るゝ共あいたいにて互《たがい》にがてんの其うへは。うせもせよきへもせよ此まゝにてはいつ迄も。はなちはやらじャア葛《くず》の葉《は》。童子《どうじ》が母よ女房よ」とあいの襖《ふすま》を引キ明クれば。向《むか》ふの障子《しやうじ》に一ッ首《しゆ》の歌。恋しくは。尋ネきてみよいづみなる。しのだの森《もり》のうらみくずのは。

「ハア扠《さて》は一ッ首《しゆ》のかたみを残し。つれなふもかへりしな我レになごりは残らず共。童子《どうじ》はふびんに思はずか」と。おくにかけ入ﾘ表《をもて》に出《(いで)》狂気《きやうき》のごとくかけめぐれば。童子《どうじ》も父《ちゝ》の跡《あと》に付ｷ「かゝ様どこへいかしやつた。かゝ様なふ」とかつぱとふし。声をはかりに足《あし》ずりし身をもだへ歎《なげ》くにぞ。庄司《しやうじ》夫婦葛《くず》の葉も。共に哀《あわれ》にとりみだし前後《ぜんご》。ふかくに歎《なげ》かるゝ。
庄司《しやうじ》歎きをとゞめんと思ひ「ャァ保名ふかく也。狐《きつね》計《(ばかり)》が葛の葉で我ｶﾞ娘は葛の葉ならずや。殊《こと》に残《のこ》せし一ｯ首《しゆ》の歌。恋《こい》しくは尋《たづね》きてみよと読《よん》だれば。いつでも信太《しのだ》へさへ行ｹ出合《(いであ)》ﾌにうたがひなし。ヱ、みれんさん〴〵ひけうしごく」といさむる所へ。

出典

角田一郎・内山美樹子校注『竹田出雲・並木宗輔　浄瑠璃集』（新日本古典文学大系93　岩波書店、平成三年三月刊）による。

新潟県佐渡市畑野町の昔話「狐女房」

あれは、昔の安倍保名という侍がおってさ。そいで、狐を、狐だ。信太の森の話があるさ、その信太の森というとこにさ、昔、狐がりをしたもんだ。ところが、その子供のある狐が、侍が来て山を追うて、鉄砲だか弓だか知らんけどな、殺されるのは、せつねぇだとも、逃げてあるいたわけだ。ところが、安倍保名という侍が自分の袴の裾入れて隠したっていう。それで保名は、たまになって狐狩りをするって言うたのに、お目付は狐を助けたっつうんで、安倍保名は、ふちばなりっていうて、今で言やぁ、侍の昔は禄っていうもらったもんだが、それがもらえんようになってさ。そいでいなかへ入って寺子屋という。先生だな、やっとったとこへ、狐が化けて来て、そいて、子供をその狐が生んだっていう。そういう話だ。しめぇに、その安倍保名の狐が生んだ子は安倍晴明という名になってのう、八卦おきになるんだ。殿様のとこへ入って八卦ってもんおいてな。禄をもろうて、侍の家に奉公するようになるんだ。だから、安倍保名は自分のその子のために、狐はその子が三つ頃まで、ひとつ（一緒）におっんだけども、つい昼寝をしたとこに、自分の生んだ子が目を覚ました時に自分も一緒に寝とったのんか、子供のほうで目を覚まして見たところ、狐に化けとったわけだ。狐になっとったわけだ。だから、

「お母さん、こわいよ。お母さんこわい。」

と言って泣いた。目がさめて、

「おら、これ悪かった。子供にみつけられたんでは、ここにおれんさけん。」

て言うので、信太の森というところへ消えてったというんだ。そん時に、夕べになって、安倍保名が帰ってくると、子供は泣いとったもんだから、

「どこ行った。」

って聞いたら、

「お母さん、どこ行ったかわからん。」

て言うて。見たら、障子に、

《恋しくば訪ね来い信太の木の葉の下におる。》

という文句を書いて、行ったたっての。そいでその保名という侍は、葛の葉という娘といいなづけであったらしいの。その狐が葛の葉に化けて来たわけだ。姉さんに化けて。そいだ、信太の森で助けたその狐だったわけだ。だから、信太の森へ来いっちゅうもんだから子供を連れて、行ったわけだ。

「俺、一人で暮らせん。」

保名か狐に言うたところ、狐が、紅晶の玉って狐がよう持っとるなぁ。紅晶の玉っう、

「これやるから、これを子供にやっとけさ。そうすれば、泣きもせん、育つけさぇ、やってくれ。」っつうて、子供にやっといたって。そいで、その子が、大きゅうなって、何も学問も何もないが、世の中で不思議なことがあると、その保名の子が、言うてかいた（聞かせた）もんや。どこそこに何があるとか、つうなったとか。あるいは、まだ見付からん時には、そこへ聞くと、そりゃ、どこへ行けばあるとか。あの人は病気になっとるけれども、あの人の病気はどこそこの何とかに隠してあるんだから、それを掘りおこせばできること言うもんだから、いずれ不思議だっちゅうもんで、そのどういう訳で、そういうことを知るっていうわけを調べたらしいだけどな。何も、その悪いというのねぇせんだから、めずらしい人ができたもんだちゅうので、八卦おきが、殿様が、「俺のとこにも、そういう者を易学の学者を置けば、俺のとこで不思議なことがあってもいいから、俺んとこへ来い。」

ていうことになってさ。禄をもろうて、侍のまぁまぁの位についたっつうわけだ。

（畑野・岩井六蔵氏の語り）

出典

國學院大學民俗文学研究会『傳承文藝　第二十号　新潟県佐渡郡畑野町昔話集』（平成十三年八月刊）による。

解説　異類婚姻・狐女房

狐と人間の生活

人間が動物と結婚する物語は前講の「蛇聟入」で説明した通りで、動物が聟になったり、嫁になったりしている。犬などの動物と人間との交流は出土遺物から縄文時代からあることが知られていて、人間は動物とともに生きてきたといえる。ここに人間と動物との交流文化の歴史があるが、この交流文化には人間と動物との親和性と忌避性の二面が存在している。人間と動物との結婚は、いうまでもなく両者の親和性がもとになっている。

狐と人間の関係をみていくと、物語としては狐が人間に化身しての結婚とか、狐が幻想世界を出現させて人間を騙すなどいくつもがある。狐には瞞着性がつきまとうが、他方では稲荷神の「つかわしめ」という神性も与えられている。人間を騙す狐はトリッキーな存在であるとともに、狐の霊が人間に取り憑く「狐憑き」とか、「玉藻前《たまもまえ》」に化ける恐ろしく悪しきものとしての「九尾の狐」などさまざまな面がある。

狐女房

狐が女に化けて人間と結婚する「狐女房」は、平安時代の弘仁十三年（八二二）頃に成立した『日本霊異記』（『日本国現報善悪霊異記』）上巻の第二に「狐を妻として子を生ましむる縁」として記されている。ここには架空の場と設定された「三乃国大乃郡」の男が「曠き野の中」で「媚び馴く」という妖艶な女に出会って結婚する。女の正体は狐で、それは飼い犬によって曝かれるが、子どもをもうけた狐に対して男は忌避するどころか招き寄せて愛し、「紅の襴染の裳」を着せて看取っている。そして、狐の女との間に生まれた子どもは並外れた力と能力をもち、「狐直」という一族のもとになったという。それは狐の霊異に担保され、異類婚姻譚の結末として始祖物語の一つになっている。

口承の物語である昔話の「狐女房」には、従来の研究で男の女房は狐のみの一人女房型と人間の女房もいる二人女房型があり、前者は青森県から鹿児島県までの広範囲に、後者は東北地方から近畿・四国地方で伝承が確認されている。いずれも人間の男が狐を難から救うことで女房となる。一人女房型では生まれた男児が昼寝している時に母に尻尾があることで正体が露見し、母は「恋しくば訪ね来てみよ・・・」という歌を残して去っていく。この歌は説経・古浄瑠璃「信田妻（信太妻）」にもあって、説経語りからの影響が考えられる。二人女房型の場合は、狐の女房と人間の女房との間に葛藤があり、どちらか一方が残る。しかし、最後には狐の女房が男のもとを去って行く。

物語の結末は、狐の女房との間に生まれた子どもが父と一緒に狐が棲む森を訪ねて乳や呪宝をもらったり、『日本霊異記』と同じように子どもが後に偉人や何かの始祖となったりするほか、去った狐が田植を手伝いに来て男は長者になるという物語もある。

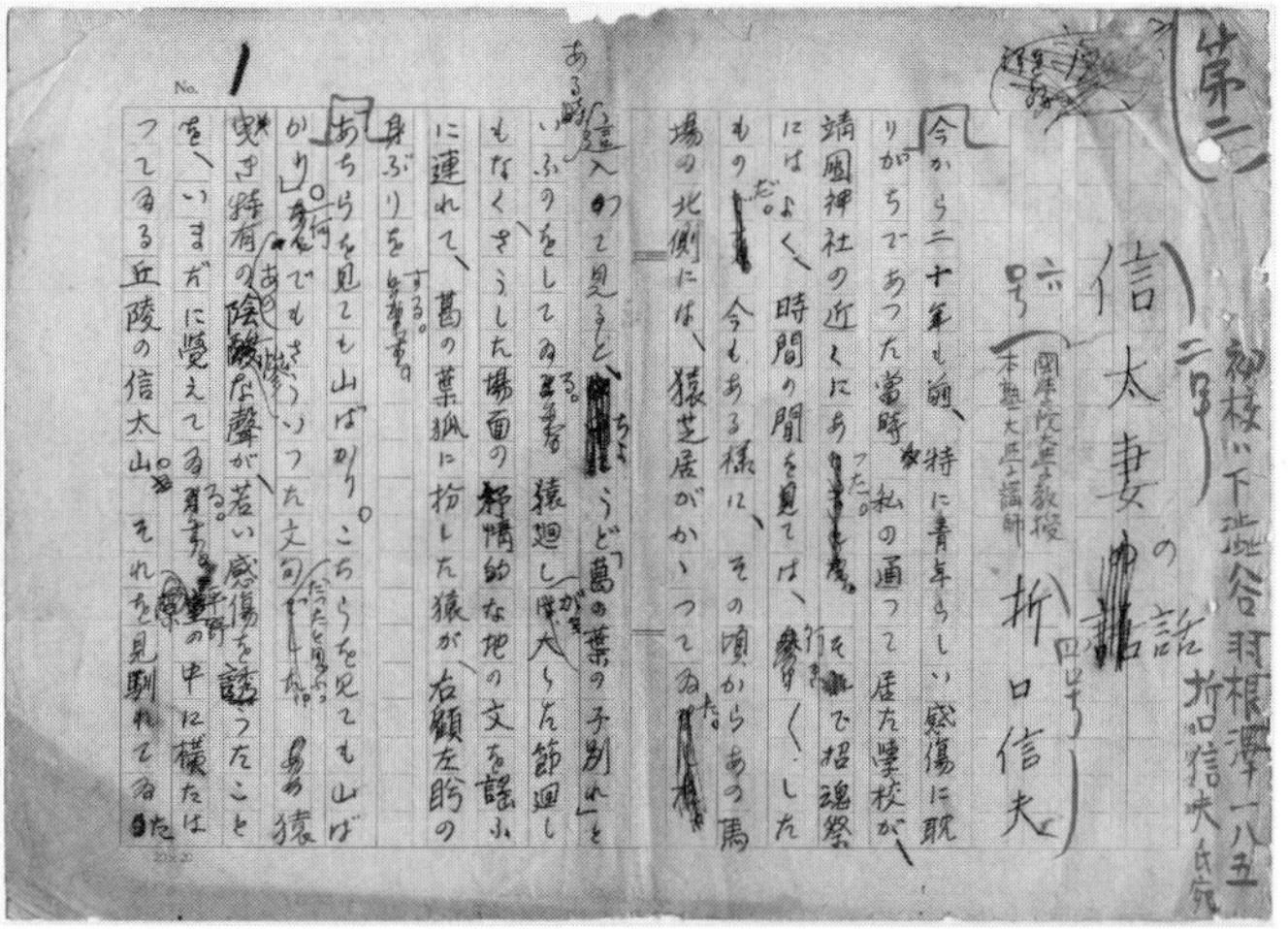

折口信夫「信太妻の話」原稿（直筆を含む）
（國學院大學折口博士記念古代研究所蔵）

説経・古浄瑠璃「信田妻」から演劇世界へ

正体を知られた狐女房は、産んだ子どもを残して夫のもとを去って行く。その哀愁は『日本霊異記』の狐女房では、狐の女房は夫のもとで看取られて逝き、その時に夫は恋歌をうたうという物語に仕立てさせている。これは口承の物語が早くに文芸化されたことを表わしているのであり、このことは説経・古浄瑠璃「信田妻」にもいえる。後の説経節は中世末に盛んになる語りものの芸能で、庶民の間にひろがり、江戸時代には三味線の伴奏が附き、また操り人形と組み合わせた芸能にもなっている。古くは「説教」とも書かれたが「説経」と表記するのは、仏教の唱導から生まれてきたからである。折口信夫はこうした文芸に「唱導文学」という名辞を与えている。説経節の演目は「刈萱《かるかや》」「俊徳丸」「小栗判官」「山椒大夫」「梵天国」を五説経と称し、代表的な曲だったといわれているが、江戸時代半ばには「刈萱」「山椒大夫」「愛護若」「信田妻」「梅若」が五説経となっている。

説経節は庶民の芸能として演目には流行廃《はやりすた》りがあったのがうか

がえるが、「信田妻」は親しまれたことから他の芸能にもこの物語は取り込まれている。義太夫以前の古浄瑠璃に延宝二年（一六七四）刊の『しのだづまつりきつね付あべノ清明出生』があり、狐が産んだ子どもが陰陽師の安倍清明として描かれている。さらに享保十九年（一七三四）に大坂の竹本座で初演された竹田出雲作の『芦屋道満大内鑑』では、物語のなかにこの「信田妻」が取り込まれ、安倍保名と信太の森の狐の間に生まれたのが清明となっている。「葛の葉子別れの段」がそれで、文楽・人形浄瑠璃や歌舞伎では母が子どもと別れて信太の森に帰る場面がハイライトとなっていて、「恋しくば　たづねて来て見よ　和泉なる　信太の森の　うらみ葛の葉」の歌が人口に膾炙していく。

狐女房の物語は茨城県龍ケ崎市の女化《おなばけ》神社（稲荷）の狐にもあるが、芸能の世界も含めて狐女房の研究をいち早く行ったのが折口信夫で、大正十三年（一九二四）には長文の論文「信太妻の話」を発表している。

（小川　直之）

参考文献

折口信夫「信太妻の話」大正十三年刊（『折口信夫全集』2　中央公論社　平成七年三月刊）
関敬吾「昔話の歴史」『関敬吾著作集』2所収　同朋舎出版　昭和五十七年二月刊

第二章　動物世界の物語

ウス ガ オチテ キテ、
サル ヲ
オシツケマシタ。
コガニ ガ
サル ノ
クビ ヲ
ハサミキリマシタ。

文部省編・刊『尋常小学国語読本』巻一
「猿蟹合戦」（大正７年１月刊）より

第3講　猿蟹合戦（動物の葛藤）

赤本　猿蟹合戦

子供の昔話に曰く、大猿竜宮より帰りに、水中にてことのほか漆にかぶれ、外科を頼みけ〔る〕。

（医師）「この痛みは、膏薬《こうやく》もよけれども、蟹の味噌にしくはなし、と伝授する。内薬は、まず荆防敗毒散《けいほうはいどくさん》にいたそう。この痛みには桃と栗はまずいらぬもの、桃栗三年柿八年と申すから、毒忌《どくい》みが第一〳〵」

倅《せがれ》猿平、親の痛みにつけんと、蟹の味噌を求むる所に、ここに沢辺《さわべ》の蟹蔵《かにぞう》、柿の木に登り取らんとすれども、思うようにならず。猿、このていを見て、われら取りてまいらせん、と木に登り、したたかに食らい、渋柿を蟹の甲羅に打ちつける。蟹、はなはだ痛み苦しむ所を、思いのままに味噌を取りて帰りける。

（猿平）「われが味噌を取って、おらがとっ様の薬にするわ、こたえろ〳〵。悉皆《しつかい》、姉川新四郎が生肝《いきぎも》取りの型じゃ」

（蟹蔵）「のう痛や、これは何とめさるとの」

（蟹八）「親人がさぞ柿を大ぶん取って待っていられよう。どうぞこの籠に一杯あればよいが」

蟹蔵痛み耐えがたく、なじみの立臼《たてうす》、庖丁、くらげなどを呼びて曰く、「我このていにては、もはやかない難し。空しくなりての後、倅に力を添え、仇《かたき》を討って給《た》べ」とこま〴〵遺言して、ついに沢辺の泡とぞ消えにける。

（蟹蔵）「倅はまだ弱輩者《じゃくはいもの》、力を添えて給べ。かえす〴〵も頼みてしとはこれさ」

（庖丁）「われ〳〵かくてあるからは、少しも気遣いし給う〔な〕。やがて仇は討たせますぞ」

（くらげ）「さぞ御無念でござろう。惣体《そうたい》あの猿めはふさ〳〵しい面《つら》つきな奴、やがてぶっちめましょう」

それより、倅蟹八、くらげを力とし、父の仇《あだ》を狙いける。猿平（注・正しくは猿蔵）、漆負け快気して、馬《むま》に乗り通る。

蟹八、葦子《よしご》の中より横這いして、猿に向かい、鋏を怒らかしてかかる。

（蟹八）「珍しや猿蔵、親の仇《かたき》、やらぬぞ」

（猿蔵）「こうした所は真鳥兼道《まとりかねみち》のやつしか。何としてかなわぬ事だ」

くらげは、あるに甲斐なき助太刀《すけだち》ながら、飛びかかる所を、供猿ども、やにわにくらげを取って伏せ、筋骨《すじほね》を抜く。

（供猿）「くらげとは海の月と書く。その如く筋骨を抜いて海へぶち込んでこまそ。おらが旦那を狙おうとは、さて〳〵太印な奴らだ」

蟹八、かくては猿に□（ヨメズ）〳〵かなわじと合点《がてん》して、ふと思いつき、この上は西国に赴き、秦《はた》の武文《たけぶん》を頼みに来たる。

（武文蟹）「気遣い召されな。それがし、謀《はか》り事をもって猿を亡ぼし、仇《かたき》を討たせましょう。まず、ゆる〳〵この所に逗留してとくと談合召され、はてさて御親父《しんぶ》はいとしい事じゃ」

（蟹八）「猿めは人間に等しき手足、中々私ていの力となって仇を討たせて下されませ。ひとえに頼みまするぞ」

蟹八、武文《たけぶん》方に逗留の内、娘お文と馴れ染め、偕老同穴《かいろうどうけつ》のかたらいをなし、末の松山と契る。

（武文蟹）「娘があつか〳〵あしやる。これは相応な事じゃ」

（お文）「お前のここへござんした時から、わしはたんと思惑じゃわいな」

（蟹八）「そもじのいつわりならぬ心底《しんてい》、かたじけのうござる」

猿のかたにも油断なく、蟹が軍評定《いくさひょうじょう》すると聞き、山門の親方、見猿、聞か猿、言わ猿の方へ飛脚を立てる。

（三猿）「山門の猿どもを加勢に遣わして、蟹めを即時に踏みつぶさん。この段、罷《まか》り帰って、早々申すべし」

猿蟹、大合戦となりしが、またも蟹のかた、うち負けて敗軍する。

（猿）「えん〳〵わい、片端《かたはじ》ひっかいてこまそ。あれ〳〵豆蟹めらが逃げるわ〳〵」

（蟹）「残念ながら、この場はひとまず敗軍して、謀《はか》り事をもって、重ねて本望達しましょう」

蟹八、手だてをもって猿に降参して、「この上は先生と仰ぐべし」と「ちか〴〵に招き申さん」と言う。

（猿蔵）「なんと、この猿が仕打我折《がお》ったか、すさまじかろうがや。疾《と》うからそう謝ればよいに。何ぞ珍しいもてなしするなら、慈悲のために行てこまそう。それとも徒歩《かち》ではいやよ」

（蟹八）「にわかに思いつきました。西の宮の半平《はんぺん》で四方《よも》の赤をあげましょう」

猿蔵、蟹八かたへ招《よ》ばれ、お文が弾き語り、長五郎髪梳《かみす》きを聞いて、そろ〳〵あじな心になり、気色《けしき》どり口説きかける。

（お文）「男心の思いやる、顔と顔との鏡山、とは、お前さんの事じゃわいな。ほんにいとしらしいおかたではあるぞ」

（猿蔵）「いやもう、てんと、そもじの事ならしんぞ命をあげ巻《まき》の助印に、十わりと上《のぼ》り詰めたるわれらが心。いや、蟹殿〳〵□（ムシ）らも、かほど食べ申し、ああ喉がかわく、囲炉裏の端《はた》へ寄って、お文女郎《じょろ》と二人茶を煎じて食べよう。洒落て貴様は気を通しな」

（蟹八）「こちの若先生の御気に入佐山と□（カスレ）。この上は御心まかせに従い申せ。合点《がてん》か〳〵。さあ〳〵御あがりませ。中□（カスレ）の袱紗《ふくさ》味噌で鯛の吸物が付きました」

かくとも知らで、猿、囲炉裏へ寄りければ、時分はよしと、卵、はっちりとはねて、猿の金玉へ当たる。こは悲しやとて、糠味噌桶へかかる所を、庖丁、まな箸、ぐすと貫く。ここかしこより、熊ん蜂と滑《なめ》ら蛇巻きついて、刺す。さらば逃げ帰らんとするに、手杵《てぎね》、猿の頭をしたたかに打つ。荒布《あらめ》にすべってころぶ所を、立臼、魚楽と〔いう身〕（ヤブレ）にて押さえける。ついに蟹、仇《かたき》を討つ。ここに又、蛸の芋堀は、岡へ上る所を、この年月、猿に眷属《けんぞく》を取られ、干蛸と

なしたる恨み、この時なり、とて、ごぼう焼いて猿の尻へおっつけ、とどめをさす。

（手杵）「いずれものお手柄、序開《じょびら》きから打ち出しまで、大はね〱、大当たり〱」

立臼「われらが働き、中村介ときていましょうがや。怨敵《おんてき》滅びたれば、まず今日はこれまで」

出典

鈴木重三・木村八重子編『近世子どもの絵本集　江戸篇』（岩波書店、昭和六十年七月刊）による。

『尋常小学国語読本』巻一の「猿蟹合戦」

ル タ ヲ ギ

サル ガ カキ ノ タネ ヲ
カニ ニ
ヤリマシタ。
カニ ガ
ニギリメシ ヲ
サル ニ
ヤリマシタ。

十

ダ セ デ

ハヤク
メ ヲ ダセ、
カキ ノ タネ。
ダサヌ ト、
ハサミ デ
ハサミキル。

十一

レ

メ ヲ ダシマシタ。
ハヤク
キ ニ ナレ。
ナラヌ ト、
ハサミ デ
ハサミキル。

十二

キ ニ ナリマシタ。
ハヤク ミ ガ ナレ。
ナラヌ ト、
ハサミ デ
ハサミキル。

十三

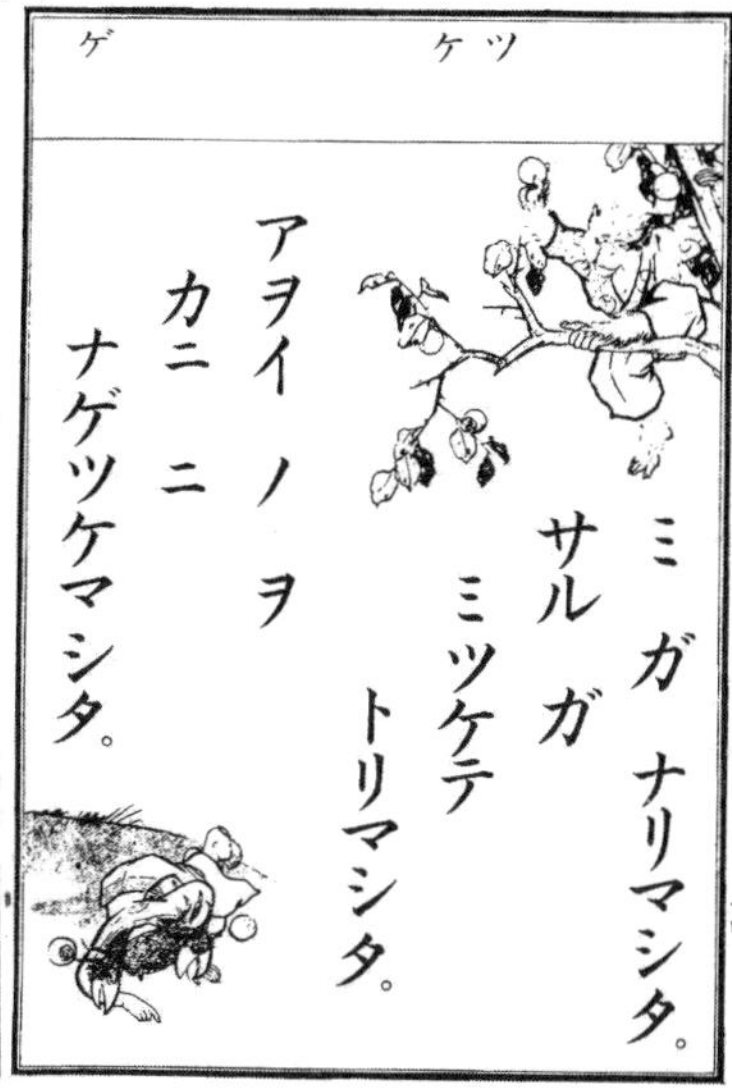
十四
ツ ケ ゲ
ミ ガ ナリマシタ。
サル ガ
ミツケテ
トリマシタ。
アヲイ ノ ヲ
カニ ニ
ナゲツケマシタ。

十五
チ ワ ヅ
カニ ガ シニマシタ。
コガニ ガ
ナイテ
井マシタ。
ハチ ガ キテ、
ナク ワケ ヲ
タヅネマシタ。

十六
ハチ ガ
キイテ
オコリマシタ。
クリ モ キイテ
オコリマシタ。
ウス モ キイテ
オコリマシタ。

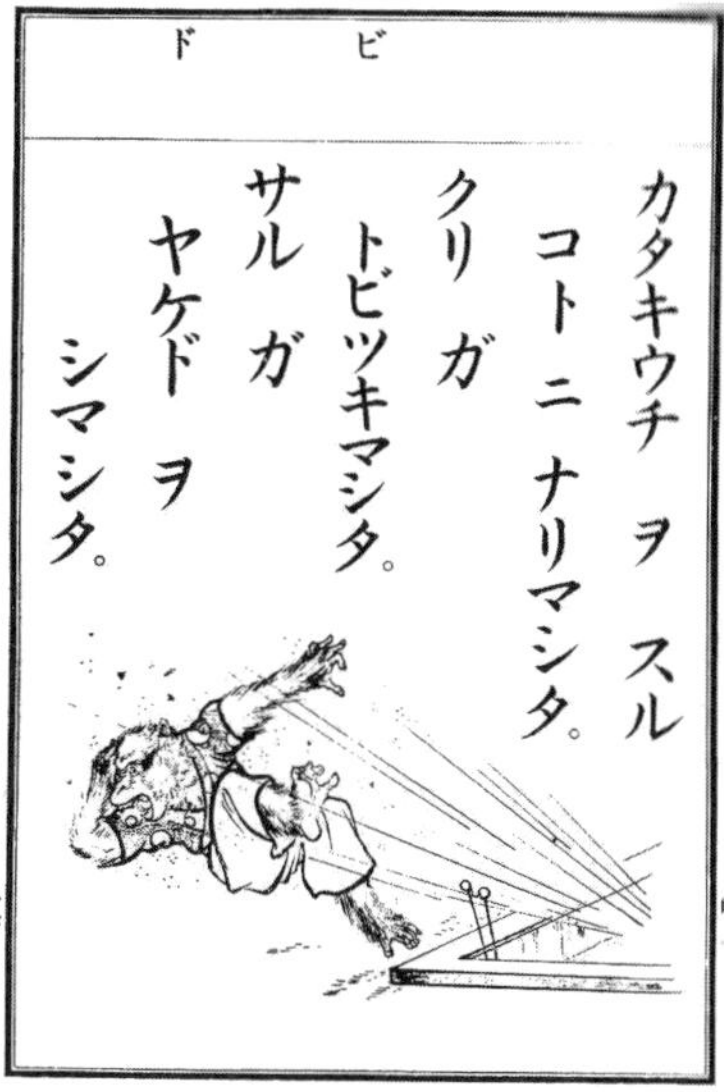
十七
ビ ド
カタキウチ ヲ スル
コト ニ ナリマシタ。
クリ ガ
トビツキマシタ。
サル ガ
ヤケド ヲ
シマシタ。

サル ガ ミヅ ヲ
ツケ ニ
イキマス ト、
ハチ ガ チクリト
サシマシタ。
サル ガ
ニゲダシマシタ。

十八

ウス ガ オチテ キテ、
サル ヲ
オシツケマシタ。
コガニ ガ
サル ノ
クビ ヲ
ハサミキリマシタ。

十九

出典

文部省編・刊『尋常小学国語読本』巻一（大正七年一月刊）による。

秋田県横手市山内の昔話「蟹の仇討ち（猿蟹合戦）」

猿はひゃ柿の種を持って来てよ。蟹が握り飯を持っていたところによ。猿はひゃ蟹からあまり腹すくでひゃ、柿の種と握り飯を、とっけえてもらおうとしたわけよ。そんでひゃ蟹は、

「何だ、それだばひゃ柿の種は食べられねえしょ、握り飯なら食えんしょ、やんだ」

って言ったわけよ。

「これ植えれば、大きくなれば柿の実でもよ、この握り飯よりたくさん採れるしょ。いんだから取り換えろ」

って言われてよ。蟹は騙されてよ、握り飯と柿の種を取り換えたわけよ。そしてこんどよ、その柿の種を蟹は植えてよ、毎日、

〽早く木になれ柿の種。ならねば鋏でちょっきん切るぞ
ってな。毎日そういうふうに言ってな、そして肥料、肥やしをいれてひゃ、大きくしたひゃ。木になった柿なってきたどもよ、木が大きいもんだから、蟹は登れねえわけだな、木に。そんで、その時、また猿はよ、

「あー、こんだ柿がなったな、蟹さん」

って、来たけどよ。そんで蟹は、

「何とか猿殿、柿をもいでけろ」

って言った。

「もいでけろ」

って言うんでよ、木さ登っていったわけだな。そしてその柿をもいで、一番赤くなったうめぇとこ、われ食ってよ、

して、上さ上がって、始終食ってよ、もいでできねぇわけよ。そいで、蟹よ、

「早くもいで落としてけろ」

って言ったわけよ。まだ熟れねぇような青いとこ採ってよ、落としてよ。蟹はよ、

「なんだこれだばひゃ、渋いし食えねぇからよ。あのー、いいやつ落としてけろ」

って言うたばよ、こうかじってな、目糞、鼻糞、とっかぁざんで（くっつけて）よ、落してよ、蟹さこんだぶつけたわけよ。蟹はデャッと死んでしまったわけよな。

それがためにこんだひゃ、蟹をよ、

〈何だってかわいそうだ〉

って言うのがよ集まって来たひゃ。こんだなそのいたとこでひゃ、その親が殺されてしまったんだから蟹がよ。こんだ見舞いに来たよ。臼がよ、一番先転んで来てよ、

「さぁーさ、かわいそうだ。困ったことだ。それだばひゃ、猿を退治しようか」

って。そしていたとこひゃ、蜂が飛んで来てよ、蜂も
「助けましょう」

ってな。それから、栗も来てよ、

「俺も手伝って仇討ちする」

ってな。それから、牛の糞《ふん》来てよ、

「俺も手伝う」

って言うのでよ、猿を退治することになったわけな。それで、そのみんな相談したところ、牛の糞は、

「入り口にいる」

って言うんでよ、その上さ臼が二階さ上がっててよ、

「猿来たら、俺落ちてつぶす」

って。それからこんどな、あの火の中さ、栗が入っててよ、

「猿『寒《さみ》い、寒い』って火焚いたらよ、俺、はんつける（弾ける）」

ってな。それからこんどな、水のところさはんつけて、熱っつうば水冷やすために水瓶さ行くべ、そこさ蜂待ってて、

「俺、刺してける」

ってな。そした待ってたとこによ、その、

「あー、寒い、寒い」

って、猿が来てひゃ、火さ、ゆるりさ火焚いたところにひゃ、栗が弾けられてよ、あの、火傷したわけよ。

「さぁーさ、これは、熱っつい、熱っつい」

って、水瓶さ行ってよ、手入れたば、蜂に刺されたば
「こりゃぁ、おっかねぇ」

って。

「逃げてかね」

って、逃げたばよ、入り口さ逃げてったところによ、牛の糞さ、こんど滑ってよ、臼が上から、ドッカリ落ちて来てよ、あの猿を退治してしまったって。

それで、とっぴんぱらりのぷー。


（上黒沢・照井京正）

出典
國學院大學民俗文学研究会『傳承文藝　第十七号　秋田県平鹿郡山内村昔話集』（平成二年十一月刊）による。

解説　猿蟹合戦（動物の葛藤）

昔話は、本格昔話、動物昔話、笑話に三分類することができる。本格昔話は、人間の誕生から、成長、結婚、富の獲得といった人間の一生を話題としており、「桃太郎」や「一寸法師」などはこれに当たる。

一方で、動物昔話は、動物自身を主人公とした昔話の一群である。本格昔話にも動物は登場するが、この場合、動物は超自然的な存在として語られ、その動物に対する人間の信仰と深く関わっている。たとえば蛇でいうなら本格昔話の「蛇聟入」では、蛇は神として祀られる存在であり、人間に転化することも容易である。しかし、動物昔話に語られる動物はそのままの姿で人間と同じように考え行動する。そこには人間の動物観や人間生活が反映されている。

動物昔話には、狐、熊、川獺、猿、蛙、蟹、兎、狸、雀などがしばしば登場する。こうした動物は、いずれも人間の生活圏、あるいはその周囲に生息し、身近な存在であったために語られる対象となったのだろう。

改変される「猿蟹合戦」

動物昔話には、動物の葛藤を主題としたものが多い。「猿蟹合戦」もその一つである。猿の持っていた柿と握り飯を交換した蟹は、種から柿を大事に育てるが、実ったところを猿に騙し取られ、栗・蜂・牛糞・臼などの援助を得て仇討ちを果たす内容はよく知られている。

すでに文化八年（一八一一）に刊行された曲亭馬琴（滝沢興邦）の随筆集『燕石雑志《えんせきざっし》』巻四に「猿蟹合戦」「桃太郎」「舌切雀」「花咲爺」「兎大手柄」「猿猴生胆」「浦島太郎」が論じられており、この時代にはこれらの物語が人口に膾炙していたことがうかがえる。さらに加茂（梅辻）規清の『雛《ひなの》迺宇《う》計《け》木《ぎ》』によって、「猿蟹合戦」「桃太郎」「舌切雀」「花咲爺」「かちかち山」が五大御伽噺として位置づけられ、今日の昔話の標準型となった。

江戸後期には子どもむけの絵本の嚆矢ともいえる「赤本」でも「猿蟹合戦」がその題材となった。この講の最初にあげた「赤本猿蟹合戦」は東急記念文庫所蔵で、蟹の仇討を助太刀するものとして、くらげの他、卵、包丁、箸、蜂、蛇、杵、荒布（あらめ・海藻）、臼が登場しており、援助者は時代とともに移り変わっていることをうかがわせる。

明治期になると、「猿蟹合戦」は国定教科書にも採択され、国民的童話となった。この中で、大正七年（一九一八）から昭和七年（一九三二）に使用された第三期尋常小学国語読本の巻一では子蟹が猿の首を落とすという結末が、昭和八年（一九三三）から昭和十五年（一九四〇）に使用された第四期尋常小学国語読本（所謂「サクラ読本」）の巻二「サルトカニ」では、猿の命を助ける結末となっている。

農村社会の反映

「猿蟹合戦」は、山の動物と水辺の生物との対立の物語ともいえる。しかし、前半の分配の不公平による葛藤譚と後半の合戦譚とは、それぞれ別の物語であったことが指摘されている。

昔話では、前半部分が独立し、餅つきや耕作などの共同作業と不公平性が主題となっているものがある。たとえば、岩手県二戸郡では「猿蟹餅競争」にこのような昔話が収集されている。猿と蟹が餅をついていると、猿が餅を一人占めしようと山の方へ駆け出す。しかし餅は臼から飛び出し、蟹はこれを見つけて喜んで食べる。戻ってきた猿は餅を奪おうとするが、蟹が猿の顔に餅を投げつけたので、猿の顔は赤くなったという。これは「猿蟹合戦」の前半部の葛藤譚にあたり、ずる賢い猿が最後は損をする役回りとなる。

また、青森県黒石市に伝承される「猿と蟹の寄合田」では、猿と蟹が田作りをするが、猿は怠けてばかりで、田打ち、田植え、草取り、稲刈り、にお積みなどの農事はすべて蟹が一人で行った。さらに蟹が新米の餅をついていると猿が横取りしようとする。この昔話では、栃の実、蜂、臼、牛の糞の援助によって蟹が仇討ちを果たすという後半部分がある。

いずれにしても昔話の「猿蟹合戦」前半部分には農村生活が反映されている。後半部分が付け加えられたとすれば、江戸で流行した歌舞伎や浄瑠璃の仇討物が、出版物に影響を与えた結果といえるのではなかろうか。

ところで、民俗社会にあっては、柿の木は豊年の予祝に用いる霊木である。小正月に行われる「成木責め」は、果樹に鉈などでわざと傷をつけ「成るか成らぬか成らねば切るぞ」と言って、その木に豊作を約束させる強請祈願である。教科書の中にある「ハヤクメヲダセ、カキノタネ。ダサヌト、ハサミデハサミキル。」といった蟹の言葉には、こうした習俗がうかがえる。霊木であり、豊かな実りをもたらす柿であるからこそ、これを猿が独占したことで葛藤が生じるのである。

また、柿と握り飯の交換は、物々交換による経済のあり方が反映していると考えられ、「猿蟹合戦」からは貨幣経済以前の日本社会を垣間見ることもできる。

（服部比呂美）

参考文献

関敬吾『日本昔話大成』第一巻　動物物語　角川書店　昭和五十四年五月刊

第4講　動物報恩譚

『日本霊異記』中巻　第十二「蟹《かに》と蝦《かえる》との命を贖《あがな》ひて放生《ほうじやう》し、現報に蟹に助けられし縁」

山背国《やましろのくに》紀伊《きの》郡《こほり》の部内に、一《ひとり》の女人《をみな》有りき。姓名詳《あきら》かならず。天年慈《ひとゝなりうつくしび》の心頤《おぎろ》にして、因果を信ぜり。五戒十善を受持して、生物《いきもの》を殺さず。聖武天皇のみ代に、彼《そこ》の里の牧牛《うしかひ》の村童《むらのわらは》、山川《やまがは》に蟹を八つ取りて、焼き食《くら》はむとす。是《こ》の女見て、牧牛《うしかひ》に勧めて白《い》はく、「幸《むがし》くも願はくは此《こ》の蟹を我に免《ゆる》せ」といふ。童男《をのわらは》辞《いな》びて聴《ゆる》さず。「猶《なほ》し焼き噉《くら》はむ」と曰《い》ふ。慇《ねもころ》に誂《あつら》へ乞ひ、衣を脱ぎて買ふ。童男等乃《どもすなは》ち免しつ。義禅師を勧請《くわんじやう》し、呪願せしめて放生せり。然《しか》ありし後に、山に入りて見れば、大きなる蛇《へみ》、大きなる蝦《かへる》を飲む。大きなる蛇に誂《あつら》へて言はく、「是《こ》の蝦を我に免せ。多《あまた》の幣帛《みてぐら》を賂《まひなひ》し奉《まつ》らむ」といふ。蛇聴《ゆる》さずして吝《をし》めり。女、幣帛を募りて、禱《いのり》して曰はく、「汝《なむぢ》を神と為《し》て祀《まつ》らむ。幸《むがし》くも乞《ねが》はくは我に免せ」といふ。聴《ゆる》さずして猶《なほ》し飲む。又《また》蛇に語りて言はく、「此《こ》の蝦に替へて、吾を妻《め》と為《せ》む。故《そゑ》に乞《いで》我に免せ」といふ。蛇乃《すなは》ち聴《ゆる》し、高く頭頸《かしらくび》を捧《ささ》げて、女の面を瞻《み》、蝦を吐きて放つ。女、蛇に期《ちぎ》りて言はく、「今日より七日経て来《こ》」といふ。然して父母に白《まう》して、具《つぶさ》に蛇の状《さま》を陳《の》ぶ。父母愁《うれ》へて言はく、「汝《いまし》は子《ひとり》の唯一子《ただひとりご》なるに、何に誑《たぼろか》され託《つ》かれたるが故に、能《あた》はぬ語《こと》を作《な》せる」といふ。時に行基大徳《ぎやうぎだいとく》、紀伊郡の深長《ふかをさ》寺に有《いま》しき。往きて事の状を白《まう》す。大徳聞きて曰はく、「烏呼《ああ》量り難き語《こと》なり。唯能《ただよ》く三宝を信ずらくのみ」といふ。教《をしへ》を奉《うけたまは》りて家に帰り、期《ちぎ》りし日の夜に当り、屋を閉ぢ、身を堅め、種々発願して以て三宝に信《つか》へまつる。蛇、屋《や》に繞《まつは》り、蜿転《もごよ》ひ、腹ばひ行き、尾を以て壁を打ち、屋の頂《いただき》に登りて、草《かや》を咋《く》ひ抜き開き、女の前に落つ。然りと雖《いへど》も、蛇、女の身に就かず。唯《ただ》し爆《はため》く音のみ有りて、跳《をど》り齚《か》み齧《くら》ふが如し。明くる日見れば、大蟹八つ集《あつま》り、彼《そ》の蛇条然《つだつだ》に擲《むし》り段切《つたき》らる。乃《すなは》ち知る、贖《あか》ひ放ちし蟹の恩を報いしことを。悟《さとりな》无き虫すら、猶《なを》し恩を受くれば恩を返報《かへ》すなりけり。豈《あに》人にして恩を忘るべけむや。此《こ》れより已後《のち》は、山背国に、山川の大蟹を貴び、善を為《な》して放生すなり。

贖二蟹蝦命一放生現報蟹所レ助縁　第十二

山背国紀伊郡部内、有二一女人一。姓名未レ詳也。天年慈心頥、信二因果一。受三持五戒十善一、不レ殺二生物一。聖武天皇代、彼里牧牛村童、山川蟹取レ八、而将二焼食一。是女見之、勧二牧牛一白、「幸願此蟹免レ我」。童男辞不レ聴。曰二「猶焼噉」一。慇誂乞、脱レ衣而買。童男等乃免之。勧三請義禅師一、令二咒願一以放生。然後入レ山見之、大蛇飲二於大蝦一。誂二大蛇一言、「是蝦免レ我。賂三奉多幣帛二」。蛇不レ聴否。女募二幣帛一、而禱之曰、「汝為レ神祀。幸乞免レ我」。不レ聴猶飲。又語レ蛇言、「替二此蝦一以吾為レ妻。故乞免レ我」。蛇乃聴之、高捧二頭頸一、以瞻二女面一、吐レ蝦而放。女期レ蛇言、「自二今日一経二七日一而来」。然白二父母一、具陳二蛇状一。父母愁言、「汝子唯一子、何誑託故、作二不レ能語一」。時行基大徳、有二紀伊郡深長寺一。往白二事状一。大徳聞曰、「烏呼難レ量之語。唯能信二三宝一耳」。奉教帰レ家、当二期日之夜一、閉レ屋堅レ身、種々発願以信二三宝一。蛇繞レ屋蜿転腹行、以レ尾打レ壁、登二於屋頂一、咋レ草抜開、落二於女前一。雖レ然蛇不レ就二女身一。唯有二爆音一、如二跳齚齧一。明日見之、大蟹八集、彼蛇条然擲段切之。乃知、贖放蟹報レ恩矣。无レ悟之虫、猶受レ恩返二報恩一。豈人応レ忘レ恩歟。自レ此已後、山背国貴二乎山川大蟹一、為レ善放生也。

出典
中田祝夫校注・訳『日本霊異記』（新編日本古典文学全集10、小学館、平成七年九月刊）による。

岐阜県恵那市山岡町田沢の昔話「蟹満寺」

昔々、お母さんが娘と息子とあってなも、ほいでお母さんが川端で洗濯をしておるとなも、蛙《かわず》が足もとに逃げて来たげなむんで、ふっと見ると大きな蛇がその蛙を追って来たげな。

「蛙はかわいそうだで、どうか蛇さん、何でもお前の好きな望みのものをやるで、わしには大事なひとり娘があるが、その娘でもやるで、どうかこの蛙を助けてやってくれ」って言ったげな。そうしたら、その蛇はズルズルッと行っちゃったげな。そいで蛙は助かったわなも。

そいで、そのお婆さんの息子は山の方へ行っとったら、子供が蟹をつかめてなも、ガサガサガサガサとおもちゃにしとったげなむんで、「そんな蟹はかわいそうだで、お金をやるで」って、ほうやって、ゆずってもらって、沢蟹を逃がいてやったげなわ。

そうやってある日のことに、いい息子がなも、尋ねて来てなも、「お婆さん、あんたの娘をください」って言ったげな。立派な青年だったげなけども、どうも気持ちが悪かったげなわな。非常に大事な娘を、知らん人にくれるわけにもいかんしなも、よう（よく）調べてからと思っとったらなも、また来るげなむんで、どうも気持ちが悪かったげなむんでなも、どうしょうと思って困っておったげな。

そうしたらなも、ある夜うさ、早ようやらなんだむんでなも、生臭い風がサーッと吹いて来たげなむんで、ほいで、大事な娘をどうにもその男にやることが惜しようなっちゃってなも、ほいでお母さんが長持の中へ娘を入れて隠《かく》いたげな。ほうしたらなも、恐ろしい音がして、真っ暗い夜、昔のことだむんで暗いむんで、夜だむんでなも、どえらい風と一緒に来て、恐ろしい音がしたむんでなも、お婆さんたちはもう小そうなっちまってなも、おったげなら、ガサガサガサガサガサガサガサッて音がするげなむんでなも、どういう音だしらんと思って、夜の明けるのを待って、ほうして見たら、長持のくろ（ふち）にとぐろを巻いとった大きな蛇が蟹にさされて死んどったげな。
あわてて長持のふたを取って見たら、娘は生きとったげな。息子がお金を出いて買って助けてやったむんでなも、その恩返しに、蟹が寄って来て、大きな蛇を刺しっからかいてなも、それがために娘が助かったって。それでなも、そのお礼に蟹をとむらってなも、蟹満寺っちゅうをまつって今でも和尚《おっ》さまがおいでるっちゅう話だがなも。

（小木曽さだ〈旧山岡町田沢・明治34年〉）

出典

大橋和華編『全国昔話資料集成25　恵那昔話集』（岩崎美術社、昭和五十二年九月刊）による。

解説　動物報恩譚

昔話の花形「動物報恩譚」

信仰の篤い娘に危うい命を救われた蟹が、娘の命を奪おうとする蛇を退治して娘に恩を返す。このような話型を「動物報恩譚」といい、『日本霊異記』中巻第十二の物語は『今昔物語集』『古今著聞集』などにも収載されるほか、昔話「蟹報恩」として全国各地で伝承されている。こうした動物の報恩を主題とする昔話は数多く、有名な「舌切雀」や「文福茶釜」のほか、「狼報恩」「蛙報恩」「猿の一文銭」「猫檀家」「忠義な犬」などがある。また主題としてはいなくとも、「鶴女房」「狐女房」「蛤女房」などの異類婚姻譚（異類女房）でも、動物が報恩のため女性に化けて男のもとを訪れるし、「花咲爺」や「桃太郎」「浦島太郎」における動物の援助も、養育や贈答、危難からの救済への報恩として語られることもある。動物への親切が、後に福徳となって返報されるという「動物報恩譚」の内容は多くの人が納得するものであり、人気のある昔話となっている。

しかし柳田國男は、こうした動物による援助は、もともとは聖なる鳥獣の手助けを得て神の子が偉業を成し遂げるという英雄神話――例えば、大国主命が枯野で炎に囲まれたとき、鼠が大国主を地下の空洞に導いて救い、探していた鏑矢も見つけてくれるなど――に端を発しており、報恩の意識は新しいものと説明する。「選ばれた神の子への、神聖な動物の援助」が、時代が下り「善行を積んだ人への、動物の報恩」へと変化したという。

仏教説話――お寺が広めた伝説――

そのような変化はいかにして起きたのか。仏教と寺院の関与が大きく影響していると考えられる。『日本霊異記』収載説話は、京都府木津川市の蟹満寺の縁起として知られている。蟹満寺は飛鳥時代後期の創建と推定される古刹で、縁起にちなんで毎年蟹供養放生会《ほうじょうえ》を行っている。放生会は捕獲した魚や鳥を解き放つことで徳を積む仏教儀礼である。動物の命を救うことにより報徳があるとする思想は動物報恩譚と共通しており、この話型仏教の因果応報思想の影響を強くうけて普及したと言える。

『日本霊異記』は正式名称を『日本国現報善悪霊異記』といい、大和薬師寺の僧・景戒により弘仁十三年（八二二）に成立したとされる上中下三巻、一一六話の仏教説話集である。収録された話はいずれも、善行には善の報いがあり、悪行には悪の報いがあり、前世の因縁が今生に、今生の因縁が来世に影響するという因果応報の思想を背景としている。『日本霊異記』収載の「蟹報恩」説話に奈良時代の僧・行基が登場していることからもうかがえるように、こうした説話は仏教思想を庶民に分かりやすく広めるための、説教の材料として口演されたと推察されている。庶民には難解な仏の教えを解かりやすく説くために仏教説話が発展した。各宗派ごとに集められた仏教説話は、説教のための話材を学んで回国し布教した僧たちにより、日本各地に広められていった。

寺院を中心とした民間説話は近世以降、寺請制度の確立により檀家との関係が強化されると、地域の伝承に影響を与えるようになる。妊婦が死後墓中で出産し、幽霊となって毎夜赤子のための飴を買いに来る「子育て幽霊（飴買い幽霊）」譚や、湖沼の主の龍が女に化けて説経を聞きに来て受戒を受け、成仏できた礼に寺に鱗を遺すという伝説、和尚が「本山が火事だ」と言って庭石に水をかけると、しばらくして本山から「火事の際のご助力感謝」とお礼の使者が来る、という伝説は、寺院名などの固有名詞のみ異なって同じ内容が日本各地に伝承されている。宗派の中心寺院で学んだ説話を僧が持ち運び、住持となった地域で布教し、土着化させたと考えることができる。

蟹の俗信と口承文芸

昔話「蟹報恩」の他にも、蟹の登場する説話は多い。昔話「猿蟹合戦」は有名だが、「蟹沼」「賢淵」の伝説では蟹は水辺の主となっているし、昔話「蟹問答」は雲水に化けた蟹が問答を挑む内容で、伝説化し寺院の縁起にもなっている。蟹を食べることの禁忌、蟹は水神の乗り物、赤ん坊が丈夫に育つように蟹を這わせるなど、蟹にまつわる信仰も多い。蟹は横ばいに歩き、両手のはさみを複雑に動かす不思議な生態で、脱皮もする。さらに水界と陸地を行き来する。こうした特徴が蟹に霊性を見出す根拠となったと思われる。口承文芸の背景には、動植物に霊性を見出す民俗的思考も考える必要がある。

参考文献

黒沢幸三「蟹満寺縁起の源流とその成立—民話の伝説化—」『国語と国文学』45-9、昭和四十三年九月刊

堤邦彦『近世仏教説話の研究—唱導と文芸—』翰林書房、平成八年七月刊

（飯倉　義之）

第5講　小鳥前生譚

『俊頼髄脳』の小鳥前生譚

時鳥《ほととぎす》なきつる夏の山辺にはくつていださぬ人やわぶらむ

〔寛平御時后宮歌合《くわんぴやうのおほんときのきさきのみやのうたあはせ》　夏歌〕

これは、寛平の御時后宮歌合の歌なり。郭公《くわくこう》といへる鳥は、まことには、百舌鳥《もず》といへる鳥なり。そのもずを、ほととぎすとはいふべきなり。昔、くつぬひにてありける時、くつの料《れう》をとらせざりければ、今四五月ばかりに、たてまつらむと、約束してうせにけり。その後《のち》、いかにも見えざりければ、はかるなりけりと、心をえて、くつをこそ得ざらめ。とらせし沓直《くつて》をだに、返しとらむと思ひて、とらせむとちぎりし四五月にきて、時鳥こそ、時鳥こそ、と呼びありくなり。もずまる、その程はよにはあれども、秋つかたするやうに、木の末《すゑ》にゐて、声高《こゑだか》にも鳴かで、音《おと》もせで、かきねをつたひて、時々、ことごとしく、とつぶやくなり。この事、ひが事《ごと》ならば、昔の歌合に、詠《よ》みて入《い》らむやは。

出典

橋本不美男ほか編『歌論集』（日本古典文学全集50、小学館、昭和五十年四月刊）による。

新潟県長岡市吹谷の昔話「時鳥と兄弟」

あったってや。

あるどこい、兄と弟の兄弟があったってや。ほいで、五月の節供が来たんだと。そしたら弟がない、野菜の不足の時期だんだが、とろろ芋煮てご馳走しておいたってや。そしたら、兄が山から帰って来て、

「うめえ、うめえ」

って、喜んで喰うたってや。ほいで、

「こんげの、うめいがんの俺に喰わせたが、手前はどんげにうめいどこのいいどこを喰ってるがだろう」

って、弟の腹を裂いてみたんだって。ほうしたら、弟は青頭のまずいとこばっかり喰っていたがだって。ほうして、兄が、

「手前でこんげの悪いどこ喰って、俺んね、いいどこは喰わしだがたっけが、俺らほんに悪いことした」

って。ほいで、弟のために一日八千八声鳴いて、弟に詫びるんだって。ほいで、毎日夜が明けると一緒に、

「弟恋しや、本尊かけたか。弟恋しや、本尊かけたか」

って、鳴くんだって。ほいで、五月の五日になると山の芋を煮て喰うことになったたって。

いっちご・さっけ。

出典

野村純一編『定本関澤幸右衛門昔話集―「イエ」を巡る日本の昔話記録―』（瑞木書房、平成十九年二月刊）による。

解説　小鳥前生譚

動物の昔話には、鳥を主人公とし、鳴声や習性を説く一群がある。花鳥風月は日本芸術の主たる構成要素であり、鶯・時鳥・雁はこれを代表する鳥として、文芸や絵画に登場している。中でも時鳥は、時鳥、郭公、子規、不如帰、杜鵑、蜀魄、霍公鳥、沓手鳥など多くの異名をもつことから、人びとが特に関心を寄せた鳥であるといえよう。

平安時代の公家にとって、夜露に濡れて時鳥の鳴声を待つことは趣きのある行為で、小倉百人一首にもある「郭公鳴きつる方をながむればただ有明の月ぞのこれる（後徳大寺左大臣「千載集」夏一六一）」にもそれがうかがえる。農民にとっては、農事を知らせる鳴声となっていて、生活暦として欠かせないものだった。

一方、闇を切り裂くような時鳥の鳴声は、人びとに怖れを感じさせた。あの世とこの世を往来する鳥、蜀の天子の亡魂が化した鳥と言われたり、「死出の田長」「たまむかえどり」などとも呼ばれたりした。昔話「時鳥と兄弟」では、その鳴声は兄弟を殺めた人間の懺悔の声として語られる場合もある。小鳥前生譚は、かつて人であったという鳥の前世を説いた物語で、ここには神霊や死霊との結びつきがうかがえる。

渡り鳥の習性と伝承

時鳥は日本に五月に渡来し、秋になると南方へ帰る渡り鳥である。同時期、百舌は高鳴きを始める。こうした夏鳥の時鳥と冬鳥の百舌の習性と鳴声が結びついた伝承がある。

宇多天皇の後援のもと、光孝天皇皇后班子女王が主催した「寛平の御時后宮歌合」（寛平五年〈八九三〉九月以前に開催）では、「郭公 鳴きつる夏の 山辺には 沓手いださぬ 人や住むらむ」（夏一六番）（時鳥が鳴く夏の山辺には、時鳥から買った沓代を払わない人が、つらく思いながら住んでいるのであろう）という歌が詠まれている。源俊頼の著した『俊頼髄脳』には、この歌に関する説話が紹介されている。要約すると、昔、時鳥が沓縫いであった頃、百舌が沓の料金を払わずに姿を消したので、時鳥は沓の代金を取り立てるために「ホトトギスがいるよ、ホトトギスがいるよ」と呼び歩く。一方百舌は、「ことごとしく　おおげさな催促だ」と、ぶつぶつ小声で言っているという。

昔話「時鳥と百舌」も同様の展開である。時鳥が渡した本尊の掛図の代金を百舌が酒を飲んで使ってしまったので、今でも時鳥に「本尊かけたか本尊かけたか」と催促されているといい、百舌の顔が赤いのは酒を飲んだためであると付け加えられることもある。「時鳥沓縫い」では、昔、時鳥は馬の沓造りで百舌は馬方だったが、百舌は沓の代金を払わなかったので沓の代金を催促されているといい、百舌が蛙や虫類を木の枝に串刺しにしておくのは、時鳥に借りを返すためであるとも語られている。ここには百舌の速贄の習性がたくみに取り込まれている。

かつての日本人は、自然に対して鋭い観察眼をもっていた。こうして磨かれた感性が民俗世界に豊かな文芸性をもたらしたと言えるだろう

「聞きなし」といたましい伝承

「聞きなし」とは、動物や鳥の鳴声を人間の言葉にあてはめて聞くことである。鶯の鳴声を「法華経」と聞くのも聞きなしで、これによって鳴声が覚えやすくなる。時鳥の鳴声は甲高い特徴から「テッペンカケタカ」、「ホッチョンカケタカ」あるいは「本尊かけたか」と聞きなされている。

聞きなしにも地域性があり、大分県では「ホッタンタケタカ、イモクビクタカ」、岩手県では「ホーチョータテタ」、「ポットサケタカ、アッタアッタ」、長野県では「オトハラ、ツキッタ」など枚挙にいとまがない。しかしいずれも「包丁」や「裂けた」「切った」という不気味な聞きなしである。昔話「時鳥と兄弟」や「時鳥と継子」などの昔話は、こうした聞きなしから生まれたと言ってもよいだろう。

「時鳥と兄弟」では、兄のために弟は山芋を煮ておくが、兄は弟がもっとうまいところを食べているのではないかと

疑い、弟を殺して腹を割く。しかし中にはまずい部分しか入っていなかった。後悔した兄は時鳥になって「弟恋しや、本尊かけたか」と鳴くようになったという。ここには、時鳥の鳴き声が、五月節供のハレの食物である山芋を掘る時期を知らせる合図であったという民俗が反映されている。

時鳥の口の中が血を吐いたように赤いことも、死を予感させる要素であった。明治三十三年（一九〇〇）に出版され、大ベストセラーとなった徳冨蘆花の『不如帰』は、主人公・浪子が結核によって失意のうちに亡くなる。人びとは「不如帰」から死を迎える浪子の断末魔の叫びを想起したのである。

（服部比呂美）

参考文献
柳田國男『野鳥雑記』甲鳥書林　昭和十五年一月刊
山口仲美『ちんちん千鳥のなく声は』講談社学術文庫　平成二十年十一月刊

第三章　人間と異郷・神霊の物語

盆に来訪するアンガマ（沖縄県石垣市）
（大正 12 年 8 月　折口信夫撮影）

第6講　天人女房譚

『近江国風土記』逸文「伊香小江」

古老《ふるおきな》の伝へて曰《い》へらく、近江《あふみ》の国伊香《いかご》の郡《こほり》。与胡《よご》の郷《さと》。伊香《いかご》の小江《をうみ》。郷《さと》の南にあり。天《あめ》の八女《やをとめ》、倶《とも》に白鳥《しらとり》と為《な》りて、天《あめ》より降《くだ》りて、江《うみ》の南の津《つ》に浴《かはあ》みき。時に、伊香刀美《いかとみ》、西の山にありて遙《はる》かに白鳥《しらとり》を見るに、其の形《かたち》奇異《あや》し。因《よ》りて若《も》し是《こ》れ神人《かみ》かと疑《おも》ひて、往《ゆ》きて見るに、実《まこと》に是《こ》れ神人《かみ》なりき。ここに、伊香刀美《いかとみ》、即《やが》て感愛《めづるこころ》を生《おこ》して得還《えかへ》り去《さ》らず。窃《ひそ》かに白《しろ》き犬《いぬ》を遣《や》りて、天羽衣《あまのはごろも》を盗《ぬす》み取《と》らしむるに、弟《いろと》の衣《ころも》を得《え》て隠《かく》しき。天女《あまつをとめ》、乃《すなは》ち知《さと》りて、其の兄《いろね》七《なな》人《たり》は天上《あめ》に飛《と》び昇《あが》るに、其の弟《いろと》一人《ひとり》は得飛《えと》び去《さ》らず。天路《あまぢ》永《なが》く塞《とざ》して、即《すなは》ち地民《くにつひと》と為《な》りき。天女《あまつをとめ》の浴《かはあ》みし浦《うら》を、今、神《かみ》の浦《うら》と謂《い》ふ、是《これ》なり。伊香刀美《いかとみ》、天女《あまつをとめ》の弟女《いろと》と共《とも》に室家《をひとめ》と為《な》りて此処《ここ》に居《す》み、遂《つい》に男女《をことをみな》を生《う》みき。男《をとこ》二《ふ》たり女《をみな》二《ふ》たりなり。兄《あに》の名は意美志留《おみしる》、弟《おと》の名は那志登美《なしとみ》、女《むすめ》は伊是理比咩《いぜりひめ》、次《つぎ》の名は奈是理比売《なぜりひめ》、此《こ》は伊香連《いかごのむらじ》等が先祖《とほつおや》、是《これ》なり。後《のち》に母《いろは》、即《すなは》ち天羽衣《あまのはごろも》を捜《さが》し取《と》り、着《き》て天《あめ》に昇《のぼ》りき。伊香刀美《いかとみ》、独《ひと》り空《むな》しき床《とこ》を守《まも》りて、唫詠《ながめ》すること断《や》まざりき。

出典

秋本吉郎校注『風土記』（日本古典文学大系2　岩波書店、昭和三十三年四月刊）による。

『中山世鑑』巻二「察度王生誕」


奥間大親。不レ知レ爲二何人後裔一也。常以レ農爲レ業。家貧不レ能レ娶。

一日耕レ田帰。至二森川一（泉名）。洗二手足一。見二一婦女臨レ泉沐浴一。容色絶倫。大親意想。吾村野中。未三嘗見二此婦一。

恐是従二都中一来耶。亦何独身在レ此沐浴也。暗暗歩進。従二樹蔭一見レ之。其衣懸二于枝上一。亦非二常人之衣一。大親愈疑。

窃取二其衣一。蔵二于荒草内一。故意走到二其處一。婦女驚慌着レ裳。仍欲レ穿レ衣。則衣没レ有。婦女掩レ面而哭。

大親問曰。夫人自レ何来也。

婦女直告レ之曰。妾乃天女也。下界沐浴。今已飛衣被レ盗。不レ能レ上レ天。乞爲代尋。

大親心悦。騙レ之曰。夫人暫坐二我屋一。我往代尋。

天女。喜倶至二草屋一。大親就把二其衣一。深蔵二于倉内一。

日去月来。歴二十余年一。生二一女一男一。其女子稍長。知二其蔵レ衣處一。

一日携レ弟而遊。且歌曰。


　母之飛衣。在二六柱倉一。母之舞衣。在二八柱倉一。


母聞大悦。窺二夫亡一。登レ倉視レ之。果蔵二于櫃中一。以二稲草一蔽レ之。即着二飛衣一而上レ天。

大親及女兒。皆各挙レ面仰レ天。放レ声慟哭。天女亦留恋難レ捨。再三飛上飛下。終乗二清風一而飛去。

其男子。即察度也。

出典
伊波普猷・東恩納寛惇・横山重編『琉球史料叢書』第四（名取書店、昭和十六年九月刊）による。

鹿児島県奄美大島の昔話「天人女房」

あるところにみけらんという若者があった。毎日畑を耕したり山に行って薪をとったりして暮らしを立てていた。ある日みけらんは村の人たちといっしょに山に行った。山仕事に行くと村の人たちは山の中を流れている小川に行っていつも水を飲んだり汗を流したりしていた。みけらんもその日仕事も早く済んだので谷川に水を浴びに行った。しかしみけらんはその日は村の者が水浴びに行く淵《ふち》よりも上流の人のあまり行かないところに行ってみた。広い沼があった。みけらんが水に入ろうとすると、沼のほとりの松の枝に美しい着物がかかっていた。みけらんは珍しいものがあると思ってその着物をとった。すると足の下の淵の中から裸の女が手を合わせて現われて来た。そうして、「それは私の飛びぎぬです。人間には用のない羽ぎぬです。どうか返して下さい」と頼んだ。みけらんは答えないで見ていると、「みけらん、私の頼みがわからないのですか。その衣は私のものです。それがないと私は天に帰ることができない。人間のそなたには用のない飛びぎぬです。返して下さい」と頼んだ。するとみけらんは、「どうしてお前はそこにいるのか」とたずねた。女はほんとうのことをいったら返してくれるだろうと思って、「私はときどきここに降りて水を浴びる天の女です。下界の女ではありません。疑いがはれたらその飛びぎぬを返して下さい」と頼んだ。みけらんは「これから島へ帰って友達になって仲よく暮らそう、そうしたらわざわざ天から降りて来て水を浴びる必要もなかろう」といってきき入れない。天の女は悲しみながらみけらんについて里に下りいっしょに暮らすことになった。それから七年たって、三人の子供が生まれた。けれども天の女はいつも天に帰ろうと思い飛びぎぬを探していた。ある日みけらんは魚釣りに出かけた。天の女は七つになる上の子に、生まれて間もない末の子を負わせ、五つになるつぎの子供には背中をたたかせながら子守りをさせ仕事に出かけた。天の女は水を汲《く》んで帰り門口まで来ると、家の裏手で子供は子守歌をうたっていた。

いよいほらほら泣くなよ
父がもどれば好いもんくれろ
四つ柱、六つ柱、つきあけてつきあけて
粟まるき米まるき、うしやげらに
飛びぎぬやら舞いぎぬ、とってくれろ

天の女はこの子守歌を立ち聞きして七年の間探していた飛びぎぬが、高倉の中の粟束や米束の中に隠してあることを知った。そこで天の女はみけらんが帰らないうちに、高倉に梯子《はしこ》をかけて扉を開けて入った。粟束や米束をかき分けてみると羽ぎぬが出て来た。天の女はみけらんが留守の間に上の子供を背負い、つぎの子供を懐に、末の子を右手に抱いて、飛びぎぬを着ていちどあおると庭の松の木の上に、二度あおると天のなかばの雲の峰に、三度あおると天上にとどいた。けれども雲の峰から飛ぶとたんに誤って右手に抱いていた幼い子供を取り落としてしまった。

みけらんは魚釣りから帰ってみると、家の中はがらんとしてだれもいなかった。そのうえ四つ柱と六つ柱の扉が開いたままになっていた。みけらんはきっと羽衣が無くなっているにちがいないと思っていた。だが夕飯時であることに気づいて囲炉裏端に行って、火をたきつけようとして火吹き竹を吹くと息が通らなかった。中をのぞいてみると紙片れが折りたたんで押し込んであった。取りだして見ると下駄千足、草履千足集めて埋め、それにきんきん竹を植えると、二、三年後に天までとどくようになるから、それを伝って天上に登ることができると書いてあった。みけらんはすぐに下駄と草履を集めたが、下駄も草履も九百九十足しか集まらなかった。それでもきん竹を植えると次第に伸びていった。それから三年たった。空を仰ぐときん竹が天までとどいているように見えたので、それを伝ってのぼって行った。のぼって行くともう少しのところで梢《こずえ》はとまっていた。みけらんは空にのぼることができないできん竹の先でゆらゆらゆれていた。天の女は天にのぼっては来たが地上のことが忘れかね、機屋で機を織っていて、下からきん竹が伸びてきて天にとどくのを楽しみに待っていた。ある日、天の女はいつものように機を織りながら窓から下を見ていると、きん竹が天に達するように伸びてきて、すぐ下のところで梢が風に揺られていた。見ると芥子粒ほどの太さの男が竹の頂にしがみついていた。天の女は喜んで機織のひをとり出して、みけらんの頭の上に吊《つ》り下げてやった。みけらんはその端につかまって天に引き揚げてもらった。天にのぼると母神は親切にしてくれたが、父神はむずかしい仕事をいいつけた。父神はみけらんに千町歩の山を一日で伐《き》り拓《ひら》けといいつけた。みけらんが心配していると、天の女がやって来て、千町歩の山を拓くには三本の大きな木を伐り倒して、その切株を枕にしてしばらく眠っているがよいと教えた。みけらんはその翌日父神のいいつけどおりに山に行って、天の女の教えたようにすると果たして一日のうちに木を伐り倒すことができた。帰って父神にいうと、父神はまた今日伐りとった一千町歩の山をすっかり耕してこいといいつけた。するとまた天の女がやって来て、鍬《くわ》で三鍬土を掘り起してその鍬先にしばらく眠っているとよいと教えてくれた。畑打ちもそのとおりにして果たすことができた。するとまたその一千町歩の山畑に一日のうちに唐瓜の種をまいてこいといいつけられた。一日で終わる仕事ではないと思っていると、天の女が畑の三所に唐瓜の種を蒔《ま》いてそこに眠っていると、千町歩の畑に残らず種を蒔くことができると教えた。唐瓜の種蒔きも天の女のいうとおりにして果たすことができた。もうこれで終わりだろうと思って帰ると、父神は明日はその蒔きつけた唐瓜を残らずとり入れてこいといいつけた。みけらんは一晩のうちに花が咲いて実ることはないと心配して天の女に相談すると、天の女は唐瓜はもう実っているから、その瓜を三つとって枕にして眠っていればよいと教えてくれた。みけらんは天の女の言葉もおかしいと思っていたが、翌朝早く畑に行って見ると、天の女のいうとおり瓜は実っていた。そこで天の女に教えられたとおりにして一千町歩の唐瓜をとって帰って来た。最後のいいつけも済んだので、父神も喜んで収穫の祝いをすることになった。みけらんはその日の瓜の料理役にされた。父神はこれまで意地悪であったが、そのときは瓜の切り方を親切に教えてくれた。父神は三つの唐瓜をたてに切りさいてその上にあおむけに眠っているように教えた。そのとき前にすわっていた天の女が、父神のいうとおりに割ってはいけない、横に切れと眼で合図したが、父神の親切にさからってはならないと思って三つの瓜を縦に切った。すると山のように積みかさねてあった唐瓜が残らず縦にさけて、見る間に大水になってみけらんは押し流されてしまった。そのとき唐瓜の中から流れ出た大水が天の川である。そうしてみけらんは犬飼星になり、天の女は織女星になって銀河の両岸に別れていつも泣いているそうである。七つと五つの子供は織女星の近くの星になった。そうしてその日が七月の七日で、この日だけみけらんと天の女は逢《あ》うことができるそうである。それから天の女が天にぼるときとり落とした子供は地上に無事に生きていたので、天の女はその子供のために毎年米を三石ずつ山の川のほとりに降ろしてやった。子供はその米で一年の暮らしを立てていたが、この川で地上の女が汚い物を洗ったので、三石の米はたった三粒になり、子供もいつの間にかいなくなったということである。

出典

昇曙夢「奄美大島に伝はる『あもれをぐな』の伝説（一）」（『旅と伝説』一巻一号、昭和三年一月刊）による。

解説　天人女房譚

人間と異郷・神霊との交流

日本の神話や説話・昔話・伝説などの伝承文学の世界には人間と異郷・神霊との交流を主題とする物語が多くある。

本講では、その代表的なものとして天人女房譚を取り上げた。人間と異郷・神霊との交流というのは、人間が異郷の世界と行き来をしたり、異郷の神霊と交歓したり、逆に異郷の神霊が人間界と行き来をしたり、異郷の神霊が人間に幸運や災禍を与えたりなど、さまざまな内容をもっている。

天人女房譚の広がり

羽衣説話とか羽衣伝説とも呼ばれる物語である。これは、天界の乙女が羽衣をまとって地上の水辺に降臨し、水浴を行っている間に羽衣を地上の男に盗まれ、天女がその男と結婚する物語である。天人が男の女房になることから天人女房譚、また、天空を飛ぶための羽衣が物語の重要な要素になっていることから羽衣説話と呼ばれている。人間界の存在ではない天女が地上の男と結婚するので、これは異類婚姻譚の一種でもある。

この物語は、四世紀の中国晋代に編まれた干宝《かんぽう》撰の『捜神記』には董永《とうえい》の伝説として記され、東アジアには広く伝承されているほか、中東の『千夜一夜物語』、古代インドの『カター・サリット・サーガラ』、北欧の『エッダ』などにもあって、世界各地にある。天女ではなく、白鳥や白鷺など白い鳥が地上に舞い降り、鳥衣を脱ぐと乙女になるという内容もあって、このことからこの物語は白鳥処女説話ともいわれている。

天人女房譚の諸型

この物語は、世界各地に伝わり、歴史的にも古く、日本でも奈良時代の「近江国風土記」逸文、「丹後国風土記」逸文にも記されている。日本列島では青森県から沖縄県までの広範囲に伝承があり、その内容をみていくと次の諸型が存在する。

（1）地上滞留型　地上に降りた天女がそのまま住み続ける。

（2）離別型　羽衣を盗んだ男と結婚し、子どもが生まれ、その子が歌う唄から羽衣がある場所を知り、羽衣をまとって天界に帰り、夫とは離別する。

（3）再会型　天女は天界に戻るが、夫に天界へ訪れる方法を教え、これに従って夫は天界に行って天女と再会する。

（4）難題型　天界に辿り着いた男は、天女の父親から難題を出されるが、天女の助けで難題を解決して天女と再び夫婦になる。

（5）難題七夕型　天女の父親から出された最後の難題に対し、夫は天女の教えに従わず、解決を失敗し、その結果洪水が起きて二人を隔てる天の川となる。二人は星になって年に一度七夕に会えるだけとなる。

天人女房譚といっても、このようにその話型にはいくつかがある。海外の伝承事例も加えるならさらに話型は増えるが、日本で全国的に伝えられているのは離別型と再会型で、難題型や難題七夕型は西日本に多く伝えられている。国内では沖縄県では、北斗七星の由来を説明する天人女房譚も多くある。

いくつもの話型があることからは、話型の間にどのような関係があるのかが課題となる。それは例えば、離別型がもっとも古い基本型で、伝承の過程で物語にいろいろの要素が加わり、いくつもの話型ができていった。あるいは逆に物語としてはもっとも長い難題七夕型が基本型で、伝承の過程で内容の一部が脱落していくつもの話型ができたということも考えられるが、現時点では前者のように考えるのが有力である。

本書に取り上げた奄美大島の「みけらん」の物語は難題七夕型で、天女が沐浴に降りる場所は奥山の沼で、「飛びぎぬ」と呼ぶ羽衣は松の枝に掛けられている。三人の子どもが生まれ、子どもが歌う子守唄で羽衣が高倉にあることを知り、子どもを連れて天界に帰り、「みけらん」は教えられた方法で天界に赴き、天女の父から難題を課され、最後は瓜から流れ出た水が天の川になっている。

沖縄県宜野湾市森の川の泉

天女の子孫が始祖となる

離別型の天人女房譚では、天女が生んだ子どもは地上に残されて、その子孫がその土地の領主となったり、王となったりする物語がある。「近江国風土記」逸文の天人女房譚は、その言葉使いから風土記逸文といえるかどうか疑問があるが、物語の舞台である伊香郡を治める「伊香連等」の先祖が地上に残された天女の子どもとなっている。

また、沖縄県には、琉球王府が編さんした琉球の正史である『琉陽』（一七四三〜四五年編）、王府編さんの説話集である『遺老説伝』（十八世紀初めの編）には、天女の子どもの子孫を領主や王の出自とする始祖伝説がいくつも収録されている。写真は沖縄県宜野湾市森の川の泉で、ここに天女が降臨して沐浴をしたと伝えられている。『琉陽』や『中山世鑑』には、この地の奥《おく》間大親《まうふや》と結婚して一男一女を授かり、この男子が後に中山王の察度《さっと》であると記されている。

参考文献
臼田甚五郎『天人女房その他・昔話叙説Ⅲ』桜楓社　昭和四十八年十一月刊
（財）静岡総合研究機構編『羽衣・竹取の説話』静岡新聞社　平成十二年十二月刊
遠藤庄治『遠藤庄治著作集第一巻　沖縄の民話研究』ＮＰＯ法人沖縄伝承話資料センター　平成二十二年四月刊

（小川　直之）

第7講　来訪者歓待譚

『常陸国風土記』筑波郡　神祖来訪

古老《ふるおきな》の曰《い》へらく、昔《むかし》、神祖《みおや》の尊《みこと》、諸神《もろがみ》たちの処《ところ》に巡《めぐ》り行《い》でまして、駿河《するが》の国《くに》福慈《ふじ》の岳《やま》に到《いた》りて、卒《つひ》に日暮《ひぐれ》に遇《あ》ひて、遇宿《やどり》を請欲《こ》ひたまひき。この時《とき》、福慈《ふじ》の神答《かみこた》へて曰《まを》ししく、「新粟《わせ》の初嘗《にひなへ》して、家内諱忌《やぬちものいみ》せり。今日《けふ》の間《ほど》は、冀《ねが》はくは許《ゆる》し堪《あ》へじ」とまをす。ここに、神祖《みおや》の尊《みこと》、恨《うら》み泣《な》き詈告曰《の》りたまはく、「すなはち汝《いまし》が親《おや》ぞ。何《な》ぞ宿《やど》さまく欲《ほ》りせぬ。汝《いまし》が居《す》める山《やま》は、生涯《いき》の極《きは》み、冬《ふゆ》も夏《なつ》も雪ふり霜《しも》おきて、冷寒《さむ》さ重襲《しき》り、人民《ひと》登《のぼ》らず、飯食《をしもの》奠《たてまつ》ること勿《な》けむ」とのりたまひき。更《さら》に、筑波《つくは》の岳《やま》に登《のぼ》りまして、亦容止《またやどり》を請《こ》ひたまひき。この時《とき》、筑波《つくは》の神答《かみこた》へて曰《まを》ししく、「今夜《こよひ》は新粟嘗《にひなへ》すれども、敢《あ》へて尊旨《みこと》に奉《つかへまつ》らずはあらじ」とまをしき。爰《ここ》に飲食《をしもの》を設《ま》けて、敬《ゐや》び拝《をろが》み祇《つつし》み承《つか》へまつりき。

ここに、神祖《みおや》の尊《みこと》、歓然《よろこ》び諱曰《うけ》ひたまはく、

愛《は》しきかも我《あ》が胤《すゑ》　巍《たか》きかも神《かむ》つ宮《みや》　天地《あめつち》の並斉《むた》　日月《ひつき》と共同《とも》に　人民集《たみぐさつど》ひ賀《ほ》ぎ、飲食富豊《をしものゆたか》に　代々《よよ》に　絶《た》ゆる
無《な》く　日《ひ》に日《け》に弥栄《いやさか》え　千秋万歳《ちあきよろづよ》に　遊楽窮《たのしみきはま》らじ

とのりたまひき。是《ここ》を以《もち》て、福慈《ふじ》の岳《やま》は、常《つね》に雪《ゆきふ》りて登臨《のぼ》ること得《え》ず。その筑波《つくは》の岳《やま》は、往《ゆ》き集《つど》ひて歌《うた》ひ舞《ま》ひ飲《さけの》み喫《ものくら》ふこと、今《いま》に至《いた》るまで絶《た》えず。

出典
植垣節也校注『風土記』（新編日本古典文学全集5　小学館、平成九年十月刊）による。

『備後国風土記』逸文「疫隈国社」蘇民将来

疫隅《えのくま》の国《くに》つ社《やしろ》。

昔、北の海に坐《ましま》しし武塔《むた》の神《かみ》、南の海なる神の女子《をとめ》を結婚《よばひ》に坐《ましま》すに日暮れぬ。その所に蘇民将来《そみんしやうらい》、二人《ふたり》ありき。兄《え》の蘇民将来は甚《いた》貧窮《まづ》し。弟《おと》の将来は富《と》み饒《にぎは》ひて屋倉《いへくら》一百《もも》ありき。ここに塔《た》の神《かみ》、宿処《やどり》を借《か》りたまふに惜《をし》みて借《か》さず。兄の蘇民将来は借《か》し奉《まつ》りき。即ち粟柄《あはがら》を以《も》ちて座《ゐしき》とし粟飯《あはいひ》らを以ちて饗《あ》へ奉りき。

ここに畢《をは》りて出《い》で坐《ま》しし後に、年を経て八柱《やはしら》の子《みこ》を率《ゐ》て還《かへ》り来て詔《の》りたまはく「我、将来が為《ため》報答《むく》はむ。汝《いまし》が子孫《うみのこ》其《し》が家に在りや」と問はせ給ふ。蘇民将来、答へて申《まを》さく「己《わ》が女子《むすめ》と斯《わ》が婦《つま》と侍《はべ》る」と申す。即ち詔りたまはく「茅《ち》の輪《わ》を以《も》ちて腰の上《へ》に着《つ》けしめよ」とのりたまふ。詔の随《まにま》に着けしむるに、即夜《そのよ》に蘇民の女子《むすめ》一人《ひとり》を置きて、皆悉《ことごと》殺し滅《ほろぼ》してき。即ち詔りたまはく「吾は速須佐雄《はやすさのを》の神《かみ》そ。後の世に疫気《えやみ》あらば、汝《いまし》、蘇民将来の子孫《うみのこ》と云ひて、茅の輪を以ちて腰に着けて在《あ》る人は、免《まぬか》れなむ」と詔りたまひき。

出典
植垣節也校注『風土記』（新編日本古典文学全集5　小学館、平成九年十月刊）による。

奈良県吉野郡の伝説「弘法清水」

ほいでな、こうゆう話あんねん。この東川《うのかわ》って所《とこ》あんねんなあ。東川《うのかわ》の上に波津《はづ》ってとこあるわ波の津と書いて。

そこへな、回っていて、そこでその水を頼んだらしいな。

「一杯回してくれ」言《ゆ》うて。

ある家へ行《い》たらな、そこは水の不足な所《とこ》や、そりゃ水みたいなものありゃせん。

「あんたみたいな糞坊主に飲ませるような水はない。雨の水でも飲んどれ」って言われて。

で、弘法大師はそのまま出て、その隣の隣へ行《い》て、

「のど渇いてかなわんで、水一杯よんどくれんか」って。

「ああ、よろしやす。よろしやす。そやけど、今な、家《うち》ではええ水ないんで、これから谷へ行って汲んできますよって、しばらく待っとってくれ」言《ゆ》うて。

そいで帰ってきて、お大師さんにその水をあげたちゅうんやな。お大師様《さん》喜んで、それ飲んでな、

「ここらは水の不便な所か」って。

「ここはいたって水の不便な所なんねん」

「そうか、そんなんやったらな、ここ掘ってみ」

って言《ゆ》うてな、杖《つえ》の先でな、教《おせ》てくれたらしいわ。そこ掘ったら、水湧いたってゆう。そんな伝説あるんや。波津に。

で、ここらへ下《しも》回ってきとるわけやな。

「ここ掘ってみ、水必ず湧くわ」って言《ゆ》うて。

その水湧いた井戸あるわ、こんな小《ち》さい井戸だけどな。

（川上村　中西完次）

出　典

國學院大學説話研究会『奈良県吉野郡昔話集』（昭和五十八年二月刊）による。

解　説　来訪者歓待譚

来訪神の信仰と「まれびと」

日本には、ムラや家に来訪する神がその人たちを祝福し、富や生きる力を与える祭りや歳事が多くある。日本の神信仰には、天空から降臨する神への信仰と海の彼方や望むことができる山などから訪れ来る神への信仰があって、これらの神は『古事記』や『日本書紀』といった上代の文献にも登場する。よく知られている日本神話の天孫降臨というのは前者の神信仰に属し、現在の庶民生活で行われている正月の歳神祭祀やお盆の先祖祭祀も、天空から門松などで歳神を迎え、迎え火や盆花によって先祖霊を迎えている。門松や迎え火・盆花は、神霊の降臨の目印であり、神霊が依り憑くもので、こうした事物や装置は、神霊からは「依代《よりしろ》」、迎える人間からは「招代《おぎしろ》」が術語となっている。

依代や招代によって迎える神は、人間がこれらを用意して迎えるので「招来神」といえる。この神は依代・招代が表象物となり、観念的な存在であるのに対し、海彼や山中からの「来訪神」は仮面・仮装で自ら訪れ来るのが特徴で、身体をもつ具象的な神といえる。民俗学者で国文学者、さらに歌人、小説家でもあった折口信夫・釋迢空は、『萬葉集』の歌や『日本書紀』などにある宮中儀礼などをもとに、来訪神の信仰とその祭り・儀礼があることを仮説し、大正十年

（一九二一）と大正十二年（一九二三）の沖縄の民俗調査で、アンガマ、マユンガナシ、アカマタ・クロマタなど、実際に行われている来訪神の祭りを知り、一九二〇年代に「まれびと」という理論を構築している。アンガマやマユンガナシなどは沖縄県石垣島に伝えられ、新節《あらせつ》という年の変わり目にムラや家々を来訪し、マユンガナシは農作物の作り方を教えるなど、ムラ人たちに富をもたらす存在となっている。

盆に来訪するアンガマ（沖縄県石垣市）
（大正 12 年 8 月　折口信夫撮影）
ムラの先祖の翁と媼であるという

来訪神の物語

来訪神の存在は、祭りや歳事だけでなく物語としても伝えられている。具体的にはここにあげた奈良時代に編まれた『常陸国風土記』には富士山と筑波山を訪れる「神祖」の物語、『備後国風土記』逸文には「蘇民将来」の物語がある。「語り」の物語として伝えられている「昔話」には「大歳《おおとし》の客」といい、大晦日に訪れて来た者を歓待することで富がもたらされる物語がある。

「大歳の客」というのは、たとえば大歳（大晦日）に身なりの汚い乞食が訪ねてきて、貧しいが優しい爺婆はこの来訪者を迎え入れて年取りの食べもので歓待する。翌朝、この来訪者を起こしに行ったら蒲団のなかで黄金になっていて、爺婆は裕福になる。あるいは貧乏な爺婆の家に各地を流浪して歩く宗教者が大晦日の晩に訪れ来る。爺婆は歓待して泊めてやると、この者は翌朝に若水汲みに行って井戸に落ちてしまう。爺婆は井戸から引き上げて家に連れて来て莚を被せておいたら、この来訪者は小判になっていたという話もある。これらの「大歳の客」では黄金や小判ではなく、大晦日に訪れ来た身なりの汚い者を貧しい爺婆が泊めてもてなしたら、その者から翌朝に恵方に行って水を汲み、それで顔を洗えと教えられ、言う通りにしたら爺婆は若返った。これが元日の若水の起源であるという話もある。

大晦日という年の変わり目の来訪者であること、その来訪者は普通の者ではないこと、来訪者は歓待され、その歓待者に富や新たな命を授けるというのが物語の骨子である。ここに収録した「弘法清水」も、水がなくて困っていたムラで、訪れて来た僧をもてなしたら、その僧が杖で突いたところから水が湧き出たという伝説である。

「神祖」と「蘇民将来」

『常陸国風土記』にある「神祖《みおや》」の物語は、秋の収穫祭である新嘗の晩に富士山を訪ねたら富士の神は新嘗の祭りを行っているのでと「神祖」をもてなさなかった。そこで「神祖」は筑波山を訪ねたところ、筑波の神は新嘗の祭りの最中にもかかわらず「神祖」をもてなした。そこで「神祖」は筑波山を多くの人が登り、賑やかで繁栄した山にしたという内容である。『備後国風土記』逸文の「蘇民将来」は、武塔神《むとうしん》のもてなしを拒否した金持ちの弟の蘇民将来一族は滅ぼされ、逆にもてなした貧しい兄の蘇民将来には腰に「茅の輪」を着けておけと教え、これを着けている者は疫病から守るという物語である。この蘇民将来の物語は京都の八坂神社（祇園社）の縁起にもなり、これでは武塔神は牛頭天王となっている。

（小川　直之）

参考文献

小川直之「折口信夫の「まれびと」論」『東アジア比較文化研究』4、東アジア比較文化国際会議日本支部　平成十七年五月刊
西田長男『神社の歴史的研究』塙書房　昭和四十一年九月刊

第8講　異郷訪問譚

『日本書紀』巻第十四　雄略天皇条の「水江浦島子《みづのえのうらのしまこ》」

秋七月に、丹波国余社郡《たにはのくによざのこほり》管川《つつかは》の人水江浦島子《ひとみづのえのうらのしまこ》、舟《ふね》に乗《の》りて釣《つり》し、遂《つひ》に大亀《おほかめ》を得《え》たり。便《すなは》ち女《をとめ》に化為《な》る。是《ここ》に浦島子《うらのしまこ》、感《め》でて婦《め》にし、相逐《あひしたが》ひて海《うみ》に入《い》り、蓬莱山《とこよのくに》に到《いた》り、仙衆《ひじりたち》に歴《めぐ》り観《み》る。語《こと》は別巻《ことまき》に在《あ》り。

出典
小島憲之・直木孝次郎・西宮一民・蔵中進・毛利正守校注・訳『日本書紀』②（新編日本古典文学全集3、小学館、平成八年十月刊）による。

『萬葉集』巻九　高橋虫麻呂の水江《みづのえ》の浦島子《うらのしまこ》を詠《よ》む歌

水江の浦島子を詠む一首并せて短歌

春の日の　霞《かす》める時に　墨吉《すみのえ》の　岸に出《い》で居《ゐ》て　釣舟《つりぶね》の　とをらふ見れば　古《いにしへ》の　ことそ思ほゆる　水江《みづのえ》の　浦島子《うらのしまこ》が　鰹《かつを》釣り　鯛《たひ》釣り誇《ほこ》り　七日《なぬか》まで　家《いへ》にも来《こ》ずて　海界《うなさか》を　過ぎて漕《こ》ぎ行《ゆ》くに　海神《わたつみ》の　神の娘子《をとめ》に　たまさかに　い漕ぎ向かひ　相《あひ》とぶらひ　言成《ことな》りしかば　かき結び　常世《とこよ》に至り　海神の　神の宮の　内の重《へ》の　妙《たへ》なる殿《との》に携《たづさ》はり　二人《ふたり》入り居《ゐ》て　老《お》いもせず　死にもせずして　永《なが》き世《よ》に　ありけるものを　世の中の　愚《おろ》か人《ひと》の　我妹子《わぎもこ》に告《の》りて語《かた》らく　しましくは　家に帰りて　父母《ちちはは》に　事も語らひ　明日《あす》のごと　我《われ》は来《き》なむと　言ひければ　妹《いも》が言へらく　常世辺《とこよへ》に　また帰り来て　今のごと　逢《あ》はむとならば　この櫛笥《くしげ》　開《ひら》くなゆめと　そこらくに　堅《かた》めしことを墨吉《すみのえ》に　帰り来《きた》りて　家《いへ》見れど　家も見かねて　里見れど　里も見かねて　怪《あや》しみと　そこに思はく　家ゆ出《い》でて三年《みとせ》の間《あひだ》に　垣もなく　家も失《う》せめやと　この箱を　開《ひら》きて見てば　もとのごと　家はあらむと　玉櫛笥《たまくしげ》　少し開くに　白雲《しらくも》の　箱より出でて　常世辺《とこよへ》に　たなびきぬれば　立ち走《はし》り　叫《さけ》び袖振《そでふ》り　臥《こ》いまろび　足ずりしつつ　たちまちに　心消失《けう》せぬ　若かりし　肌《はだ》も皺《しわ》みぬ　黒《くろ》かりし　髪《かみ》も白《しら》けぬ　ゆなゆなは　息《いき》さへ絶えて　後遂《のちつひ》に　命《いのち》死にける　水江《みづのえ》の　浦島子《うらのしまこ》が　家所《いへどころ》見ゆ

反　歌

常世辺《とこよへ》に　住むべきものを　剣大刀《つるぎたち》　汝《な》が心から　おそやこの君

（巻九・一七四一、二番歌）

出　典

小島憲之・木下正俊・東野治之校注・訳『萬葉集』③（新編日本古典文学全集7、小学館、平成七年四月刊）による。

『丹後国風土記』逸文「筒川《つつかは》の嶼子《しまこ》」（水江《みづのえ》の浦《うら》の嶼子）

（丹後の国の風土記に曰ふ）

与謝《よさ》の郡《こほり》。

日置《ひおき》の里《さと》。

この里に筒川《つつかは》の村《むら》あり。ここの人 夫《おほみたから》、日下部《くさかべ》の首《おびと》らが先《さき》つ祖《おや》、名を筒川の嶼子《しまこ》と云ふひとあり。為人《ひととなり》、姿容《かたち》秀美《すぐ》れ風流《みやび》なること類《たぐひ》なし。これ、謂《いは》ゆる水江《みづのえ》の浦《うら》の嶼子《しまこ》といふ者《ひと》なり。こは 旧 宰《もとつみこともち》、伊預部《いよべ》の馬養《うまかひ》の連《むらじ》の記《しる》せるに相乖《そむ》くことなし。故《かれ》、所由《ゆゑよし》の旨《おほむね》を略陳《の》べむとす。

長谷《はつせ》の朝倉《あさくら》の宮《みや》に 御 宇《あめのしたをさめたま》ひし天皇の御世《みよ》、嶼子《しまこ》、独 小《ひとりちひさ》き船に乗り海中《わたなか》に汎《うか》び出《い》でて釣せり。三日三夜《みかみよ》を経《へ》ぬれど一つの魚《いを》をだに得ず、乃《すなは》ち五色《いついろ》の亀《かめ》を得《え》つ。心に奇異《あや》しと思ひ船の中《うち》に置き即《すなは》ち寐《いね》つるに、忽《たちまち》に婦人《をみな》となりぬ。その容美麗《かほうるは》しくまた比《なら》ぶひとなし。

嶼子、問ひて曰はく「人宅《いへ》遥《はる》けく遠く、海庭《には》に人乏《な》きに、詎《いか》に人忽来《きた》れる」といふ。女娘《をとめ》の微咲《ゑ》みて対《こた》へて曰はく「風流之士《みやびを》、独 蒼海《ひとりうみ》に汎《うか》べり。近く談《かた》らはむおもひに勝《あ》へず、風雲《かぜくも》の就来《むたきた》れり」といふ。嶼子また問ひて曰はく「風雲は何処《いづく》ゆか来れる」といふ。女娘、答へて曰はく「天《あめ》の上《うへ》なる仙家之人《やまびと》なり。請《ねが》はくは君な疑《うたが》ひそ。相談《かたらひ》の愛《うつくしみ》を垂《たま》へ」といふ。ここに嶼子、神の女《をとめ》と知り懼《おそ》り疑ふ心を鎮《しづ》めき。女娘《をとめ》、語りて曰はく「賤妾《わ》が意《こころ》は、天地《あめつち》の共畢《むたをは》り日月の倶極《むたきはま》らむとなり。但《ただ》君は奈何《いかに》そや、許不《いなを》の意《こころ》を早先《まづさき》にせむ」といふ。嶼子、答へて曰はく「また言ふことなし。何《なに》そ懈《をこた》らむ」といふ。女娘、曰はく「君棹廻《さをさ》すべし、蓬 山《とこよのくに》に赴《ゆ》かむ」といふ。嶼子従ひ往《ゆ》く。女娘、眠目《ねむ》らしめ、即《すなは》ち不意之間《ときのま》に、海中《わたなか》なる博大之嶋《とほしろきしま》に至《いた》りぬ。その地《つち》は玉《たま》を敷《し》けるが如し。闕台《うてな》は 暸 映《あきらかにはえ》楼《たか》堂《どの》は玲瓏《てりかかや》けり。目に見ず、耳に聞かず。

携手《たづさ》へて徐《やくやく》に行くに一太宅《あるいへ》の門《と》に到《いた》りぬ。女娘《をとめ》、曰はく「君且《しま》らく此処《ここ》に立ちたまへ」といひて、門《と》を開《ひら》きて内に入りぬ。即《すなは》ち七豎子来《ななたりわらはきた》り相語《あひかた》りて曰はく「こは亀比売《かめひめ》の夫《つま》そ」といふ。また八豎子《やたりわらは》来り相語りて曰はく「こは亀比売の夫そ」といふ。ここに女娘《をとめ》の名を亀比売と知りぬ。乃《すなは》ち女娘出《い》で来《く》。嶼子《しまこ》、豎子たちの事を語る。女娘、曰はく「その七豎子は昴星《すばる》なり。この八豎子は畢星《あめふり》なり。君な怪しみそ」といふ。即ち前《さき》に立ちて引導《みちび》き内に進み入れり。女娘の父母共《かそいろもろとも》相に迎へ、揖《をろが》みて坐《ゐしき》にましき。ここに、人間《ひとのよ》と仙都《とこよ》の別《わき》を称説《と》き、人と神の偶会《たぐひ》の嘉《よしみ》を談議《かた》れり。乃ち百品《ももつしな》の芳《よ》き味《あぢ》を薦《すす》む。兄弟姉妹等《はらからたち》、杯《さかづき》を挙《ささ》げ献酬《くみかは》せり。隣《となり》の里なる幼女等《うなゐたち》も、紅顔《にのほ》なし戯接《まじ》はれり。仙歌《うた》は寥亮《はるけくひび》き、神儛《まひ》は逶迤《もこよか》なり。それ、歓宴《うたげ》のさま、人間《ひとのよ》に万倍《よろづまさ》れり。ここに日の暮るるを知らず。ただ黄昏之時《たそかれとき》に、群《もろもろ》の仙侶等《やまひとたち》、漸々《やくやく》に退《まか》り散《あら》け、即ち女娘独留《をとめひとりとど》まりぬ。肩を双《なら》べ袖を接《あ》はせ、夫婦之理《みとのまぐはひ》を成《な》しき。

時に嶼子、旧俗《ふるさと》を遺《わす》れ仙都《とこよ》に遊び、既に三歳《みとせ》のほどを逕《へ》ぬ。忽《にはか》に懐土之心《くにしのひのこころ》を起し、独《ひとり》、二親《かそいろ》に恋ひつ。故《かれ》、吟哀《かなしみ》繁《しきり》に発《おこ》り嗟歎《なげき》日益《ひにひにま》しぬ。女娘、問ひて曰はく「比来《このころ》君夫《わがせ》の貌《さま》を観《み》るに常時《よのつね》に異《ことな》れり。願はくは其の志《おもひ》を聞かせたまへ」といふ。嶼子、対《こた》へて曰はく「古《いにしへ》の人言ひしく、小人《ひと》は土《くに》を懐《おも》ひ、死《い》にし狐《きつね》は岳《やま》を首《かしら》とすといふ。僕《われ》、虚談《そらこと》と以《おも》へるに今はこれ信然《まこととし》りぬ」といふ。女娘、問ひて曰はく「君や帰《いな》むとせる」といふ。嶼子、答へて曰はく「僕《われ》近く親故《かぞいろ》之俗を離れ遠く神仙之堺《とこよのくに》に入りぬ。恋眷《こほしき》に忍びずて、輒《すなは》ち軽慮《たはこと》を申《まを》しつ。所望《ねが》はくは暫本俗《しましもとつくに》に還《かへ》り二親《かそいろ》に奉拝《あは》まくほりす」といふ。女娘、涙を拭《のご》ひ歎《なげ》きて曰はく「意《こころ》は金石《かねいし》に等しく共に万歳《よろづとせ》を期《ちぎ》りしに、何そ郷里《ふるさと》を眷《かへり》みて棄《す》遺《つ》ることの一時《たちまち》なる」といふ。即ち相携《たづさ》はり俳徊《たもとほ》り、相談《かた》らひ慟哀《かな》しみき。

遂に袂《たもと》を捹《ひるがへ》して退去《わか》れ、岐路《わかれぢ》に就《つ》かむとす。ここに女娘父母親族《をとめかそいろうからたち》、但《ただ》に別《わかれ》を悲しみ送る。女娘玉匣《たまくしげ》を取り、嶼子に授《さづ》け、謂《かた》りて曰はく「君終《つひ》に賤妾《われ》を遺《す》てず、眷《かへ》り尋《たづ》ねむとおもはば、匣《くしげ》を堅握《かた》めて、慎《ゆめ》な開き見そ」といふ。即ち相分《あひわか》れて船に乗り、仍《すなは》ち眠目《ねむ》らしめ、忽《たちまち》にもとつ土《くに》の筒川《つつかは》の郷《さと》に到りぬ。即ち村邑《むらさと》を瞻眺《まも》らふに、人も物も遷《うつ》り易《かは》り、また由《よ》るによしなし。

ここに郷人《さとひと》に問ひて曰はく「水江の浦の嶼子《しまこ》の家人《いへびと》、今何処《いづく》にか在《あ》る」といふ。郷人答へて曰はく「君何処の人なる、旧遠人《いにしへびと》を問《たづ》ぬや。吾《われ》、古老《ふるおきな》たちに聞くに曰はく「先《さき》つ世に水江の浦の嶼子といふものあり。独《ひとり》蒼海《うみ》に遊びまた還《かへ》り来ず」といひ、今に三百余歳《みももとせあまり》を経《へ》しに何《いか》にぞ忽《にはか》にこを問ふや」といふ。即ち棄心《うつけごころ》を銜《いだ》き、郷里を廻《かへりみす》れど一親《かたおや》にすら会はず、既に旬月《ひとつき》を逕《へ》ぬ。乃ち玉匣を撫《かきな》で神《かみ》の女《をとめ》を感思《め》でつ。ここに嶼子、前日《さき》の期《ちぎり》を忘れ忽《にはか》に玉匣を開《ひら》きあけつ。即ち未瞻之間《たちまち》に芳蘭之体《よきらにのかをり》、風雲のむた翩《ひるがへ》りて蒼天《そら》に飛びゆきぬ。嶼子、即ち期要《ちぎり》に乖違《たが》ひ、かへりてまた会ふことの難《かた》きを知りぬ。首を廻《めぐ》らして踟蹰《たたず》み涙に咽《むせ》ひて徘徊《たもとほ》りき。

ここに涙を拭《のご》ひて歌《うた》ひて曰ふ。

常世辺《とこよべ》に　雲立《くもた》ち渡《わた》る　水江《みづのえ》の　浦嶋《うらしま》の子が　言《こと》もち渡る

神《かみ》の女《をとめ》、遥けく飛び芳き音《よ》にて歌ひて曰ふ、

倭辺《やまとべ》に　風吹き上げて　雲離《くもはな》れ　退《そ》きをりともよ　我《わ》を忘らすな

嶼子また恋望《こほしき》に勝《あ》へず歌ひて曰ふ、

子等《こら》に恋ひ　朝戸《あさと》を開き　我が居れば　常世《とこよ》の浜の　波の音《と》聞こゆ

後時《のち》の人、追加《お》ひて歌ひて曰ふ、

水江《みづのえ》の　浦嶋の子が　玉匣《たまくしげ》　開《あ》けずありせば　またも会はましを

常世辺《とこよべ》に　雲立ち渡る　多由女　雲《くも》は継《つ》がめど　我《われ》そかなしき

出典

植垣節也校注・訳『風土記』（新編日本古典文学全集5、小学館、平成九年十月刊）による。

秋田県由利本荘市の昔話「浦島太郎」

むかし。浦島太郎どいう人ぁ居《え》で、あっちの川さ行たり、こっちの海さ行たりして、魚釣り専門にして、暮らして居だがたふだおな。

ある時《じぎ》、今日も釣りに行ごうと思て、出で来たば、童子達《わらしだ》四、五人居で、大ぎた亀どご捕《しめ》で、馬乗りしてみだり、ひっくり返《けえ》してみだりして、遊《あす》でだでおな。

「こら、こら汝達《んがだ》。生き物でおな、虐《えじ》めるおでねぇ。放してやれ」

こう言たでも、童子達、

「俺達、しめだ亀だおの。放してやらねぇ。えづまでも（いつまでも）こうして遊《あす》でる」どで、放してやるふでねぇでおの（ようすでないという）。

「ようし、んだら、俺ぁ銭コ出して買うぁ。それだら良《え》がろ？」

「ようし、売る」ど、言うなも居《え》れば、

「売らねぇで遊だ方良え」ど、言うなも居だけでも、何とが、売る事に決またふで（らしく）、その亀、浦島太郎どさ、売てよごしたでおの。

「よし、よし。さあ、亀。二度ど人に捕《しめ》らえるえんた所さ（とらえられるような所に）、来るなよ。亀でおな、長生ぎたどいう事だ。えづまでも達者で居れよ』どて、亀さ、良ぐ言い聞がせで、海さ放してやたでおの。

次の日、今日ぁ海さ釣りに行てみよう、ど、思て、海端《うみばた》さ行てみだば、昨日、助けでやた亀ぁ、海から、ノコノコど出はて来て、

「昨日ぁ、命助けでもらて、本当に良がった。どうが、俺背中さ乗てけれ」ど、いうでおな。

「どごさ行ぐどごよ?」

「命助けでもらた礼に、竜宮城どいう所《どご》さ、連《つ》で行ぐ。さ、俺背中さ乗てけれ」

こう亀ぁ言うなで、亀ぁ背中さ乗たば、何と、きれぇな竜宮城どいう所さ、連で行たおだでおの。そごぁ、男ぁ一人も居ねぇ、女子《おなご》ばりで、さあ、心配す《(優遇する)》、心配す。浦島太郎、良ぐ来てけだどて、女子達ぁ一杯出はて来て、ありたげ心配してけるおだでおの。

なあんと、ここに居れば、何年居《え》だて、倦《あ》ぎるおでねぇ《(ものでない)》。浦島太郎ぁ、一、二年も居てしまたど思て、(あんまり長居した。家の方ぁ何となてだでら、帰《けえ》てみねぇばならねぇな)ど、考えだでおな。なぁに。太郎ぁ、そう思た時でおな、実ぁ、太郎ぁ竜宮城さ来てがら、八百八年経てがらだでおの。この竜宮城に居れば、何もかもあまり面白ぇおで、月日の経つ事なの、解らねぇぐなてしまうわげだでおな。

「あんまり長居した。家の方も心配だし、一度、家さ戻てみる」ど、言たば、竜宮城の人達ぁ、

「それだは、やめだ方ぁ良ぐねぇがな? 何ぼしても、お前、家さ戻るど言《ゆ》なば、この葛籠《つづら》、持て行げ。んだでも、これぁ開げてみねぇ方良えよ。開げれば、とんでもねぇ事になるがも知れねぇへぇんて《(から)》、開げでみねぇで、持て行てけれ」どて、少《べ》ってぇ葛籠一つ呉《け》てよごしたでおの。

浦島太郎ぁ、家さ戻てみだ。何が何がだでら、村の中も、我《わ》ぁ家のあだりも、あまり、違《ちが》てしまたおで、解るおでねぇでおな。何せ、一、二年だと思たな、八百八年も経てるおだおの、解るわげもねぇ。太郎ぁ家の土台だて、腐てねぇぐなてしまただおの。

うろうろて居るうぢ、持ってだ葛籠、何としても開げて見でぇぐなてきたでおな。(開げなすけでも《(あけるなといったが)》、何だて見でぇおだ。何ぁ入ぇてるおだが、開げで見だ方良んだ)でおで、開げで見たでおの。したば、葛籠の中から、太郎ぁ忘えでた、八百八年の齢ぁ、ぞろぞろど出はて来て、浦島太郎どさ、ビダっとくっ付でしまたでおの。人でおな、そったなば《(そんなには生きられないのだから)》生ぎらえねぇだへぇんて、太郎ぁそごで、死んでしまたで話だ。黙って竜宮城に居れば、一万年も生ぎら

えるなだたという事だ。助けだ亀の寿命ぁ一万年どいうなでなあ。惜しい事してしまたわげよ。家さ戻らねぇば、今頃、まだ生ぎで居だがも、知れねぇでもなあ。

出典
野村純一・畠山忠男編『話の三番叟―秋田の昔話―』（桜楓社、昭和五十二年五月刊）による。

解説　異郷《いきょう》訪問譚《ほうもんたん》

異郷の伝承

現実世界に対して、距離を隔てたところに存在すると信じられる空想上の世界。記紀神話にはいくつかの異郷が出てくる。天上の神々の世界である「高天《たかまの》原《はら》」のほかに、「常世《とこよ》（常夜《とこよ》）の国」「根《ね》の国」「根《ね》之《の》堅洲《かたす》国《くに》」「黄泉《よみ》の国」などである。『古事記』の伊邪那岐《いざなぎ》命の黄泉の国訪問では死者の世界として描かれているが、理想郷としての異郷も伝えられている。特に「常世の国」はその両義的な存在として、しばしば記紀の伝承に描かれている。

異郷訪問譚

神、あるいは異人・動物・妖怪などのいる異郷を訪れた主人公が歓待され、もどる時に財宝や呪宝を持ち帰る話型を「異郷訪問譚」という。中国の秦の始皇帝の命令を受けた徐福の東海の三神山に向かったという伝説や、六朝期の陶淵明（陶潜）「桃花源記」の桃源郷など中国にも同様の話がある。徐福伝説の三神山の一つ蓬莱山《ほうらいさん》の信仰は、日本にも影響を与え、『日本書紀』にその用字がみられる。

関敬吾は『日本昔話大成』の「異郷」の項目で、「竜宮童子」「浦島太郎」「沼神の手紙」「黄金の斧」「玉取り姫」の五話型を挙げている。これらに共通する異郷はすべて水界である。これらはそこからの富の恩恵に授かるという基本モチーフとなっている。しかし、異郷は水界ばかりではなく、天上・山中・地底にも形象される。そう考えれば、「天人女房」「隠れ里」「見るなの座敷」「地蔵浄土」なども、その範疇となり、桃源郷とも一致する。

上代の浦島伝説

『日本書紀』雄略天皇条には、丹波国余社《よざ》郡管川《つつかわ》の人水江《みずのえ》の浦島子が舟に乗って釣りをして大きな亀を捕らえたところ、それが女となったので妻とし、蓬莱山《とこよのくに》に至ったと伝える。そしてこの話を伝える別巻の記録があるとしている。

『萬葉集』には、巻九に高橋虫麻呂歌集所出の歌として、「水江の浦島子を詠む一首」として長歌と短歌が伝わる。この歌では浦島子が父母を思って帰ることを考え、妻より櫛笥《くしげ》を渡され、故郷に着いて変わり果てたその有様に途方に暮れて、禁を破って櫛笥を明けてしまって死んでしまうという、よく知られた浦島太郎と同じ結末がよまれている。しかし、この歌がよまれたのは墨吉の岸で、作者はそこで釣り舟を見て浦島伝説を思ってよんだこととなっている。

また、『丹後国風土記』逸文では、『紀』の記述と違わないように記されていて、『紀』の記す別巻の記録は伊預部馬養が記したもので、風土記の記述はそれと同じ内容であることがことわられている。話は『紀』の記述に忠実で、蓬山《とこよのくに》へ行こうとして至った先が「海中の博大之嶋」と記され、そこは仙都《とこよ》と記される場所で、高橋虫麻呂歌と同様に父母を思って帰ることを考え、同じ末路をたどっていく。この風土記の記述には、神仙思想を思わせる表現が多く使われているが、神仙郷の入り口とされる星の名を持つ子が出てきて、その場所が海彼か天上なのかの混同もみられる。

浦島伝説の展開

浦島伝説はこの後、『御伽草子』に受け継がれる。『御伽草子』は狭義には江戸時代の享保年間（一七一六～一七三六）

宇良神社（浦嶋神社とも。京都府伊根町）に奉納された蓑亀

に大坂の渋川清右衛門が板行した絵入横版本の二十三編「御伽文庫」に収められたものを指す。しかし、広義には室町時代から江戸時代前半にかけて作られた短編物語の総称として用いられ、三百編を超える物語数があり、作者不明のものが多い。浦島伝説はその中で「浦島太郎」として伝えられている。このような物語が江戸時代に盛行したのは、物語の享受者が一般知識人から解き放たれて幅広い階層（女性を含む）に移行したことによる。

『御伽草子』の浦島太郎は、上代の伝承とは異なって浦島太郎という名となり、一度釣った亀を助け、その恩によって亀が乙姫となって姿をあらわして結婚し、竜宮城にいたって幸福に暮らすというような話となっている。父母に会いに帰ると伝えたところ、亀姫は箱を渡し、故郷に帰った浦島は変わり果てた故郷に驚いて箱を開ける。そして、浦島は鶴になって虚空に上ってゆくという話となっている。

明治時代となり、「浦島太郎」は教科書に掲載され、また文部省唱歌として広く国民に知れ渡るようになる。教科書の「浦島太郎」は、童話作家の巖谷小波が明治二十九年（一八九六）に発表した『日本昔噺』版を、生徒向けに手を加えて短縮したもので、玉手箱を開けて老人化してしまうことで約束を破ると悪いことが起こると伝えようとしたものである。文部省唱歌としては明治三十三年（一九〇〇）のものと明治四十四年（一九一一）のものとがある。

（大石　泰夫）

第9講　小さ子譚

『竹取物語』の「かぐや姫」

いまはむかし、たけとりの翁《おきな》といふものありけり。野山にまじりて竹をとりつつ、よろづのことにつかひけり。名をば、さぬきのみやつことなむいひける。その竹の中に、もと光る竹なむ一《ひと》すぢありける。あやしがりて、寄りて見るに、筒《つつ》の中《なか》光りたり。それを見れば、三寸ばかりなる人、いとうつくしうてゐたり。

翁いふやう、「我《われ》朝ごと夕ごとに見る竹の中におはするにて知りぬ。子になりたまふべき人なめり」とて、手にうち入れて、家へ持ちて来《き》ぬ。妻《め》の嫗《おうな》にあづけてやしなはす。うつくしきこと、かぎりなし。いとをさなければ、籠《こ》に入れてやしなふ。

たけとりの翁《おきな》、竹を取るに、この子を見つけて後《のち》に竹取るに、節《ふし》をへだてて、よごとに、黄金《こがね》ある竹を見つくることかさなりぬ。かくて、翁やうやうゆたかになりゆく。

この児《ちご》、やしなふほどに、すくすくと大きになりまさる。三月《みつき》ばかりになるほどに、よきほどなる人になりぬれば、髪あげなどとかくして髪あげさせ、裳着《もき》す。帳《ちやう》の内《うち》よりもいださず、いつきやしなふ。

この児のかたちの顕証《けそう》なること世《よ》になく、屋《や》の内は暗き所なく光満ちたり。翁、心地《ここち》悪《あ》しく苦しき時も、この子を見れば苦しきこともやみぬ。腹立たしきこともなぐさみけり。

翁、竹を取ること、久しくなりぬ。勢《いきほひ》、猛《まう》の者《もの》になりにけり。この子いと大きになりぬれば、名を、御室戸斎部《みむろどいむべ》の秋田《あきた》をよびて、つけさす。秋田、なよ竹のかぐや姫と、つけつ。このほど、三日、うちあげ遊ぶ。よろづの遊びをぞしける。男《をとこ》はうけきらはず招《よ》び集《つど》へて、いとかしこく遊ぶ。

世界の男《をのこ》、あてなるも、賤《いや》しきも、いかでこのかぐや姫を得てしかな、見てしかなと、音《おと》に聞きめでて惑《まと》ふ。そのあたりの垣《かき》にも家の門《と》にも、をる人だにたはやすく見るまじきものを、夜《よる》は安《やす》きいも寝《ね》ず、闇《やみ》の夜《よ》にいでても、穴をくじり、垣間見《かいまみ》、惑《まと》ひあへり。さる時よりなむ。「よばひ」とはいひける。

出典

片桐洋一・福井貞助・高橋正治・清水好子校注・訳『竹取物語／伊勢物語／大和物語／平中物語』(新編日本古典文学全集12、小学館、平成六年十一月刊)による。

東京都江戸川区で語られる新潟県の昔話「瓜こ姫」

むかし　あったてんがの。

子持たずの爺さと婆さがあったてがの。

春んなって、去年の刈草の堆肥を田畑に使うた後を耕して瓜の種蒔いたと。ほしたれば堆肥が効いてえるげで、良え芽が出たてや。

爺さと婆さは今年の甘い瓜を食う日を楽しみに手入れしたてや。ズンズン延びる茎ん中で特に太い茎があったと。

そんだろども他の茎に花が咲くどもえや、咲く花はどれもこれもから花ばっかで成り花はえっこと咲かねてがの。婆さが瓜畑見てるとあの太い茎の蔓の初手からつけた先っぽに、蕾を見つけたてや。婆さ喜んで、その成木の蕾に陽があたるようにして毎日見ていたと。幾日も過ぎて、あの小さかった玉っころは、へえ挽いでもいいようなでっこさになって花が咲いたと。このでっこい成り花に蜂や虻が入ったりしてるとみてるうち日一日その瓜はでっこなるてや。見てるうちたんだ一つの瓜が蔓からポッタと挽げたてや。家の縁側まで持ってきた。ほせば、パカンと割れて中から丸丸とした女っ子が生まれたてんがのし。爺さ婆さたまげたり、喜んだりして、瓜から生まれた女っ子だすけ、瓜子姫と名あ付けてのし、それあ可愛がって育てたと。瓜子姫はほんに器量よしで、はつめえ（古い言い方で賢い）な娘になったと。

爺さは山畑を耕して麻畑を作り、婆さは苧《お》を積みして、瓜子姫は十一、二から機織り初めて、今は村一番と評判だってや。

秋になって、爺さと婆さが畑に行くてや。

「今日は、んなが大好きな野老薯《ところ》（山芋）掘ってくるすけ、一人で留守番していれよ。隣のアマンジャクが来るかも知んねども、決して家ん中へ入れるんでねえ」

そう言って、二人は山の畑へ行ったてがの。

ほうしたれば、ほんに隣のアマンジャクが来たと。

「おい。瓜子姫遊《あ》すぼや。おらことちょっこら中へ入れてくれや」

瓜子姫はしっかり戸をしめてテンカラトントン　テンカラトントオンと機織りしてたってや。アマンジャクは、

「おら、瓜子姫が好きな、野老薯持ってきたがね。中へ入んてくれや」

「やだいや。爺さも婆さも、おら達が戻るまでは、誰が来ても家へ入れんなと言うた」

「そんげな事言わねで、ほんの指一本入るほんどで良えすけ、戸を開けてくれや」

優しい心根の瓜子姫は指一本入るぐれだば良えかと思うて、指一本入るほど戸を開けたてや。

「こればっかじゃ、開けたことんならね。手が入るほんど開けてくれや」

と、言われて手が入るほんど開けたれば、おっかなげな爪の生えた手でガラガラッツと戸を開けてアマンジャクが入ってきたてや。

ほうして、アマンジャクは瓜子姫に飛びかかり、瓜子姫を殺して、その着物を剥ぎとり瓜子姫に化けて機織りしたてんがの。

ドンガラ　ジャンガラ　ドンガラ　ジャンガラ音をたててえたてがの。

山の畑っから帰った爺さと婆さは機織り音がいつもの、テンカラトン　テンカラトオトンて聞こえねで、ドンガラジャンガラ騒がしい音だし、瓜子姫の大好きな野老薯よぜて（茹でて）くれても、皮も剥かねでムシャムシャと食うているんだんが。爺さが、

「瓜子姫や。野老薯の皮むいて食たらなじだいや」

て言うたれば、

「皮は皮の薬んなる」

「瓜子姫や。毛はむしってから食えや」

「毛は毛の薬んなる」

て、言うたてや。

「おらとこの瓜子姫は、こんげな娘で無えが」

よお見たら隣のアマンジャクであったと。爺さごうやけて（腹を立て）、そこにあった蒔割木で叩き殺してしまった。山裾の茅《かや》の根っつこに血だらけのアマンジャクを埋めたてがの。

そんらんだんが、今でも茅の根っこはアマンジャクの血で真っ赤がんだてがの

いちご　ぶらんとさげた。

出　典
野村敬子編『江戸川で聴いた中野ミツさんの昔語り―現代昔話継承の試み―』（瑞木書房、平成二十四年六月刊）による。

新潟県南蒲原郡の昔話「田螺《たにし》息子」

甘或る所に爺さと婆さがありました。子供がないのでせつなうて、村の鎮守様に、どんげな子でもよいすけね一人授けておくんなさい、と願かけしました。所がその願が叶つて婆さが小さな田螺の子を生みました。田螺の子でも神様の申し子だからというて、大事に育て、みたが、いつ迄たつても大きくならない。二十二の齢になつて或る日のこと、つぶの息子は、「爺さ婆さ、おら二十二の齢にもなつたから一稼ぎして來うと思ふすけに、暇くれてくらつしやい」と言うて、婆さにこうせんを三合拵へて貰つて、それを腰につけて家を出ました。

つぶの息子は大分歩いて、或る村へ來ました。そして村の内で一番立派な家のがんぎ（庇）の所へ來て、今日はくと呼ばると、旦那が出て來て、あたりを見廻したが誰もゐない。變だと思ってゐると、夊今日はくと言ふ。よく見ると木の葉の下につぶの息子がゐて、「旦那様、私を此のうちの若い衆に置いておくんなさい」と言ふ。旦那も面白いと思つて、若い衆に置くことにしました。處がこのつぶの息子は何でもよく働いたが、藁打が何よりも上手だつたので、毎日藁を打たせる事にしました。

旦那の家には二人の美しい娘がありました。つぶの息子は夜寝る時は必ずこうせんの袋を枕元に置いて寝たが、或る夜の夜中にこつそり起き出して行つて、姉娘の口にこうせんを塗つて、翌る朝になつて「旦那様、あねさが毎晩俺のこうせんを盗んで嘗めるすけに、俺の嬶にならんば勘辨ならん」と云うて駄々を云ひました。それを毎晩やるので旦那が困つて、姉娘を呼んで其話をすると、姉娘はごうやいて（怒つて）、或る夜さい槌をたがへて來てつぶ息子を一打に叩きつぶしてやらうと、その室に忍び込みました。處がつぶ息子が叉「こうせん盗みに來たいやあ」と言うて騒ぎ立てたので、あねさはあはたへて逃げてしまひました。あねさは益々業燒いて、今度こそはと云つて次の晩も其次の晩も出掛けたが、何遍やつてもつぶに騒ぎ立てられるので失敗ばかしてゐる。處が或る夜どうしたのかつぶ息子がぐつすり眠つてゐるので、この時だとばかりさい槌を振り下したら、ヂヤンヂヤラヂヤンといふ大きな音がして、つぶはいつの間にか大きい立派な聟さんになつて、其處に立つてゐました。あねさは業燒く所か、大喜びで嫁になる事を承諾したので、旦那に相談して二人は爺さと婆さの家へ歸りました。爺さも婆さも、つぶの子がこんな立派な息子になつて、それに美しい嫁さ迄も連れて來たので、こんなお目出度い事はないと言うて喜んだと云ふことです。

（加無波良夜譚　今井そよ女）

出典

柳田國男編『全国昔話記録　南蒲原郡昔話集』（三省堂、昭和十八年十二月刊）による。

解説　小さ子譚

小さ子と信仰

桃から生まれた「桃太郎」や背丈が一寸しかない「一寸法師」、田螺《たにし》の姿で生まれる「田螺息子」など、非常に小さな主人公が偉大なことをなし遂げる物語は、「小《ちい》さ子譚」と呼ばれる。普通の子どもと異なる姿や方法で誕生し、誕生後は急激な成長を遂げる場面は、彼らが特別な存在であることを顕著に示している。記紀神話では、小さな姿の少彦名命が常世国からガガイモの皮の舟に乗って現れる。小さ子譚には、こうした別世界から出現する神への信仰が通底していると考えることもできる。

小さ子譚と信仰の関係は、時にその子どもが神仏への祈願によってもたらされる「申し子」であることからもうかがえる。岩手県などに伝承される昔話「すねこたんぱこ」では、子どものいない爺と婆が観音様に祈ると「毎晩脛にたんぱこ（唾）」つけろ」というお告げがあり、そのとおりにすると、脛から小さな男児が生まれる。

『竹取物語』―異界から来た小さ子―

九世紀後半から十世紀前半頃に成立したとされる『竹取物語』は、『源氏物語』に「物語の出で来はじめの祖（おや）」と書かれているように、日本最古の物語といわれ、ここにも小さ子譚の要素を確認することができる。

今は昔、竹取の翁という者が竹林にでかけると、光り輝く竹があり、中には三寸（約九センチメートル）程の可愛らしい女児が座っていた。その女児は三か月ほどで人並みの背丈になったので、髪を結い上げ裳を着せて、成人の儀礼を行った。そして「なよ竹のかぐや姫」と名づけられた。三年ほど経った頃、かぐや姫は翁に自分は月の世界の人間であり、八月十五日には月に帰らなければならないことを告げる。この物語の冒頭で、姫が竹の節の間からの出現し、三か月で成人することによって、女児の神聖性が保証され、読者はかぐや姫が人間界とは時間の尺度が違う異界の住人であることに納得するのである。そして帝が派遣した兵も月の使者の前にはなす術もなく、かぐや姫はすべてを忘れる天の羽衣を着て天に帰ってゆく。羽衣によって、姫の異界意識の転換が巧みに表現されている。

かぐや姫は美しさで翁と媼を喜ばせたばかりでなく、竹から湧き出した金によって莫大な富をもたらした。ここにも小さ子の特別な力が働いているのである。

瓜子姫――空間は霊魂を安定させる装置――

「桃太郎」は桃の中から、「瓜子姫」も同様に瓜の中から生まれている。瓜は川上から流れてくる場合もあれば、畑で採れる場合もあるが、そこから愛らしい女の赤児が現れ、瓜子姫と名付けられる。しかし爺婆の留守に機織りをしていた姫はアマンジャクに殺されてしまう。着物をかぶって姫になりすましたアマンジャクは、正体が見破られて退治される。

伝承地によって、アマンジャクが山姥であったり、鳥の鳴声によって真実が明かされたりという違いはあるが、いずれも瓜子姫自身が特別な力を発揮して敵を倒す場面は語られない。ここから、「小さ子譚」に共通するもっとも重要な要素は、神聖なる者が、閉ざされた空間に籠って霊力を蓄え、この世に出現することにあると言えよう。こうした発想には、日本人の霊魂観が反映しているとも言える。人間の生死は、肉体と霊魂の結合と分離によるもので、幽界の魂は一定期間を経て顕界に「よみがえる」とする考え方であり、先祖祭祀の原理となる考え方である。

ところで、多くの瓜子姫の昔話で共通して語られるのは、姫が機織りをしていることである。江戸時代後期の鈴木《すずき》牧《ぼく》之《し》による『北越雪譜《ほくえつせっぷ》』には、機織り場が「御機屋」と呼ばれて神聖視され、穢れた体で機織りをすることを禁じた記述がある。つまり機を織る娘とは神に仕える聖女を意味し、瓜子姫を同様の存在として位置づけることができる。

田螺息子――擬死と再生の通過儀礼（イニシエーション）――

小さ子譚には、異類の姿のまま誕生する主人公もいる。昔話「田螺息子」では、神に祈願をした夫婦に授けられた子どもは田螺であった。成長した田螺は嫁探しの旅に出て、知恵を働かせて伴侶となる娘を得る。最後に娘が田螺をつぶすと、田螺は立派な若者に転化して結婚する。

田螺は、湖や川、田んぼなどの淡水に生息しており、かつてはたいへん身近な生物であった。親しみを込めて「ツブ」と呼ばれ、味噌汁やあえ物に料理されることもあった。

一方、腹にある外敵から身を守るための固い蓋や、高い水質浄化能力などの形態や習性から、人びとは田螺に水神的な性格を見出だしてきたとも言える。

田螺が娘に叩き潰される場面は衝撃的だが、これは未熟な者が一人前の若者に生まれ変わるために必要な「擬死と再生」の通過儀礼である。主人公の男児が大人への階段をのぼり、良い嫁を取るという結末は、日本人が小さ子譚に込めた願いでもあった。

（服部比呂美）

参考文献

柳田國男『桃太郎の誕生』三省堂　昭和十七年七月刊

第10講　運命譚

『神道集』「第四十六　釜神事」の赤児の運命

近江《ノ》国甲賀郡《ノ》内《ノ》、云由良有二山里一、百姓一百余人居住《リ》、地頭在、各々倶《ニ》沙汰奉《シ》、其中《ニ》代々小讚者《ニ》、年貢《ヲ》誂《アツラヘテ》都《ヘ》備《ルニ》、都《ノ》
御沙汰《ニテ》値下事、上古《ノ》例也、或年小讚百姓相当《テ》、无二相違一収《テ》国下《ル》程《ニ》、甲賀山《ノ》日暮間《ニテ》、思外《ノ》山中《ニ》大木《ノ》本《ニ》留《リヌ》、木根《ノ》枕《ヲ》息《トシテ》、《タリ》
其《ノ》夜々半《ニモ》過覚《ヌラント》時、我古《カ》里方《ノヨリ》大《ナル》光物飛来《テ》、此《ノ》木《ノ》東《ノ》枝《ニ》居《タリケル》、良且有《ク》枕《テ》伏《ニタル》、木《ノ》根《ノ》自レ下、何《ニ》今夜《モ》何事有《カルト》問《ハ》、彼《ノ》光物語《ルハ》、甲
賀郡内《ニ》由良里《ニコソ》、今夜東西《ノ》軒幷《ニ》、同時産《ヲ》仕候、疾名付《テ》候、七才以前取《ニントテ》候《ヘハ》、親共賢《カシテ》胎内《ニテ》名付《テ》候間、不《ト》レ及レ力《ニ》語《レハ》、枕《ノ》
下《ヨリ》而果報何《ハニト》問《ケレハ》、上《ノ》光物小咲《シテ》、男子箕作《ハヲ》、門々売廻《ニリル》ヘシト云文字《ヲ》、左右手《ノノ》掌《ニ》把《テ》生《タリ》、女子不《ハ》レ作《シテ》、万福来《ルト》云文字《ヲ》右手《ノ》把《ニテ》
生候語《テトリケレハ》、地底《ノナル》物《カニ》而別《ノ》村里走廻《ヘリテ》、急《ヤ》名共付《ヲ》、太多少《ノ》者《キ》共取《ヲ》可レ集云《ケレハ》、承候《トテ》、西差《ヲ》飛去《ヌ》、其後此人夜《ハ》侍《ヲ》明《シテ》、由良里《ノ》入《ヘケレハ》、
家内《ノ》老少男女走出《テ》、是《ノ》御上《コソ》此夜半計《ニ》御産云《トケレハ》、急何《ニソト》問《ヘハ》、男子《ニテ》御在《スト》云、佐奴《テキヤツハ》箕作《ヲリ》、門々売《ヲリ》可レ廻也思《トヘハ》、差《シテ》喜《タル》无二
気色一、東《ノ》女房《モ》何《ハニソト》問《ヘハ》、女子《ト》語、此万福手《ヲニ》持来事也

出典
近藤喜博編『神道集　東洋文庫本』（角川書店、昭和三十四年十二月刊）による。

山形県最上郡真室川町の昔話「産神問答（芝崎長者）」

むかし、あったけど。

むかし、むかし、芝崎長者ていうな、あっけど。それごそ、金持であったけ。下女なの、えっぺ（いっぱい）使ってだけど。

下女も腹大っきば、旦那のかが、奥方も腹大っき。おぼこなし（出産）すっかった。長者、伊勢参り行ったど。ほして、道中の途中泊ったれば、ある夜、なえだか、しんね（知らない）賑やかなおど（声）がして、目、醒めだけど。耳ば向げだれば、山の神様だけど。ほして、

「芝崎長者え（家）さ行って来た」

て、いうおどすっと。

「下女ど奥方ど同じ日、おぼごなした。下女のおぼごは女ごだし、旦那のおぼごは男だ。ほんでも、福を持だねし、下女のおぼごは福を持ってるさげて、あれは、ゆぐゆぐ一緒にすればええな」

て、いうど。

山の神様〈おぼごなしさせできた〉て、いうなだど。

長者はどで（吃驚）して、急いでえ（家）さ戻って来たど。

ほしたれば、山の神様のいうとおり、下女のおぼごど、わ（自分）のおぼごど二人出はったけど。下女な、女ごおぼごだども、わな、男おぼごだけど。

大っきぐなって、年もえってきた。そごで、下女の女ごば、そごのえの嫁にしたど。すっと、そのあねこ、なんと

しても酒飲むもんで、一日一斗酒も飲むよなったど。

　すっと、旦那の子、

「そんなかが、とてもおがんね」

て、ぼたして（追い出して）やったどごですどは。すっと、ぼださって、どさ（何処）行ぐ、て、あでもねげんとも、あねこ。行ったもんですと。ずっと行ったれば、途中、掘立小屋みでだ家こあったけど。

「まず、どうが、休ませでけろ」

て、入ったれば、その掘立小屋みでだどごさ、男、一人ですけど。ほして、休ませで貰ったさげて、あねこ、ずっと、そごのえ（家）えぐ（良く）なっていだどは。

　ほして、あねこ、ほの男ど一緒になったど。すっと、そごの家、えぐなって、大っきぐなって、立派な家に栄えだけ。

　そしてるうぢ、芝崎長者の息子かまけし（財産を失って）して、ほえどこ（乞食）になってしまった。ほえどこになって、どごだがの橋の下さ、ほえど、いっぺいたどごさ住んでいだけど。ほして、喰い物、貰れ歩ぐわげでな、その大っきだ、下女の娘の嫁になってるえさ、貰れ行ったけど。そのかが、

「なえだてな、芝崎長者の息子、こげ（このように）なって、いどしこどな」

て、な、握りままさ、金入って、けった（与えた）けど。

　ほすっと、その日は、まま喰でぐねどんて、隣りのほえど仲間さ、握りままけった（くれた）ど。すっと、仲間だ、握りままの中さ金入ったけど。

「なえだて、芝崎長者の息子どもある人が、握りままさ金入ったどんて、人さくへる。たまげたもんだ」

て、ほえど仲間がら笑わったけど。

　福持だね人は、そういうもんだどや。

どんぺからんこ・ねっけど。

出典

野村純一編『定本関澤幸右衛門昔話集―「イエ」を巡る日本の昔話記録―』(瑞木書房、平成十九年二月刊)による。

解説　運命譚

運命譚

運命譚というのは、人間の運命を神霊が決めたり、予言したりする物語といえる。当人はそのことを知らずにいて、結果的にその決定、予言通りの人生を歩む場合が多い。神霊の予言を知って、これに抗っていろいろな試みをしたり、事前に神霊の支配から逃れるための措置が講じられたりしている場合もある。ここに物語の面白さの一つがあるが、この物語の基盤には、人生には人智を超えた力が働いているという神霊への信仰があると考えられる。

産神問答譚

このような運命譚の代表が「産神問答」と命名されている昔話である。「産神」は、狭義には出産に立ち会って安産を助ける神であり、生まれた赤児に力を授ける神でもあるが、広義には受胎祈願、安産祈願の神々もこの神の範疇に入る。「産神問答」は関敬吾が『日本昔話集成』で行った命名であるが、これ以前の柳田國男『日本昔話名彙』では「運定め話」となっている。この昔話に類型される物語には、「男女の福分」「水の神の寿命」「虻と手斧」「王位の約束」などがある。「男女の福分」は、生まれた男女それぞれに別の福分が神霊から予言される物語、「水の神の寿命」は生まれた子どもが水難で死ぬ運命にあると予言され、結果的にそのようになったり、親の才覚でその難から逃れたりする物語である。「虻と手斧」は、生まれた赤児は後に大工となるが虻や蜂が飛んできて、この難から逃れようとして手斧や鑿などで死にいたる運命にあるという物語、「王位の約束」は生まれた赤児が将来、王となるという物語である。これらのうち「虻と手斧」は平安時代末の『今昔物語集』巻二十六にもあり、古くから知られていた運命譚といえる。

『神道集』の運命譚

『神道集』は九巻五十話から構成され、巻一は神道由来之事、宇佐八幡宮事など神道や神祇・祭儀、全国各地の神社の由来についての説明となっている。その説明には当時知られていた説話が取り込まれていて、一般民衆にこれらを説くことを目的に編まれたのではないかと思われる。成立については不明な点が多いが、十四世紀半ばの文和・延文年間（一三五二〜一三六一）と考えられ、編著者については「安居院」ともあるが、これも明確にはなっていない。

伝承文学の研究においては、十四世紀半ばに知られていた説話が含まれていることが重要で、ここにあげた第四十六「釜神事」は、家々で祀られる釜神の由来を説く縁起であるが、なかに二種類の運命譚が含まれている。

原文は真名《まな》本であるが、その一つが近江国甲賀郡の由良という山里の百姓が年貢を納めて帰る途中、甲賀山で日が暮れて大樹のもとで野宿をしていたところ、夜半に「大光物」が飛来してこの木の枝に止まり、今夜由良の里の東西二軒でお産があるので、生まれたらすぐに取り憑いて七歳までに命を取ろうと行ったら、親が賢くて胎内にいるうちから名付けをしていて取り憑けなかったと話しているのを聞いたという話である。もう一つはこれに続いて、二軒のお産で生まれた男児は、箕を作って家々に売り歩くことを書いたものを左右の手に握って生まれ、女児は「満福来」と書いたものを右手に握って生まれてきたと話しているのを聞いたとある。百姓は急いで由良の里に帰って確かめるとその通りだったとして、本文ではこの後、生まれた男女のその後の人生を説明している。

ここにある運命譚の前者では、疫病神と思われる「小光物」は、結局は赤児には取り憑けず命を取ることができず、これは先にあげた「水の神と寿命」「虻と手斧」と同様な運命譚が背後にある。後者の箕作と満福は「男女の福分」と同様な内容である。ここであげている山形県真室川町関沢の幸右衛門家の沓澤ミノ媼が語った「産神問答（芝崎長者）」は、産神である山の神の予言としての「男女の福分」であり、『神道集』の箕作・満福と同じ構図をもっている。

神社に納められた命名祝い
（山梨県甲府市　金桜神社）

名付けの力

産神が生まれる赤児の将来をも支配するというのは、出産に立ち会う神に与えられた力だが、民俗として注目されるのは名付けによる災厄の防御である。名付けは、習俗としては生後七日目であるオヒチヤに行って披露するのが一般的で、披露によってその赤児には社会的な生存権が確立していく。別の言い方をするなら、名前はその子のアイデンティティとして位置づけることができるのである。だからこそ名付けをすると写真のように神社に納めたり、家の神棚に貼ったりしている。『神道集』に取り込まれている前者の運命譚からは、命名や名前がもつこうした意味も読み取れる。

（小川　直之）

参考文献
近藤喜博編『神道集　東洋文庫本』角川書店　昭和三十四年十二月刊
ロルフ・W・ブレードニヒ著　竹原威滋訳『運命の女神—その説話と民間信仰』白水社　平成元年八月刊

第四章　人間世界の物語

『伊勢物語絵巻』より、東下りの場面
（江戸時代初期、國學院大學図書館蔵）

第11講　貴種流離譚

『伊勢物語』九　「東下り」

むかし、男ありけり。その男、身をえうなきものに思ひなして、京にはあらじ、あづまの方《かた》にすむべき国もとめにとてゆきけり。もとより友とする人、ひとりふたりしていきけり。道しれる人もなくて、まどひいきけり。三河《みかは》の国八橋《やつはし》といふ所にいたりぬ。そこを八橋といひけるは、水ゆく河のくもでなれば、橋を八つわたせるによりてなむ、八橋といひける。その沢《さは》のほとりの木のかげにおりゐて、かれいひ食ひけり。その沢にかきつばたいとおもしろく咲きたり。それを見て、ある人のいはく、「かきつばた、といふ五文字《いつもじ》を句のかみにすゑて、旅の心をよめ」といひければ、よめる。

から衣《ごろも》きつつなれにしつましあればはるばるきぬるたびをしぞ思ふ

とよめりければ、みな人、かれいひの上に涙おとしてほとびにけり。

ゆきゆきて駿河《するが》の国にいたりぬ。宇津《うつ》の山にいたりて、わが入《い》らむとする道はいと暗う細きに、蔦《つた》かへでは茂り、もの心細く、すずろなるめを見ることと思ふに、修行者《すぎやうざ》あひたり。「かかる道は、いかでかいまする」といふを見れば、見し人なりけり。京に、その人の御もとにとて、文《ふみ》かきてつく。

駿河なるうつの山辺《やまべ》のうつつにも夢にも人にあはぬなりけり

富士の山を見れば、五月《さつき》のつごもりに、雪いと白うふれり。

時しらぬ山は富士の嶺《ね》いつとてか鹿子《かのこ》まだらに雪のふるらむ

その山は、ここにたとへば、比叡《ひえ》の山を二十《はたち》ばかり重《かさ》ねあげたらむほどして、なりは塩尻《しほじり》のやうになむありける。

なほゆきゆきて、武蔵《むさし》の国と下《しも》つ総《ふさ》の国とのなかにいと大《おほ》きなる河あり。それをすみだ河といふ。その河のほとりにむれゐて、思ひやれば、かぎりなく遠くも来《き》にけるかな、とわびあへるに、渡守《わたしもり》、「はや船に乗れ、日も暮れぬ」といふに、乗りて渡らむとするに、みな人ものわびしくて、京に思ふ人なきにしもあらず。さるをりしも、白き鳥の、はしとあしと赤き、鴫《しぎ》の大きさなる、水の上に遊びつつ魚《いを》を食ふ。京には見えぬ鳥なれば、みな人見しらず。渡守に問ひければ、「これなむ都鳥《みやこどり》」といふを聞きて、

名にしおはばいざ言問《こと》はむみやこどりわが思ふ人はありやなしやと

とよめりければ、船こぞりて泣きにけり。

出典

片桐洋一・福井貞助・高橋正治・清水好子校注・訳『竹取物語／伊勢物語／大和物語／平中物語』（新編日本古典文学全集12 小学館、平成六年十二月刊）による。

『平家物語』巻第十八「判官都落《はうぐわんのみやこおち》」

同《おなじき》十一月二日《ふつかのひ》、九郎大夫判官《くらうたいふのはうぐわん》、院御所《ゐんのごしよ》へ参ッて、大蔵卿《おほくらのきやう》泰経《やすつねの》朝臣《あつそん》をもッて奏聞《そうもん》しけるは、「義経君《よしつねきみ》の御為《おんため》に奉

公の忠を致す事、ことあたらしう初めて申し上ぐるにおよび候はず。しかるを頼朝《よりとも》、郎等共が讒言《ざんげん》によッて、義経をうたんと仕り候間《さうらふあひだ》、しばらく鎮西の方《かた》へ罷下《まかりくだ》らばやと存じ候。哀院庁《あはれゐんのちやう》の御下文《おんくだしぶみ》を一通《つう》下し預り候はばや」と申されければ、法皇、「此条頼朝がかへりきかん事、いかがあるべからん」とて、諸卿に仰せ合せられければ、「義経都に候ひて、関東の大勢《おほぜい》乱れ入り候はば、京都の狼籍《らうぜき》たえ候べからず。遠国《をんごく》へ下り候ひなば、暫《しばら》く其恐《そのおそれ》あらじ」とおの〳〵一同に申されければ、緒方三郎《をかたのさぶらう》をはじめて臼杵《うすき》、戸次《へつぎ》、松浦党《まつらたう》、惣じて鎮西の者、義経を大将として、其下知《げぢ》にしたがふべきよし、庁《ちやう》の御下文《おんくだしぶみ》を給はッてンげれば、其勢五百余騎、あくる三日卯剋《うのこく》に、京都にいささかのわづらひもなさず、浪風《なみかぜ》もたてずして下りにけり。

摂津国源氏《つのくにげんじ》、太田太郎頼基《おほだのたらうよりもと》、「わが門の前をとほしながら、矢一つ射かけであるべきか」とて、川原津《かはらづ》といふ所におッついてせめたたかふ。判官は五百余騎、太田太郎は六十余騎にてありければ、なかにとりこめ、「あますな、もらすな」とて、散々に攻め給へば、太田太郎我身《わがみ》手負ひ、家子郎等《いへのこらうどう》おほくうたせ、馬の腹射させて引退《ひきしりぞ》く。判官頸共《くびども》きりかけて、戦神《いくさがみ》にまつり、「門出《かどで》よし」と悦《よろこ》ンで、大物《だいもつ》の浦より船に乗ッて下られけるが、折節《をりふし》西の風はげしくふき、住吉《すみよし》の浦にうちあげられて、吉野《よしの》の奥にぞこもりける。吉野法師《よしのぼふし》にせめられて、奈良へおつ。奈良法師《ならぼふし》に攻められて、又都へ帰り入り、北国にかかッて、終《つひ》に奥《おく》へぞ下られける。都より相具したりける女房達《にようぼうたち》十余人、住吉の浦に捨て置きたりければ、松の下、まさごの上《うへ》に、袴《はかま》ふみしだき、袖《そで》をかたしいて、泣きふしたりけるを、住吉の神《じん》官共《ぐわんども》憐《あはれ》んで、みな京へぞ送りける。凡《およ》そ判官のたのまれたりける伯父信太三郎先生《をぢしだのさぶらうせんじやう》義憲《よしのり》、十郎蔵人行家《じふらうくらんどゆきいへ》、緒方三郎《をかたのさぶらう》維義《これよし》が船共、浦々島々に打寄《うちよ》せられて、互《たがひ》にその行《ゆく》ゑを知らず。忽《たちま》ちに西の風ふきける事も、平家の怨霊《をんりやう》のゆゑとぞおぼえける。同《おなじき》十一月七日《なぬかのひ》、鎌倉の源二位《げんにゐ》頼朝卿《よりとものきやう》の代官として、北条四郎時政《ほうでうのしらうときまさ》、六万余騎を相具して都へ入る。伊《い》予守《よのかみ》源《みなもとの》義経《よしつね》、備前守《びぜんのかみ》同《おなじく》行家、信太三郎先生同義憲追討《ついたう》すべきよし奏聞しければ、やがて院宣をくだされけり。去《さんぬる》二日《ふつかのひ》は義経が申しうくる旨にまかせて、頼朝をそむくべきよし、庁《ちやう》の御下文《おんくだしぶみ》をなされ、同八日《おなじきやうかのひ》は頼朝卿の申状《まうしじやう》によッて、義経追討の院宣を下さる。朝《あした》にかはり夕《ゆふべ》に変ずる、世間《せけん》の不定《ふぢやう》こそ哀れなれ。

出典

市古貞次校注・訳『平家物語』②（新編日本古典文学全集46、小学館、平成六年八月刊）による。

解説　貴種流離譚

貴種流離譚

尊い神や高貴な身分の人が、天上や都で犯した罪のために、地上や地方に漂泊して辛苦の生活を経験するという話型。しかし、単に話型ということだけではなく、貴種流離譚は故あって流離する主人公を語ってゆくことによって、悲劇のモチーフを示す物語となっている。この名称は、折口信夫が日本文学における重要な話型・モチーフとして命名したもので、柳田國男はこれを「流され王」と呼んだ。

折口信夫の貴種流離譚

西村亨は、折口信夫の貴種流離譚についての考えを次のように整理する。

（1）神の伝記を原型とする。
（2）天上における犯しがあって人間世界に流離し、辛苦を味わう。
（3）辛苦が極まって死に至り、転生して偉大な神となる。
（4）その変形として、貴人が罪あって都を離れ、地方に流離して辛苦を味わう。
（5）辛苦の果てにはかない生を終えるもの、幸福に転じて都に帰るものなどのバリエーションを生じた。

(6) 流離の因となる犯しについての合理的な説明が求められ、有力なものとして「たわやめの惑ひ」や「継母の恋慕」などの型を生じた。

(7) 女性を主人公とするものには「継子いじめ」の類型を生じた。

(8) 実在の人物の実人生をもこの類型にはめて受容する傾向を生じた。

(9) ほかひびと(巡遊伶人)の伝送の影が濃厚で、ほかいびとの漂泊の人生が主人公の流離に投影している。

(10) また、海や川など水辺に関係を持つことが多い。

具体的な例として挙げられるのは、記紀の須佐之男命・倭建命・軽皇子、『萬葉集』の麻績王《おみのおほきみ》・石上乙麻呂、物語文学のかぐや姫(『竹取物語』)・昔男(『伊勢物語』)・光源氏(『源氏物語』)などであり、このほかにも日本の語り物系統の文学にはこの例が多い。こうしたことから、折口は「ほかひびと」(巡遊伶人)の漂泊の境涯とも重なって、悲哀の伝承を各地に撒布していったと捉えている。そして、この悲劇的要素が、のちに日本文学の特徴となって歴史に長く尾を引いてゆくと考え、貴種流離譚は話型というよりは日本文学の発想を促すモチーフであり、「物語要素」とするのである。

(大石　泰夫)

参考文献

西村亨「貴種流離譚」西村編『折口信夫事典』大修館書店　昭和六十三年七月刊

第12講　棄老説話

『大和物語』一五六「姥捨」

信濃《しなの》の国《くに》に更級《さらしな》といふ所に、男すみけり。若き時に、親は死にければ、をばなむ親のごとくに、若くよりそひてあるに、この妻《め》の心《こころう》憂きことおほくて、この姑《しうとめ》の、老いかがまりてゐたるを、つねに憎みつつ、男にもこのをばの御《み》心《こころ》のさがなくあしきことをいひ聞かせければ、むかしのごとくにもあらず、おろかなることおほく、このをばのためになりゆきけり。このをば、いといたう老いて、ふたへにてゐたり。これをなほ、この嫁《よめ》、ところせがりて、今まで死なぬことと思ひて、よからぬことをいひつつ、「もていまして、深き山に捨てたうびてよ」とのみ責めければ、責められわびて、さしてむと思ひなりぬ。月のいとあかき夜《よ》、「嫗《おうな》ども、いざたまへ。寺にたうときわざすなる、見せたてまつらむ」といひければ、かぎりなくよろこびて負《お》はれにけり。高き山のふもとにすみければ、その山にはるはると入《い》りて、高き山の峰の、おり来《く》べくもあらぬに、置きて逃げて来《き》ぬ。「やや」といへど、いらへもせで、逃げて家に来て思ひをるに、いひ腹立《はらだ》てけるをりは、腹立ちてかくしつれど、年ごろ親のごと養ひつつあひ添《そ》ひにければ、いと悲しくおぼえけり。この山の上《かみ》より、月もいとかぎりなくあかくいでたるをながめて、夜《よ》ひと夜《よ》、いも寝《ね》られず、悲しうおぼえければ、かくよみたりける。

わが心なぐさめかねつさらしなやをばすて山に照《て》る月を見て

とよみてなむ、またいきて迎へもてきにける。それよりのちなむ、をばすて山といひける。なぐさめがたしとは、これがよしになむありける。

出典
片桐洋一・福井貞助・高橋正治・清水好子校注・訳『竹取物語／伊勢物語／大和物語／平中物語』（新編日本古典文学全集12 小学館、平成六年十二月刊）による。

三重県熊野市の昔話「親棄山」

――こういうような頓智比べでね、難題っていうか、お殿様がね、灰縄って――

そうそう。

――「灰縄作って来い」なんていうの知ってますか？――

お母さんがよう言うた。

昔にね、灰縄ね、殿様からね、「灰で作った縄を綯うてこい」って。

その時に、その前にね、あの、「年寄をおぶって山へ捨てよ」いうね。それで、山へ、お母さんを背負うて山へ捨てるために負うて行きやったんやね。

「殿様の命令やから仕方ないから、どんなに泣いてもかなわん、お前達が知らせに行かなんだら悪いから、山へ捨ててくれ」

言うて、お母さんが言うてね。お母さんを背負うて山へ行きよったんやね。そしたら、お母さんが、こう、木の枝を折ってはね、ちぎって、落としながら落としながら山へ行くんやね。

「お母さんどうしやるん」

って言うたらね、したら、

「俺はどこへ捨てられても年取ってるからかまわない。けどなぁ、お前は子供ら育てるのに大事な体だから、暗くなって道がわからなかったら困るから、道印にね、木の枝を落としながらね、行きやるから、その枝を頼りに帰れ」

言うたらね、それでその息子は、

「こんな、こんなお母さんのような知恵の偉い人を、お母さんを捨てるわけにいかんから、暗くなってから連れてくる」

ってね、連れて帰ったんやね。そしてお母さんが誰にもわからないように地下室を作ってね、お母さんを隠してあったんやね。そしたら殿様が、

「縄を焼いて、その縄で、草履を作って持って来い」

って言ったんやね。お触れがあったんやね。そのお触れをみんながあっちこっちで、近所の人達が考えるんやけどよう考えられんのやね。そして、お母さんにそうっと夜になって、下に行ってお母さんに相談したんやね。そしたら、

「それは縄を取ってね、そっと作りなさい。縄を綯って作ったら金か何か、燃えていかんような台の上に載せて、草履をうまく焼いてしまわんように、またけついたりさわらないように、そっとその形が崩れないようにあまりよう焼いたら白い灰になるから、白い灰のうちに火を止めて、そのままそっと持って行きなさい」

言うたんやね。形が壊れんように。そして、みんなが持って行くんやけど、みんな灰になるんやね。誰が作って行ってもね。で、その人のだけが受かって、合格して、

「お前は持って来やしたけど、それはお前の知恵やないやろ」

ってね。

「本当のこと言うてみよ」

言うたら、

「それは床下に隠しているお母さんに教えてもろた」

ってね。それから年寄りを大切にするお触れが出てね、みんなが助かったって。

出典
梶晴美編『奥熊野のはなし—須崎満子媼の語る三〇〇話—』(私家版、平成十七年三月刊)による。

解説　棄老説話

昔話「姥捨山《うばすてやま》」の話型

「姥捨山」は、特定の年齢に達した老人を山奥に捨てるという発端を持つ昔話。発端以後の展開の違いによって四つの型に分けられる。

(1)難題型……捨てるに忍びず家に隠しおき、老人の知恵により難題を解く。
(2)親捨畚《もっこ》型……畚に親を入れたまま捨てる際、子供がこんど父を捨てるときに使用するから畚を持ち帰るというのを聞き、非を悟る。
(3)枝折型……山へ行く途中、帰る子のため枝折りする親心に感動して連れ帰る。
(4)福運型……嫁姑の不仲によって親を捨てるが、親は神の援助により富を得、これを真似た嫁は罰を受ける。

「棄老説話」の伝来と日本文学

インドの経典を中国で翻訳した『雑蔵宝経』に、「難題型」「福運型」の原話がみられ、インドから広まったとみられている。この経典は『今昔物語集』をはじめ、日本の古典に引用が多い。親捨畚型は中国の『孝子傳』にみられ、こうした中国の文献を経て日本にもたらされたものということもいえよう。

日本文学における「姨捨《をばすて》」伝承は、『古今和歌集』八七八番歌を初出として、信濃国姨捨山の伝説として『大和物語』にも伝えられ、歌論の『俊頼髄脳』にも掲載されている。謡曲「姨捨」は捨てられた老女の盲執を秋の名月に寄せて描いており、姨捨山と月との趣向は、連歌・俳諧に繋がっている。原由来恵は、こうした文学における姨捨伝承を詳細に検討して、この伝承が変容していく諸相を論じている。『枕草子』「社は」（二二六段）章段には、中国とも関わる棄老説話として「難題型」の説話が紹介されている。原はこの説話の源泉とみられる『雑宝蔵経』など三経典と比較して、中国からの伝承に日本的な解釈と和歌が付加されたものとなっていることを指摘している。民間の伝承の中では、習俗や地名と結びついて伝説化されたものが多い。

棄老説話は現代でも注目される話型で、例えば深沢七郎『楢山節考』（昭和三十一年〈一九五六〉）は、二度映画化され、テレビ・ラジオでドラマ化された。佐藤友哉『デンデラ』（平成二十一年〈二〇〇九〉）は、平成二十三年（二〇一一）に映画化された。

（大石　泰夫）

参考文献

原由来恵「『枕草子』における伝承―「社は」章段を中心に―」『古代中世文学論考』第三集　平成十一年十月刊
原由来恵「「姨捨」考―謡曲と歌語の間―」『年刊　藝能』第十号　平成十六年三月刊

第13講　霊験と富

『今昔物語集』巻第十六「参長谷男依観音助得富語《はつせにまゐるをとこくわんのむのたすけによりてとみをうること》　第二十八《だいにじふはち》」

今昔《いまはむかし》、京《きやう》ニ父母《ぶも》妻子《さいし》モ無《な》ク、知《しり》タル人《ひと》モ無《な》カリケル青侍《あをさぶらひあり》有ケリ。長谷《はつせ》ニ参《まゐり》テ、観音《くわんのむ》ノ御前《おほむまへ》ニ向《むかひ》テ、申《まう》シテ云《いは》ク、「我《わ》レ身《み》貧《まづし》クシテ一塵《いちじん》ノ便《たよりな》無シ。若《も》シ此《こ》ノ世《よ》ニ此《か》クテ可止《やむべ》クハ、此《こ》ノ御前《おほむまへ》ニシテ干死《ひじに》ニ死《し》ナム。若《も》シ、自然《おのづか》ラ少《すこし》ノ便《たより》ヲモ可与《あたへ》給《たまふべ》クハ、其《そ》ノ由《よし》ヲ夢《ゆめ》ニ示《しめ》シ給《たま》ヘ。不然《しからざ》ラム限《かぎ》リハ更《さら》ニ不罷出《まかりいで》ジ」ト云《いひ》テ、低《うつふ》シ臥《ふし》タリ。寺《てら》ノ僧共此《そうどもこ》レヲ見《み》テ、「此《こ》ハ何《いか》ナル者《もの》ノ、此《かく》テハ候《さぶら》フゾ。見《み》レバ、物食《ものく》フ所有《ところあり》トモ不見《みえ》ズ。若絶入《もしたえいり》ナバ、寺《てら》ニ穢《けがれ》出来《いできたり》ナムトス。誰《たれ》ヲ師《し》トハ為《する》ゾ」ト問《と》ヘバ、男《をとこ》ノ云《いは》ク、「我貧身《われまづしきみ》也《なり》。誰師《たれをし》トセム。只観音《ただくわんのむ》ヲ憑奉《たのみたてまつり》テ有《あ》ル也《なり》。更物食《さらにものく》フ所無《ところな》シ」ト。寺《てら》ノ僧共此《そうどもこ》レヲ聞《きき》テ、集《あつまり》テ云《いはく》、「此人偏《このひとひとへ》ニ観音《くわんのむ》ヲ恐喝《かこち》奉《たてまつり》テ、更《さら》ニ寄《よ》ル所無《ところな》シ。寺《てら》ノ為《ため》ニ大事《だいじ》出来《いでき》ナムトス。然《さ》レバ、集《あつまり》テ此《こ》ノ人《ひと》ヲ養《やしな》ハム」ト定《さだめ》テ、替々《かはるがは》ル物《もの》ヲ食《くは》スレバ、其《そ》レヲ食《くひ》テ仏《ほとけ》ノ御前《おほむま》ヘヲ不去《さら》ズシテ、昼夜《ちうや》ニ念《ねむ》ジ入《いり》テ居《ゐ》タルニ、三七日《みなぬか》ニモ成《なり》ヌ。

其《そ》ノ曉《あけ》ヌル夜《よ》ノ夢《ゆめ》ニ、御帳《みちやう》ノ内《うち》ヨリ僧出《そうい》デ、此《こ》ノ男《をとこ》ニ告《つげ》テ宣《のたま》ハク、「汝《なむぢ》ガ、前世《ぜんぜ》ノ罪報《ざいほう》ヲバ不知《しらず》シテ、強《あながち》ニ責《せ》メ申《まう》ス事極《こときはめ》テ不当《あたら》ズ。然《さ》レドモ、汝《なむぢ》ヲ哀《あはれぶ》ガ故《ゆゑ》ニ少《すこ》シノ事《こと》ヲ授《さづ》ケム。然《さ》レバ、寺《てら》ヲ出《いで》ムニ何物也《なにものなり》ト云《い》フトモ、只手《ただて》ニ当《あた》ラム物《もの》ヲ不棄《すてず》シテ、汝《なむぢ》ガ給《たま》ハル物《もの》ト可知《しる》ベシ」ト宣《のたま》フ、ト見《み》テ、夢覚《ゆめさめ》ヌ。

其後《そののち》、哀《あはれ》ビケル僧《そう》ノ房《ばう》ニ寄《より》テ、物《もの》ヲ乞《こび》テ食《くひ》テ出《い》ヅルニ、大門《だいもん》ニシテ跳躓《くゑつまづき》テ低《うつ》フシニ倒《かふれ》ヌ。起上《おきあが》ル手《て》ニ、不意《おもはぬ》ニ被拳《にぎられ》タル物有《ものあ》リ。見《み》レバ藁《わら》ノ筋也《すぢなり》。此《こ》レヲ「給《たま》フ物《もの》ニテ有《ある》ニヤ」ト思《おもへ》ドモ、夢《ゆめ》ヲ憑《たのみ》テ此《これ》ヲ不棄《すてず》シテ返《かへ》ル程《ほど》ニ、夜《よ》モ嗟《あけ》ヌ。

而《しか》ル間《あひだ》蝱顔《あぶかほ》ヲ廻《めぐり》ニ飛《と》ブヲ、煩《わづらは》シケレバ木《き》ノ枝《えだ》ヲ折《をり》テ掃《はら》ヒ去《さ》レドモ、尚同《なほおな》ジ様《やう》ニ来《きたれ》バ、蝱《あぶ》ヲ手《て》ヲ捕《とら》ヘテ腰《こし》ヲ此藁《このわら》ノ筋《すぢ》ヲ以《もつ》テ引《ひ》キ括《くく》リテ、持《もち》タルニ、蝱腰《あぶこし》ヲ被括《くくら》レテ飛《と》ビ迷《まど》フ。

而《しか》ル間《あひだ》、京《きやう》ヨリ可然《しかるべ》キ女《をむな》、車《くるま》ニ乗《のり》テ参《まゐ》ル。車《くるま》ノ簾《すだれ》ヲ打《う》チ纏《かつぎ》テ居《ゐ》タル児有《ちごあ》リ。其形《そのかた》チ美麗也《びれいなり》。児《ちご》ノ云《いは》ク、「彼《あ》ノ男《をとこ》、其《そ》ノ持《もち》タル物《もの》ハ何《なん》ゾ。其《そ》レ乞《こひ》テ得《えさ》セヨ」ト。馬《むま》ニ乗《のり》テアル侍来《さぶらひきたり》テ云《いは》ク、「彼《あ》ノ男《をとこ》、其《そ》ノ持《もち》タル物若君《ものわかぎみ》ノ召《め》スニ、奉《たてまつ》レ」ト。男《をとこ》ノ云《いは》ク、「此《こ》レハ観音《くわんのむ》ノ給《たまひ》タル物《もの》ナレドモ、此《か》ク召《め》セバ奉《たてまつ》ラム」ト云《いひ》テ渡《わたし》タレバ、「糸哀《いとあは》レニ奉《たてまつり》タリ」トテ、「喉乾《のむどかわ》クラム、此《こ》レ食《じきせ》ヨ」トテ大柑子《だいかむじ》三《み》ツヲ馥《かうば》シキ陸奥国紙《みちのくにがみ》ニ裹《つつみ》テ、車《くるま》ヨリ取《とらせ》タレバ、給《たま》ハリテ、「藁筋一《わらすぢひと》ツガ大柑子《だいかむじ》三《み》ツニ成《なり》ヌル事《こと》」ト思《おもひ》テ、木《き》ノ枝《えだ》ニ結《むす》ビ付《つけ》テ、肩《かた》ニ打係《かちかけ》テ行《ゆ》ク程《ほど》ニ、品不賤《しないやしから》ヌ人忍《ひとしのび》テ、侍《さぶらひ》ナド具《く》シテ、歩《かち》ヨリ長谷《はつせ》ヘ参《まゐ》ル有《あ》リ。

其《そ》ノ人歩《ひとあゆ》ビ極《こうじ》テ只垂《ただたり》ニ垂居《たりゐ》タルヲ見《み》レバ、「喉乾《のむどかわき》テ、水飲《みづのま》セヨ。既《すで》ニ捶入《すきいらむ》トス」ト云《い》ヘドモ、共《とも》ノ人々手《ひとびとて》ヲ迷《まどは》シテ、「近《ちか》ク水《みづ》ヤ有《あ》ル」ト騒《さわ》ギ求《もとむれ》ドモ、水無《みづな》シ。「此《こ》ハ何《いか》ガセムト為《す》ル」ト云《い》フ間《あひだ》ニ、此《こ》ノ男和《をとこやは》ラ歩《あゆ》ビ寄《より》タルニ、「此《こ》ノ辺近《ほとりちか》ク、浄《きよ》キ水有《みづあ》ル所知《ところしり》タリヤ」ト問《と》ヘバ、男《をとこ》ノ云《いは》ク、「近《ちか》クハ水不候《みづさぶら》ハズ。但《ただ》シ、何《いか》ナル事《こと》ノ候《さぶらふ》カ」ト。人々《ひとびと》ノ云《いは》ク、「長谷《はつせ》ニ参《まゐ》ラセ給《たま》フ人《ひと》ノ歩《あゆびこう》極ゼサセ給《たまひ》テ、御喉乾《おほむのむどかわ》カセ給《たま》ヒタレバ、水《みづ》ヲ求《もとむ》ル也《なり》」ト。男《をとこ》ノ云《いは》ク、「己《おの》レ柑子三《かむじみ》ツヲ持《もち》タリ。此《こ》レ奉《たてまつ》ラム」ト。其《そ》ノ時《とき》ニ、主人《あるじ》ハ、極《こう》□テ寝入《ねいり》タルニ、人寄《ひとより》テ驚《おどろ》カシテ、「此《ここ》ナル男《をと》コノ、柑子《かむじ》ヲ持《もち》タルヲ奉《たてまつ》レル也《なり》」ト云《いひ》テ、柑子三《かむじみ》ツヲ奉《たてまつ》レバ、主人《あるじ》ノ云《いは》ク、「我《われ》ハ喉乾《のむどかわき》テ既《すで》ニ絶入《ぜつにふ》シタリケルニコソ有《あり》ケレ」ト云《いひ》テ、柑子《かむじ》ヲ食《くひ》テ、「此《こ》ノ柑子無《かむじな》カラマシカバ、旅《たび》ノ空《そら》ニテ絶入《たえい》リ畢《はて》マシ。極《きはめ》テ喜《うれ》シキ事也《ことなり》。其《そ》ノ男《をとこ》ハ何《いど》コニ有《あ》ルゾ」ト問《と》ヘバ、「此《ここ》ニ候《さぶらふ》」ト答《こた》フ。主人《あるじ》ノ云《いは》ク、「彼《か》ノ男《をとこ》ノ喜《うれ》シト思許《おもふばかり》ノ事《こと》ハ、何《いか》ガ可為《すべ》キ。食《じき》物《もつ》ナドハ持来《もてき》タルカ。食《く》ハセテ遣《つか》ハセ」ト云《い》ヘバ、其《そ》ノ由《よし》ヲ男《をとこ》ニ云《い》フニ、旅籠《はたご》馬皮子《むまかはご》馬《むま》ナド将来《ゐてきたり》ヌ。即《すなは》チ、屏幔《へいまん》引《ひ》キ、畳敷《たたみしき》ナドシテ、昼《ひる》ノ食物此《じきもつここ》ニテ奉《たてまつ》ラムズ。此《こ》ノ男《をとこ》ニモ食《くは》セタレバ食《く》ヒツ。主人此《あるじこ》ノ男《をとこ》ニ云《いは》ク、清《きよ》キ布《ぬの》ヲ三段取出《さむだんとりいだ》シテ給《たまひ》テ、云《いは》ク、「此《こ》ノ柑子《かむじ》ノ喜《うれ》シサハ可云尽《いひつくすべ》クモ無《な》ケレドモ、此《かか》ル旅《たび》ニテハ何《いか》ニカハセムト為《す》ル。只此《ただこれ》ハ志《こころざし》ノ初《はじ》メ許《ばかり》ヲ見《み》スル也《なり》。京《きやう》ニハ其々《そこそこ》ニナム有《あ》ル。必《かなら》ズ参《まゐ》レ」トテ其《そ》ノ所《ところ》ヲ云《いひ》ヌ。

男《をとこ》、布三段《ぬのさむだん》ヲ取《とり》テ脇《わき》ニ挟《はさ》ムデ、「藁筋一《わらすぢひと》ツガ布三段《ぬのさむだん》ニ成《なり》ヌル事《こと》、此《こ》レ観音《くわんのむ》ノ御助也《おほむたすけなり》ケリ」ト、心《こころ》ノ内《うち》ニ喜《よろこび》テ行《ゆ》ク程《ほど》ニ、其《そ》ノ日暮《ひくれ》ヌレバ、道辺《みちのほとり》ナル人《ひと》ノ小家《こいへ》ニ宿《やど》リヌ。夜曙《よあけ》ヌレバ、疾《と》ク起《おき》テ行《ゆ》ク程《ほど》ニ、辰時計《たつのときばかり》ニ、吉馬《よきむま》ニ乗《のり》タル者《も》ノ、馬《むま》ヲ愛《あい》シツヽ、道《みち》モ行《ゆ》キ不遣《やら》ズ、翔《ふるま》ハセテ、合《あひ》タリ。「実《まこと》ニ目出《めで》タキ馬《むま》カナ」ト見《み》ル程《ほど》ニ、此《こ》ノ馬俄《むまにはか》ニ倒《たふれ》テ、只死《ただしに》ニ死《し》ヌルヲ、主我《ぬしわ》レニモ非《あら》ヌ気色《けしき》ニテ下《おり》テ立《た》テリ。即《すなは》チ鞍下《くらおろ》シツ。「此《こ》ハ何《いか》ガセムト為《す》ル」ト云《い》ヘドモ、甲斐無《かひな》クテ死《し》ニ畢《はて》ヌレバ、手《て》ヲ打《うち》テ泣《な》ク許思《ばかりおもひ》テ、賤《あや》シノ馬《むま》ノ有《あ》ルニ鞍置《くらお》キ替《かへ》テ乗去《のりさり》ヌ。

従者一人《じゆうしやひとり》ヲ留《とどめ》テ、「此《こ》レ引《ひ》キ隠《かく》セ」ト云《い》ヒ置《おき》タレバ、男死《をとこしに》タル馬《むま》ヲ守《まも》リ立《た》テルニ、此《こ》ノ男《をと》コ歩《あゆ》ビ寄《より》テ云《いは》ク、「此《こ》ハ何《いか》ガナリツル馬《むま》ノ俄《にはか》ニ死《し》ヌルゾ」ト。答《こたへ》テ云《いは》ク、「此《こ》レハ、陸奥国《みちのおくのくに》ヨリ此《こ》レヲ財《たから》ニテ上《のぼ》リ給《たま》ヘルニ、万《よろづ》ノ人《ひと》欲《ほし》ガリテ、『直《あたひ》モ不限《かぎら》ズ買《かは》ム』ト云《ひい》ツレドモ、惜《をし》ムデ持《も》チ給《たま》ヘリツル程《ほど》ニ、其《そ》ノ直一疋《あたひいつぴき》ダニ不取《とらず》シテ止《やみ》ヌ。『皮《かは》ヲダニ剥《はが》バヤ』ト思《おも》ヘドモ、『剥《はぎ》テモ旅《たび》ニテハ何《いか》ニカハセム』ト思《おもひ》テ、守《まも》リ立《た》テル也《なり》」ト。此《こ》ノ男《をとこ》ノ云《いは》ク、「『実《まこと》ニ極《いみじ》キ馬《むま》カナ』ト見《み》ツル程《ほど》ニ、此《か》ク死《し》ヌレバ、命有《いのちあ》ル者《もの》ハ奇異《あさましきなり》也。皮剥《かははぎ》テモ忽《たち》マチニ干得難《ほしえがた》カリナム。己《おのれ》ハ此《こ》ノ辺《ほとり》ニ住《す》マバ、皮《かは》ヲ剥《は》ギテ可仕《つかうまつるべ》キ事《こと》ノ有《あ》ル也《なり》。己《おの》レニ得《え》サセテ返《かへ》リ給《たま》ヒネ」ト云《いひ》テ、此《こ》ノ布《ぬの》□メヲ□ハセタレバ、男《をとこ》、「不思《おも》ハヌニ所得《しよとく》シタリ」ト思《おもひ》テ、「思《おも》ヒ返《かへ》ス事《こと》ニモヤ有《あ》ル」ト思《おも》ヘバ、布《ぬの》ヲ取《とり》テ、逃《にぐる》ガ如《ごと》クシテ走去《はしりさり》ヌ。

此《こ》ノ死《しに》タル馬買《むまかひ》タル男《をとこ》ノ思《おも》ハク、「我《わ》レ観音《くわんのむ》ノ示現《じげん》ニ依《より》テ、藁筋一《わらすじひと》ツヲ取《とり》テ柑子三《かむじみつ》ニ成《なり》ヌ。柑子《かむじ》亦布三段《またぬのさむだん》ニ成《なり》ヌ。此《こ》ノ馬《むま》ハ仮《かり》ニ死《しに》テ、生返《いきかへり》テ我《わ》ガ馬《むま》ト成《なり》テ、布三段《ぬのさむだん》ガ此馬《このむま》ニ成《なら》ムズルニヤ」ト思《おもひ》テ、買《かふ》ナルベシ。然《しか》ラバ、男手《をとこて》ヲ洗《あら》ヒ口《くち》ヲ漱《すすぎ》テ、長谷《はつせ》ノ御方《おほむかた》ニ向《むかひ》テ礼拝《らいはい》シテ、「若《も》シ此《こ》レ御助《おほむたす》ケニ依《よる》ナラバ、速《すみやか》ニ此《こ》ノ馬生《むまいけ》サセ給《たまは》ラム」ト念《ねむ》ズル程《ほど》ニ、馬目《むまめ》ヲ見開《みひらき》テ、頭《かしら》ヲ持上《もたげ》テ起《おき》ムトスレバ、男寄《をとこより》テ手《て》ヲ係《かけ》テ起《おこ》シ立《た》テツ。喜《うれ》シキ事無限《ことかぎりな》シ、「若《も》シ人《ひと》モゾ来《く》ル」ト思《おもひ》テ、漸《やうや》ク隠《かくれ》タル方《かた》ニ引入《ひきい》レテ、時替《ときかはる》マデ息《やす》マセテ、本《もと》ノ様《やう》ニ成《なり》ヌレバ、人《ひと》ノ家《いへ》ニ引入《ひきいれ》テ、布一段《ぬのいつたん》ヲ持《もつ》テ賤《あやし》ノ鞍《くら》ニ替《か》ヘテ、此《これ》ニ乗《のり》テ京《きやう》ノ方《かた》ニ上《のぼ》ルニ、宇治《うぢ》ノ程《ほど》ニテ日暮《ひくれ》ヌレバ、人《ひと》ノ家《いへ》ニ留《とどまり》テ、今一段《いまいつたん》ヲ以《もつ》テ馬草《むまのくさ》、我《わ》ガ粮《かて》ニ成《な》シテ、暁《あけ》ヌレバ京《きやう》ヘ上《のぼ》ルニ、九条渡《くでうわたり》ナル人《ひと》ノ家《いへ》ヲ見《み》ルニ、物《もの》ヘ行《ゆか》ムズル様《やう》ニ出立《いでた》チ騒《さわ》グ。

男《をとこ》ノ思《おも》ハク、「此《こ》ノ馬《むま》ヲ京《きやう》ニ将行《ゐてゆく》ラムト、若《も》シ見知《みしり》タル人《ひと》モ有《あり》テ、『盗《ぬすみ》タル』ト被云《いはれ》ムモ由無《よしな》シ。然《さ》レバ此《ここ》ニテ売《う》ラム。出立《いでたち》スル所《ところ》ニハ馬要《むまえう》スル物《もの》ゾカシ」ト思《おもひ》テ、馬《むま》ヨリ下《おり》テ寄《より》テ、「馬《むま》ヤ買《か》フ」ト問《とひ》ケレバ、馬《むま》ヲ求《もとむ》ル間《あひだ》ニテ、此《こ》ノ馬《むま》ヲ見《み》ルニ、実《まこと》ニ吉《よ》キ馬《むま》ニテ有《あ》レバ、喜《よろこび》テ云《いは》ク、「只今絹布《ただいまきぬぬの》ナドハ無《な》キヲ、此《こ》ノ南《みなみ》ノ田居《たゐ》ニ有《あ》ル田《た》ト米《よね》少《すこし》トニハ替《かへ》テムヤ」ト。男《をとこ》ノ云《いは》ク、「絹布《きぬぬの》コソハ要《えう》ニハ侍《はべ》レドモ、馬《むま》ノ要有《えうあ》ラバ、只仰《ただおほせ》ニ随《したが》ハム」ト。然《しか》レバ、此《こ》ノ馬《むま》ニ乗《の》リ試《こころ》ムルニ、実《まこと》ニ思《おも》フ様也《やうなり》ケレバ、九条田居《くでうたゐ》ノ田《た》一町《いつちやう》、米少《よねすこし》ニ替《か》ヘツ。男《をとこ》、券《くゑん》ナド拈《したた》メ取《とり》テ、京《きやう》ニ髴知《ほのしり》タリケル人《ひと》ノ家《いへ》ニ行《ゆ》キ、宿《やど》リテ、其《そ》ノ米《よね》ヲ粮《かて》トシテ、二月計《きさらぎばかり》ノ事《こと》ナレバ、其《そ》ノ田《た》ヲ其《そ》ノ渡《わたり》ノ人《ひと》ニ預《あづけ》テ令作《つくらしめ》テ、半《なから》ヲバ取《とり》テ、其《そ》レヲ便《たより》トシテ世《よ》ヲ過《すぐ》スニ、便《たよ》リ只付《ただつ》キニ付《つき》テ、家《いへ》ナド儲《まうけ》テ楽《たの》シクゾ有《あり》ケル。其《そ》ノ後《のち》ハ、「長谷《はつせ》ノ観音《くわんのむ》ノ御助《おほむたす》ケ也《なり》」ト知《しり》テ、常《つね》ニ参《まゐり》ケリ。

観音《くわんのむ》ノ霊験《れいげむ》ハ此《か》ク難有《ありがた》キ事《こと》ヲゾ示《しめ》シ給《たまひ》ケル、トナム語《かた》リ伝《つた》ヘタルトヤ。

出典
馬淵和夫・国東文麿・稲垣泰一校注・訳『今昔物語集』②（新編日本古典文学全集36、小学館、平成十二年五月刊）による。

新潟県長岡市吹谷の昔話「藁しべ長者」

あったげど。

あるどこい、金持の長者があって、そいで、娘の子が一人で、おっこっこ（男の子）がなかったって。そいで、それに養子を迎えんばなんねいって。そいで、立札を立ったたって。その立札に、その〝その藁三本を千両にしてくいた人があったら、家の聟養子にしよう〟って、そういう、その立札を立ったたって。

そうしたら、大勢、聟んなり手はあったども、いっこ、みんな駄目で、藁三本を千両にできた者はねえってや。そいで、ある若いおっこっこが一人来て、

「俺がそいじゃやってみるすけい、その藁三本くりやっしゃい」

って、そういうたってや。

そうして、藁三本もろうて旅に出たって。

そして、藁三本持って旅に出て、ブラ、ブラと、歩いていたって。そうしたら、蓮のいっぱい生えている蓮田圃のとこい出たってや。そしたら、そこで、その蓮の葉を取って、そして道端へならべて、また、蓮の葉を刈っては道端へならべて干してたってや。そいで、たくさんならべて干している中に、風が吹いて来たって。

そして。大風が吹いて来て、みんな、干した蓮の葉を吹き飛ばすんだんが、そんで、干った百姓が困っちゃって、あっちい飛んでったり、こっちい飛んでったり、みんな飛んでしまうんだんが。そんで、その若い衆が藁三本持ってって、

「じょーや、この藁で縛ったらいいと思うども」

って、そういって、その藁三本くいてやって、そいで、自分でも手伝ってやって、蓮の葉を寄せて縛ってやったって。

そしたら、その蓮の葉を干していた人が、

「なんといって、お礼のしようもないども、じや、まあ、蓮の葉やるすけい、これを持って行ってくれ」

って、そういって、蓮の葉のいいのを、三枚くれたってや。そいで、

「こんだ、藁三本が蓮の葉になったども、こら、いっこう、まあ、なかなか千両にはなりそうもねいが」

って。そして、まあ、蓮の葉を三枚持って、また、ブラリ、ブラリと旅を続けて行ったってや。

そうしたところが、こんだ、向うから天秤棒で桶担いだ人がやって来るって。そいで、それに出会う頃になったら、その、ちようど大雨んなってしもうたって。

さあ、大雨が降ってきたんだんが、そんだども、傘はねいし、ちようど手めい（前）じゃ、さっきくいてもろうた蓮の葉があったんだんが、その一枚を頭から被って、傘ん代りにしてたって。そうしたら、向うから来た人が、

「もう、ほんに、まあ、おおごつ（大事）った。これ濡らしたら、ほんになじょんしょうばい」

って。

「そんじゃ、その蓮の葉をくいるすけで、被せたいいねか」

って、そういって、はあ、その人は欲しいんで、蓮の葉を二枚もろうて、その桶に一枚ずつ被せて、

「実は、この桶ん中には〝三年味噌〟っていって、刀打つにどうしても入り用の味噌が入っているんだども、これを雨に掛けたりしよんだら使い物んならなくなるところだったども、お前さんのお陰で助かった。ほんに、いっこ、何もお礼をするものもねえんだんが、ほんじゃ、まあ、ひとつ、この味噌を一握りくいるすけで、持って行ってくりやっしゃい」

そうして、こんだ、味噌玉三つをもらって、また歩いて行ったってや。

そして、ま、ある町ぃ入って、もう、日も暮れたすけいで、どこかい泊めてもろいていど、宿屋っていうんも、なさそうだんだんが、まあ、捜している中に、鍛冶屋が一軒見つかったって。

そいで、まあ、ここん衆に頼んで一晩泊めてもらおうと、思って、そいで入って行ったら、親子三人が、なんだか、その、切なそうにして相談しているって。そいで、まあ、その、入って行って、

「旅のもん（者）だども、今晩一晩泊めてもらわんねいかのし」

って、頼んだって。そしたら、

「泊めてやりていことあ、泊めてやりていども、もう、俺らどこじゃおおごとなんで、死ぬか生きるかの騒ぎです

んが、ほんに、いっこう、悪いども、泊めらんねいがですいしい」

って、そういったって。そんで、

「そりゃあ、また、いっこう、いったい、どうしたがだい」

って、聞いたら、

「家は刀鍛冶で、そいで、殿様から刀打って出すように、いいつかっているんだども、こないさの雨で、味噌をみんな流してしもうて、刀打たんねいがだが、これ打って出さねいば、どんげなお咎を受けるかもわからんてがで、そいで、今、三人して相談していたがだいのう」

って。

「そいじゃ、ちょうどいいが。俺ら、その、こういうわけで、蓮の葉やつたら味噌をもらったが、こいで役に立ったら使ってくらっしゃい」

って、そういって出したんだんが、鍛冶屋はまあ、いっこう大喜びして、

「こいさいあれば、刀が打てる。助かった。そいじゃ、まあ、俺らが精魂籠めて打った刀が一本あるすけい、これをお礼に持ってってくらっしゃい」

って、そして、短い刀だども、それを一本くれたって。

そいで、それでも味噌より刀んなって、道中するにも気が強い。ありがていこんだ、と、思うて、そんで、こんだあ、短い刀を腰ぃ差して、そして、朝ゃなって、そこを暇乞いをして出掛けて行ったってや。

そうして、こんだぁ、隣の村の方い行こうと思って、峠へ掛って、そいで、その険しい峠を登り切って、まあ、暑いんだんが、この辺で少し休んで行こうってがで、そいで、でっこい松の木の下い腰掛けているうちに、毎日、毎日、そこいら中歩いて回っているんだんが、疲れて、そいで居眠りしていたって。そうしたところが、その松の木の上から、その、大っきな大へんび（蛇）がブラ下がってきて、そいで、今にも呑もうとしたってや。そいで、その後から

ついて来た侍が、

「あ、あ、あれはまあ、大蛇に呑まれそうだども、なんとかして、ひとつ助けてやらんばねい」

そいで見ていたら、大蛇が下りてきで、でっこい口開けて、今、呑もうとして口開けると、腰の刀がスル、スル、スルッと抜けるってや。

そんだんだんが、大蛇はおっかのうなって、首を引っ込めるって。またしばらくして、大蛇が口開いて呑もうとすると、また、刀が抜けるって。そいで、なんべんかそうしていたども、その中に大蛇が、おっかねいんだんが諦めて、草ん中い、ズル、ズル、ズルズルッと入ってしもうたってや。

そいで、見ていたその侍が、たまげて、その、

「俺ら、殿様にいいつかって、いい刀を捜して来い、つて、村中捜しているども、あんげにいい刀は、まだ見たこたねい」

そいで。そこい、傍い行って起こして、

「お前寝てたら、こういうわけで、大蛇が呑もうとした。そいで、その刀がひとりでに抜けてきて、それだんだんが、大蛇が呑めないで逃げて行ったが、実は、俺らは殿様に頼まれて、いい刀を捜しているんだども、なじよもへーい、いっこう、これ以上いい刀は捜せそうもねえがだすけい、その刀、いくら高くてもいいから売ってくらっしゃい」

そいで、その頼んだって。

そいだども、その若い衆が、

「そら、そんげに欲しいんだら売ってもいいども、この刀は、こういうわけでもらった刀だすけいで、売るわけにやいかねいがだで」

って。そして、その、断わったって。

侍は、欲しくてしょうがねいんだんが、それ以上いい刀は捜せそうもねいんだんが、

「それじゃ、ひとつ、一緒に殿様んどこい行って見せてくらっしゃい」

って。そいで、その若い衆を連れて殿様んどこい行ったたって。そいで、その、いろいろとわけを話したら、殿様が、

「そら、まあ、珍らしいいい刀だども、じゃ、売ってくれられねんなら、売れば刀鍛冶に悪いんだんが、売らんねいがだど、そいなら、その刀、俺らにくらっしゃい」

「くれるならいいんがない」

ってがで、そいでその刀を殿様に差上げて、そいで、その殿様が、そのお礼に千両の金を包んでくいたって。そいで、名字帯刀を許してもろうて、そいで、それを土産にそこの家の聟になったたってや。そいで、一生安楽に暮らしたってや。

いっちご・さっけ。

出典
野村純一編『定本関澤幸右衛門昔話集―「イエ」を巡る日本の昔話記録―』（瑞木書房、平成十九年二月刊）による。

解説　霊験と富

霊験譚
神仏のご利益によって、生死の境から救われたり、願いが叶ったりする結末の物語を霊験譚という。中でもさまざまに姿を変えて人びとを救済する観世音菩薩は、現世利益の信仰から、奈良時代末以降人びとの信仰を集めるようになる。

九世紀に成立したとされる仏教説話集『日本霊異記』にも、観音の利生を説く霊験譚が収集されている。

摂関政治による政治の混乱がはじまる十世紀以降は、観音に来世に救済を求める信仰がめばえ、公家たちは観音への帰依を深めてゆく。石山寺、清水寺、鞍馬寺、長谷寺、壷坂寺、粉河寺といった観音寺院への参詣が流行し、その様子は『枕草子』、『源氏物語』、『更級日記』、『蜻蛉日記』などの記述からもうかがうことができる。

中でも、大和国長谷寺の本尊十一面観音は、霊験あらたかな仏として知られ、『源氏物語』の「玉鬘」には「うち次ぎては、仏の御なかには、初瀬なむ、日の本のうちには、あらたなる験現したまふと、唐土にだに聞こえあむなり」とあり、その高名さを伝えている。十二世紀以降の西国観音霊場巡礼をきっかけに、長谷寺の人気は一層高まることになり、『今昔物語集』や『宇治拾遺物語』に長谷寺観音の霊験譚を見ることができる。

藁しべ長者—観音祈願型—

『今昔物語集』十六巻二十八話の「参長谷男依観音助得富語《はつせにまゐるをとこくわんのむのたすけによりてとみをうること》」は、所謂「藁しべ長者」として知られる説話である。貧乏な男が長谷寺の観音堂にお籠りし、観音に立身出世を祈願する。満願の二十一日目、夢の中で観音から「最初につかんだ物を大切にせよ」というお告げがある。すると観音堂から出てすぐに石につまずいて転んだ男の手に、一本の藁しべが握られていた。これが蜜柑、反物、馬、田畑と屋敷というように交換されて大金持ちとなる。本人は努力することなく観音の力によって成功する内容は、「観音祈願型」の藁しべ長者譚とされている。『古本説話集』下巻、『宇治拾遺物語』七巻五話、『雑談集』第五巻中に類話があり、こうした説話には勧進聖が関与していると推測されている。

長谷観音にお籠りをして夢の中でお告げを受ける説話は、十四世紀後半の成立とされる『神道集』の「三島大明神のこと」にも見てとれる。子どものいない伊予国の長者は、二十七日目の満願の日に観音からお告げを受け、倉の宝と引き換えに子どもを授かる。玉王と名付けられた子どもは鷲にさらわれてしまうが、やがて両親との再会を果たし、長者は死後三島大明神として祀られたという。なお、室町時代の『大悦物語』は、親孝行者である大悦の助が、観音のお告げによって、藁しべから福徳人となるが、ここでは京都・清水寺の霊験譚となっている。

藁しべ長者――三年味噌型――

各地で伝承される昔話の「藁しべ長者」は、説話集の内容とはいささか異なっている。ある長者が、藁三本を千両にすることができた者を聟にするという。若い男がこれに挑戦し、藁は蓮の葉、味噌玉、名刀へ変化し、最後に千両となって難題を果たす。このように自力で難題を解決しようとする藁しべ長者譚は「三年味噌型」と呼ばれている。「観音祈願型」と「三年味噌型」では、藁から転換する物が一つも重複しないことは不思議であるが、いずれも出発点は何の値打ちもないような藁しべで、交換を繰り返すことで最後に富を得るという累積譚の形式をもつ。

しかし、藁に価値を見出せないのは、現代人が生活の中で藁を手にする機会がないからではなかろうか。かつて藁は、草鞋や蓑のほか、縄、莚、俵や叺《かます》に利用されるなど、生活に欠かせないものだった。今でも農家では、土に還して新たな稲を育てるための肥料にしたり、水をはじく藁を果樹の根元に敷いて果実の糖度をあげたりするという。

藁の利用はこうした実用的なものに限ったことではない。正月前に藁で作る注連飾りは歳神を迎えるための結界表示である。また、小正月の来訪神行事では、神々が身に着ける藁蓑は特別なものとして扱われる。秋田県男鹿半島で行われる「ナマハゲ」では、ナマハゲの着る「ケデ」から落ちた藁にはご利益があるとされたり、長い藁は頭に巻いて「賢くなる」とか「風邪をひかない」と言われたりする。山形県上山《かみのやま》市の「加勢鳥《かせどり》」でも、若者がかぶる「ケンダイ」から抜け落ちた藁は縁起物で、髪に結ぶと一生黒髪に恵まれるなどと言われている。

米が貨幣と同等の価値を持った時代、人びとは脱穀後の稲藁にも穀霊が宿っていると感じ、決して粗末にすることはできなかったはずである。藁しべの神聖性は、こうした信仰から生まれたものだったのではなかろうか。

参考文献

速水侑『菩薩　由来と信仰の歴史』講談社学術文庫　平成三十一年十月刊

（服部比呂美）

第14講　隣の爺譚

『宇治拾遺物語』巻第一　三「鬼に瘤《こぶ》取らるる事」

　これも昔、右の顔に大《おほき》なる瘤ある翁《おきな》ありけり。大柑子《かうじ》の程なり。人に交《まじ》るに及ばねば、薪をとりて世を過ぐる程に、山へ行きぬ。雨風はしたなくて、帰るに及ばで、山の中に心にもあらずとまりぬ。また木こりもなかりけり。恐ろしさすべき方《かた》なし。木のうつほのありけるにはひ入りて、目も合はず屈《かが》まり居たる程に、遙《はるか》より人の音多くして、とどめき来《く》る音す。いかにも山の中にただ一人居たるに、人のけはひのしければ、少しいき出づる心地して、見出《みいだ》しければ、大方《おほかた》やうやうさまざまなる者ども、赤き色には青き物を着、黒き色には赤き物を褌《たふさぎ》にかき、大方目一つある者あり、口なき者など、大方いかにもいふべきにあらぬ者ども、百人ばかりひしめき集《あつま》りて、火を天《てん》の目のごとくにともして、我《わ》が居たるうつほ木の前に居まはりぬ。大方いとど物覚えず。

　宗《むね》とあると見ゆる鬼横座《よこざ》に居たり。うらうへに二ならびに居並《ゐな》みたる鬼、数を知らず。その姿おのおの言ひ尽し難し。酒参らせ、遊ぶ有様、この世の人のする定《ぢやう》なり。たびたび土器《かはらけ》始りて、宗《むね》との鬼殊《こと》の外《ほか》に酔《ゑ》ひたる様《さま》なり。末より若き鬼一人立ちて、折敷《をしき》をかざして、何《なに》といふにか、くどきくせせる事をいひて、横座の鬼の前に練《ね》り出《い》でてくどくめり。横座の鬼盃を左の手に持ちて、笑《ゑ》みこだれたるさま、ただこの世の人のごとし。舞うて入りぬ。次第に下より舞ふ。悪《あ》しく、よく舞ふもあり。あさましと見る程に、横座に居たる鬼のいふやう、「今宵《こよひ》の御遊《あそび》こそいつにもすぐれたれ。ただし、さも珍しからん奏《かなで》を見ばや」などいふに、この翁物の憑《つ》きたりけるにや、また然《しか》るべく神仏《かみほとけ》の思はせ給ひけるにや、あはれ走り出でて舞はばやと思ふを、一度《いちど》は思ひ返しつ。それに何《なに》となく、鬼どもがうち揚《あ》げたる拍子《ひやうし》のよげに聞《きこ》えければ、さもあれ、ただ走り出でて舞ひてん、死なばさてありなんと思ひとりて、木のうつほより、烏帽子《えぼし》は鼻に垂《た》れかけたる翁の、腰に斧《よき》といふ木伐《き》る物さして、横座の鬼の居たる前に躍《をど》り出でたり。この鬼ども躍りあがりて、「こは何《なに》ぞ」と騒ぎ合へり。翁《おきな》伸びあがり、屈《かが》まりて、舞ふべき限り、すぢりもぢり、ゑい声を出《いだ》して、一庭《ひとには》を走りまはり舞ふ。横座の鬼より始めて、集《あつま》り居たる鬼どもあさみ興ず。

横座の鬼の曰《いは》く。「多くの年比《としごろ》この遊《あそび》をしつれども、いまだかかる者にこそあはざりつれ。今よりこの翁、かやうの御遊《あそび》に必ず参れ」といふ。翁申すやう、「沙汰《さた》に及び候《さぶら》はず、参り候《さぶらふ》べし。この度《たび》にはかにて、納《をさめ》の手も忘れ候ひにたり。かやうに御覧にかなひ候はば、静かにつかうまつり候はん」といふ。横座の鬼、「いみじく申したり。必ず参るべきなり」といふ。奥の座の三番に居たる鬼、「この翁はかくは申し候へども、参らぬ事も候はんずらんと覚え候《さぶらふ》に、質《しち》をや取らるべく候《さぶらふ》らん」といふ。横座の鬼、「然《しか》るべし、然るべし」といひて、「何《なに》をか取るべき」と、おのおの言ひ沙汰《さた》するに、横座の鬼のいふやう、「かの翁が面《つら》にある瘤《こぶ》をや取るべき。瘤は福の物なれば、それをや惜《をし》み思ふらん」といふに、翁がいふやう、「ただ目鼻をば召すとも、この瘤は許し給ひ候はん。年比《としごろ》持ちて候《さぶらふ》物を、故《ゆゑ》なく召されん、すぢなき事に候ひなん」といへば、横座の鬼、「かう惜《をし》み申すものなり。ただそれを取るべし」といへば、鬼寄りて、「さは取るぞ」とてねぢて引くに、大方《おほかた》痛き事なし。さて、「必ずこの度《たび》の御遊に参るべし」とて、暁に鳥など鳴きぬれば、鬼ども帰りぬ。翁顔を探るに、年比《としごろ》ありし瘤跡なく、かいのごひたるやうにつやつやなかりければ、木こらん事も忘れて、家に帰りぬ。妻の姥《うば》、「こはいかなりつる事ぞ」と問へば、しかじかと語る。「あさましき事や」といふ。

隣にある翁、左の顔に大《おほき》なる瘤ありけるが、この翁、瘤の失《う》せたるを見て、「こはいかにして瘤は失せ給ひたるぞ。いづこなる医師《くすし》の取り申したるぞ。我に伝へ給へ。この瘤取らん」といひければ、「これは医師の取りたるにもあらず。しかじかの事ありて、鬼の取りたるなり」といひければ、「我その定《ちやう》にして取らん」とて、事の次第をこまかに問ひければ、教へつ。この翁いふままにして、その木のうつほに入りて待ちければ、まことに聞くやうにして、鬼ども出で来たり。居まはりて、酒飲み遊びて、「いづら翁は参りたるか」といひければ、この翁恐ろしと思ひながら、揺《ゆる》ぎ出《い》でたれば、鬼ども、「ここに翁《おきな》参りて候」と申せば、横座の鬼、「こち参れ、とく舞へ」といへば、さきの翁よりは天骨《てんこつ》もなく、おろおろ奏《かな》でたりければ、横座の鬼、「この度《たび》はわろく舞うたり。かへすがへすわろし。その取りたりし質《しち》の瘤《こぶ》返し賜《た》べ」といひければ、末つ方《かた》より鬼出で来て、「質の瘤返し賜《た》ぶぞ」とて、今片方《かたかた》の顔に投げつけたりければ、うらうへに瘤つきたる翁にこそなりたりけれ。物羨《うらや》みはせまじき事なりとか。

出典

小林智昭校注・訳『宇治拾遺物語』（日本古典文学全集28、小学館、昭和五十一年十二月刊）による。

アイヌの昔話「パナンペ水浴すると褌が流れた」

パナンペがあった。ペナンペがあった。

パナンペが或日《あるひ》水浴びしようと思い川へ行って水に入ると、まさかそんなことがあろうとは思わなかったのに褌が落ちて流れてしまった。パナンペはひどく驚いた。驚いて川沿いに棒を持って褌を探し求めたけれども無い。あちこち棒でつついたり攪《か》き廻したりしながら下って行くと或所にその褌が土に塗《まみ》れてひっかかっていた。

パナンペは大喜びで、洗って手に持って面を起すと、土手の上に大きな家が立っていた。パナンペは大へん空腹でもあり疲れもしたので、その家の外まで行って、その褌を竿にぶら下げ、そして案内を乞《こ》うと家の中で、「パナンペさあお這入《はい》り」と言った。パナンペは畏《かしこ》まって入って見ると、横座の火の側に今はもう年老いた老女神が縫取りをしていた。大きな家の中は一面に飾られ、熊肉だの鹿肉だの魚肉だの家いっぱいに下っている。パナンペは大へん羨《うらやま》しく思いながら左の座に坐ると、女神がパナンペの方へ振向いて笑を浮べながらパナンペへ幾度も首を振り振り愛撫の声を発して言うには「さあさあパナンペよ、お腹が空いたでしょう。食べ物は沢山あります。焚《た》いて召上れ」と言った。パナンペは大喜びで大鍋いっぱいに赤肉や白肉魚の肉などどっさり煮て大盆の中へ上げ、山盛をこしらえて先ず女神に捧げると女神は喜んで受取りおし頂いて食べた。パナンペも喜んで食べに食べてひどく好い心地になった。女神がいうには「これパナンペお前は誠に心根のやさしい気前のよい者であることを私はよく知っています。それ故お前を恵んで福を授けて上げましょう。私は人間ではない、神様なのです。私のいうことを聞いて、今晩はこの私の家の天井にじっと動かずに坐っていなさい。もうしばらくするとここへ鬼どもが大勢集って来て博奕《ばくち》をします。決して音を立てずにじっと見ていてもう夜明けに近い頃「コケッコウ」とまるで鶏の声のように言いなさい。鬼というものは夜が明けるまでは手遊びをしないものです。そのように鶏の声をまねると鬼どもはいつ夜が明けるかを知って全く不意に逃去ります。その後でお金をそっくり取って有《も》つことができます。お前はうまい儲《もう》けをするのですよ」と女神が言った。パナンペは大喜びで梁《はり》の上に上って動きもせずに蹲《うずくま》って待っているとなるほど大きな鬼どもが這入るわ這入るわ、家いっぱいに集ってそしてどっさりお金を出して博奕をやって相争った。そのうちにもう真夜中時分らしいとパナンペは考えたので「コケッコウ」と言うと鬼どもが、「ああもう一番鶏だ」といいながらなおも博奕を争った。そしてまたもやもう大分夜明けに近い頃再び「コケッコウ」とパナンペが言った。鬼どもは「ああ二番鶏だ」と言いながらなおもやっていた。今はすっかり夜が明けた頃「コケッコウ」とパナンペが言うと鬼どもは、「ああ三番鶏だ、もう帰えろうよ」と言いながら戸外を見るとひどく明けはなれてしまっていたので、すっかり狼狽《あわ》てて「さあさあ明るくなりすぎたぞ。あぶない、あぶないわい！」と言いながらそれらのお金をそのまま積み重ねたままに残してずっとどこかしらん逃げ去って行く音がした。

パナンペは喜びながら下りて来て、そのお金をどっさり背負って家へ帰ると、パナンペの妻は大層よろこんで、オーイオーイ、と言いながらパナンペを迎え犒《ねぎら》った。そして夫婦して福々しく暮しているとそこへペナンペが来て、「同じく貧乏だったにパナンペよどうしてこう金持になったのだ?」とペナンペが言った。「さあお這入り、食べながら教えるからその通りにして儲けなさるがいい」とパナンペがいうと、よもやペナンペがそうしようとはパナンペ思わ《(ママ)》なかったのに小糞をたれ小尿をもらしてずっと走り去ってしまった。

パナンペの妻は大いに立腹して、「一体何の悪口があったとて、悪いペナンペ憎いペナンペ汚いことをしたのだ」と言いながら戸の側を掃除した。パナンペも大いに立腹して、「憎いペナンペ悪いペナンペどんなことをしようとも、うまく行ってたまるものか」と言った。

ペナンペは川へ行って、いくら水を浴びても褌は落ちもしないので、解いて流すと、少し流れてからひっかかる。ペナンペは棒をもってひっ外ずしひっ外ずしながら流して行くほどに、川の中ほどに出ると、土手の上に大きな家が立っていた。ペナンペは褌を洗って、それからそれを持ってその大きな家の外の竿に下げて、さて案内を乞うたけれども何の音もない。「誰も入れと言わなくとも、入口なのだからな」と思ったので入って見ると、神女がひどく口を尖らせて縫いとりをしていた。ペナンペが左の座に坐ると、彼の女がつと顔を上げて、ひどく怒った口調で「これペナンペ、いつお前を招いたとて、何しに妾《わらわ》の家へ来たのだ」と訊いた。ペナンペは委細構わずに大鍋を出し、赤肉の脂こいの白肉の脂こいのを択び、魚も一番脂こいのを択んで煮て、煮えると大盆いっぱいに盛って、かの神女に捧げもせずに独りで食べに食べて腹が詰《つ》め叺《かます》のようになった。神女が何も言わずに口をとがらせていてもペナンペは委細構わずに勝手に天井裏へ上って蹲って待っていると、少し経って大きな鬼たちが続々と入って来てどっさり銭を出して山をつくり、それから博奕を始めた。ペナンペはその銭が非常に好ましくして、まだ夜中にもならないうちにコケッコと言うと、鬼どもはひどく吃驚《びっくり》して「先刻、日が暮れたばかりなのに何鶏だろう鳴いてるのは」と言いながら上を見るとペナンペが上にいた。鬼どもはひどく怒って「この野郎、このペナンペであった先日も我々を欺《だま》して銭を盗んだのは。今殺してやるぞ」と言いながらペナンペをぐっと引おろして叩いて叩いて体中傷だらけ、今にも死にそうになって遠く投げつけられた。ペナンペは泣きながら歩くのもさえできず、うんうん唸りながら家へ夜這《よば》いでもする様な格好で来るとペナンペの妻はペナンペが幸運を授ってたんと銭を背負って重く、歩けない位になって囃《はやし》をしながら来たのだと思って大いに喜び、たんと金を持つと今後は好い小袖ばかり着るだろう、と思ったので着ていた物を皆脱いで一所に固めて炉の中へ入れると、パリパリと燃えてしまった。すると戸口にペナンペが血を川のように流して傷ついたまま唸りながら這入って来た。ペナンペの妻は驚いて、呆《あき》れて、毎日ペナンペを看護した。着物もなく裸でいるものだから二人ともひどく寒く、食物もなく、腹が空いて今はもうたまらなくなり、つまらぬ死に方悪い死に方をしてしまった。「だから今いるペナンペたちよ、ゆめ人に抗《あらが》うなかれ」とペナンペが語った。

出典

知里真志保編訳『アイヌ民譚集』〈岩波文庫、平成五年六月〈第七刷〉刊〉による。

解説　隣の爺譚

隣の爺譚

正直、親切、勤勉などの美徳を具えた主人公は富や幸福を得て、対照的な性質をもった副主人公は失敗する話を「隣の爺譚」という。いたずらに人真似をすることの無意味さを説き、「花咲爺」「瘤取爺」のほか、欲深い婆が登場する「舌切雀」もこの類である。「隣の爺譚」は、勧善懲悪という価値観がもとになっており、これは神からの処遇という民俗によって形成されたものともいえる。一般的には、勧善懲悪の世界は江戸時代の文芸には顕著であるが、『常陸国風土記』には神祖《みおや》への処遇で幸不幸を分ける富士山と筑波山の対比があり、古くから文献上にも確認できる。

日本では、対照的な関係を示すのに、隣人関係をもって語られることが多いが、ここには、隣接する他者との対比によって「人並み」という行動規範がつくられているのもわかる。

記載文芸の「瘤取爺」―象徴論的に瘤をとらえる―

『宇治拾遺物語』巻一の三「鬼に瘤とらるる事」は、頬に瘤がある爺が山中で鬼の宴会に出くわし、上手に舞を披露したことで、鬼から瘤を取ってもらう。同じように瘤のある隣の爺がそれを聞いて出かけてゆくが、舞が下手だったため、前の爺の瘤までつけられるという話である。爺が下山できなくなった夜の山中、そして洞穴は、異界と通じる道であり、そこで百人ほどの異形の鬼たちと出会う。爺は瘤のために日常の世界では異形の者であるが、人間界の原理の及ばない世界では、瘤は鬼との親和性をもたらす「福のもの」であった。爺が忘我の境地で舞う行為は、神を喜ばせるための神楽である。隣の爺はあくまでも自分のために舞ったので鬼を喜ばすことができなかった。

瘤取りのモチーフは世界にも広く分布し、ケルト族の昔話では、背中に大きな瘤があるラズモアが、古い塚で「月曜日に火曜日」と繰り返し歌う妖精の声を聞き、「そして水曜日」と合いの手を入れる。妖精たちは喜んで、ラズモアをもてなし、背中の瘤を取ってくれた。しかし、ラズモアのまねをしたジャックは、歌の調子にはかまわず「そして水曜日、そしてまた木曜日」とどなったために、ラズモアの瘤までつけられてしまったという。

アイヌや海外の伝承

アイヌの伝承には「パナンペがあった、ペナンペがあった」という語りはじめを持つパナンペ説話がある。成功したパナンペの行動を真似るペナンペはひどい目にあうという構成が繰り返される「隣の爺譚」である。

パナンペが川に流された褌を追うと、老女神が住む大きな家に至る。パナンペはご馳走を作るとまず神に捧げてから食べた。神はこれを喜び、パナンペに福を授けようと言う。夜になるとこの家に鬼が来て遊び（博打）をする。神に言われた通りパナンペが夜明け近くに鶏の鳴きまねをすると、鬼たちは慌てて去り、パナンペは残されたお金を持って帰った。これを羨んだペナンペは真似をするが、神を敬わなかったために福は得られない。

パナンペの行為は、神を迎え、饗応して送る「神祭り」の本質を表している。饗応にはパナンペのように供物を捧げたり、「瘤取り爺」のように舞を奉納したりとさまざまな方法がある。祭りの後の直会《なおらい》で、神への供物を下げていただくことは、神との共食を意味し、これによって、神と人とが固く結ばれたことになるのである。

日本の「隣の爺譚」は、アイヌの昔話も含めその名のとおり隣人同士が対比されるが、韓国では兄弟が対比されることが多い。たとえば「ノルブとフンブ」という昔話では、慳貪な兄のノルブは、子だくさんのフンブ一家が疎ましくなって、家から追い出す。ひもじいフンブはご飯を恵んでもらうために兄の家を訪れるが、ひどい仕打ちを受ける。しかし心優しいフンブが巣から落ちて足を折った燕を助けると、燕が宝石や金銀が出てくる南瓜の種を与える。富者となったフンブを妬んだノルブは、無理に燕の足を折って介抱するが、ノルブの南瓜からは大蛇やトケビが出てくる。ノルブ夫妻はフンブの家に逃げ、それ以降、兄弟は仲良く暮らしたという。ノンブとフンブ兄弟の結末は助け合う仲になるが、日本では東北地方を中心に、他人が兄弟の関係を結んで、何かにつけて助け合う「兄弟契約」という社会制度がある。ケヤキキョウダイ（契約兄弟）などと呼ばれ、これには女性の姉妹契約もある。

（服部比呂美）

参考文献

J・ジェイコブズ著　木村俊夫・山田正章訳『ケルトの民話集Ⅲ　ノックグラフトンの伝説』東洋文化社　昭和五十八年十二月刊

第15講　継子譚

『落窪物語』の継子「落窪の君」

今は昔、中納言なる人の、女《むすめ》あまた持《も》たまへるおはしき。大君《おほいぎみ》、中《なか》の君《きみ》には婿《むこ》どりして、西《にし》の対《たい》、東《ひんがし》の対《たい》に、はなばなとして住ませたてまつりたまふに、「三、四の君、裳着《もき》せたてまつりたまはむ」とて、かしづきそしたまふ。また時々通《ときどきかよ》ひたまふわかうどほりの腹《はら》の君《きみ》とて、母もなき御女《むすめ》おはす。北《きた》の方《かた》、心やいかがおはしけむ、つかうまつる御達《ごたち》の数にだに思《おぼ》さず、寝殿《しんでん》の放出《はなちいで》の、また一間《ひとま》なる落窪《おちくぼ》なる所の、二間《ふたま》なるになむ住ませたまひける。「君達《きんだち》」とも言はず、「御方《おんかた》」とはまして言はせたまふべくもあらず。〈名をつけむ〉とすれば、さすがに、〈おとどの思《おぼ》す心あるべし〉とつつみたまひて、「落窪《おちくぼ》の君と言へ」とのたまへば、人々もさ言ふ。おとども、児《ちご》よりらうたくや思しつかずなりにけむ、まして北の方の御ままにて、わりなきこと多かりけり。はかばかしき人もなく、乳母《めのと》もなかりけり。ただ、親のおはしける時より使ひつけたる童《わらは》の、されたる女《をんな》、「後見《うしろみ》」とつけて使ひたまひけり。あはれに思ひかはして、片時離《かたときはな》れず。さるは、この君のかたちは、かくかしづきたまふ御女《おんむすめ》どもよりもおとるまじけれど、出《い》で交じらふこととなくて、〈あるもの〉とも知る人もなし。

やうやう物思ひ知るままに、世の中のあはれに心憂きをのみ思《おぼ》されければ、かくのみぞうち嘆く。

日にそへてうさのみまさる世の中に心つくしの身をいかにせむ

と言ひて、いたう物思ひ知りたるさまにて。おほかたの心ざま聡《さと》くて、琴《こと》なども習はす人あらば、いとよくしつべけれど、誰《たれ》かは教へむ。母君《ははぎみ》の、六つ七つばかりにておはしけるに、習はし置いたまひけるままに、箏《しやう》の琴《こと》を世にをかしく弾《ひ》きたまひければ、当腹《むかひばら》の三郎君《ぎみ》、十ばかりなるに、〈琴《こと》心にいれたり〉とて、「これに習はせ」と北《きた》の方《かた》のたまへば、時々教《をし》ふ。

つくづくと暇《いとま》のあるままに、物縫《ぬ》ふことを習ひければ、いとをかしげにひねり縫ひたまひければ、「いとよかめり。ことなるかほかたちなき人は、物まめやかに習ひたるぞよき」とて二人《ふたり》の婿《むこ》の装束《さうずく》、いささかなるひまなく、かきあひ縫はせたまへば、しばしこそ物いそがしかりしか、夜も寝《い》も寝《ね》ず縫はす。いささかおそき時は、「かばかりのことをだに、ものうげにしたまふは、何《なに》を役《やく》にせむとならむ」と責《せ》めたまへば、嘆きて、〈いかでなほ消えうせぬるわざもがな〉と嘆く。

三の君に御裳《も》着せたてまつりたまひて、やがて蔵人《くらうど》の少将《せうしやう》あはせたてまつりたまひて、いたはりたまふこと限りなし。落窪の君、まして暇《いとま》なく、苦しきことまさる。若くめでたき人は、多くかやうのまめわざする人や少なかりけむ、あなづりやすくて、いとわびしければ、うち泣きて縫ふままに、

世の中にいかであらじと思へどもかなはぬものは憂き身なりけり

後見《うしろみ》といふ、髪《かみ》長くをかしげなれば、三の君のかたにただ召《め》しに召し出《い》づ。後見《うしろみ》、〈いと本意《ほい》なくかなし〉と思ひて、「〈わが君《きみ》につかうまつらむ〉と思ひてこそ、親しき人の迎《むか》ふるにもまからざりつれ、何《なに》のよしにか、こと君《きみ》どりはしたてまつらむ」と泣けば、君、「何《なに》か。同じ所に住まむ限りは、〈同じこと〉と見てむ。衣《きぬ》などの見苦しかりつるに、なかなか〈うれし〉となむ見る」とのたまふ。げにいたはりたまふことめでたければ、あはれに心細げにておはするをまもらへならひて、いと心苦しければ、常に入《い》り居《ゐ》れば、さいなむこと限りなし。「落窪の君も、これを今さへ呼びこめたまふこと」腹立《はらだ》たれたまへば、心のどかに物語《ものがたり》もせず。〈後見《うしろみ》といふ名いと便《びん》なし〉とて、「あこぎ」とつけたまふ。

かかるほどに、蔵人《くらうど》の少将《せうしやう》の御方《おんかた》なる小帯刀《こたちはき》とて、いとされたる者、このあこぎに文通《ふみかよ》はして、年経《としへ》て後《のち》、いみじう思ひて住む。かたみに隔てなく物語《ものがたり》しけるついでに、このわが君《きみ》の御事《おんこと》を語りて、北の方の御心のあやしうて、あはれにて住ませたてまつりたまふこと、さるは、御心ばへ、御かたちのおはしますやうを語る。うち泣きつつ、〈いかで思ふやうならむ人に盗ませたてまつらむ〉と明《あ》け暮《く》れ「あたらもの」と言ひ思ふ。

出典
三谷栄一・三谷邦明・稲賀敬二校注・訳『落窪物語／堤中納言物語』（新編日本古典文学全集17 小学館、平成十二年九月刊）による。

御伽草子『鉢《はち》かづき』

中昔《なかむかし》のことにやありけん、河内国交野《かはちのくにかたの》の辺《へん》に、備中守《びつちゆうのかみ》さねたかといふ人ましましける。数の宝を持ち給ふ。飽き満ちて、乏《とも》しきこともましまさず。詩歌管絃《しいかくわんげん》に心を寄せけるが、花の下《もと》にては散りなんことを悲しみ、歌を詠《よ》み詩を作り、のどけき空をながめ暮し給ひける。北《きた》の御方《かた》は、古今《こきん》、万葉《まんえふ》、伊勢物語《いせものがたり》、数の草子《さうし》を御覧じて、月の前にて夜《よ》を明《あか》し、入りなんことを悲しみ、明し暮し給ひつつ、心に残ることもなし。鴛鴦《えんあう》の結び、隔つこともましまさず、思ふままなる御仲《なか》なるに、御子一人もなし。朝夕《あさゆふ》悲しみ給ひしに、いかなることにや、姫君《ひめぎみ》一人まうけ給ひて、父母《ちちはは》の御喜び、申すはかりはなかりけり。かくて、いつきかしづき給ふこと限りなし。明け暮れ観音《くわんおん》を信じ申されけるほどに、長谷《はせ》の観音に参りては、かの姫君の末繁昌《すゑはんじやう》の果報あらせ給へとぞ祈り給ふ。

かくて年月《としつき》を経《ふ》るほどに、姫君十三と申せし年、母上《ははうへ》例ならずかぜのここちとのたまひて、一日二日と申せしほどに、今を限りに見えければ、姫君を近づけて、緑のかんざしを撫《な》であげ、「あらむざんやな、十七八にもなし、いかなる縁にもつけおき、心安く見おき、とにもかくにもならずして、いとけなき有様《ありさま》を捨ておかんこと、あさましさよ」と、涙を流し給ふ。姫君も、もろともに涙を流し給ひける。母上は流るる涙をおしとどめ、そばなる手箱《てばこ》を取り出《いだ》し、中には何をか入れられけん、世に重げなるを姫君の御髪《ぐし》にいただかせ、その上に肩の隠るるほどの鉢《はち》をきせ参らせて、母上、かくこそ詠じ給ひける。

さしも草《ぐさ》深くぞ頼む観世《くわんぜ》音《おん》誓ひのままにいただかせぬる

かやうにうちながめ給ひて、つひにむなしくなり給ふ。父おほきに驚き泣き給ひて、「いとけなき姫をば何とて捨ておき、いづくとも知らずかくなり給ふ」と泣き給へど、かひぞなき。かくて、さしてあるべきならねば、名残《なごり》尽きせず思へども、むなしき野辺《のべ》に送り捨て、華《はな》の姿も煙《けぶり》となる、月のかたちは風となり、散りはつるこそいたはしけれ。かくて、父御前《ちちごぜん》、姫君《ひめぎみ》を近づけ参らせて、いただき給ひたる鉢《はち》取らんとしけれども、吸ひつきてさらに取られず。父おほきに驚きて、「いかがはせん、母上《ははうへ》にこそは離れ参らせめ、かかる片端《かたは》のつきぬることのあさましさよ」と、歎《なげ》き給ふこと限りなし。

かくて月日をたてければ、あとの孝養《けうやう》とり行《おこな》ひ給ふ。思ひは姫君の御前《まへ》にこそとどまりける。春は軒端《のきば》の梅《むめ》が枝《え》の、桜は咲きて、梢《こずゑ》まばらの青葉とぞ、名残惜しくは思へども、また来《こ》ん春を待ちて咲く。月は山の端《は》に入りぬれど、来ん夜《や》の闇《やみ》と隔つれど、また来ん夕《ゆふべ》に出《い》で給ふ。別れし人のおもかげ、夢路《ゆめぢ》にだにも定かならず、いつの日のいつの暮にか、別れ路《ぢ》を、いかなる人の踏みそめて、現《うつつ》にも逢《あ》ふことなからん。思ひまはせば、小車《をぐるま》のやるかたもなき風情《ふぜい》かなと、よその見る目もあはれなり。

さるほどに、父御前の一族、親しき人々寄りあひて、いつまで男《をのこ》のひとり住みがたしと、「この袖枕《そでまくら》、歎きくどき給ふとも、そのかひよもあらじ。いかなる人をも語らひて、憂《う》きに別れし名残をも慰め給へ」と勧められ、先立つ人はとにかくに、残る憂き身の悲しさよと、思ひごともよしなしとて、「ともかくも御はからひ」とありければ、一門の人々喜びて、さるべき人をと尋ね、もとのごとく迎ひ取り、移れば変る、世の中の心は花ぞかし。秋の紅葉《もみぢ》の散り過ぎて、そのおもかげは、姫君ばかりぞ歎かるる。

かくて、かの継母《ままはは》、この姫君を見奉《みたてまつ》りて、かかる不思議の片端者、うき世にはありけることよとて、憎み給ふこと限りなし。さて、継母の御腹《はら》に御子一人出《い》で来《き》給へば、いよいよこの鉢かづきを見じ聞かじと、なみの立居《たちゐ》のことまでも、虚言《そらごと》のみばかりのたまひて、常には父にざんそう申す。鉢かづきは、あまりやるかたなきままに、母の御墓《はか》へ参りて、泣く泣く申させ給ふやう、「さらでだに、憂《う》きに数そふ世の中の、別れを慕ふ涙川《なみだがは》、沈みも果てずながらへて、あるにかひなきわが身ぞと、思ふにいとど不思議なる、片端《かたは》のつきぬることの怨《うら》めしさよ。継母御前《ままはごぜん》の憎み給ふも理《ことわり》なり。親しき母上《ははうへ》に捨てられ参らせ、わが身何ともなりての後《のち》に、父御前《ちちごぜん》いかが御歎《なげ》きのあるべきと思ふばかりを心苦しく思ひしに、今の御母《はは》に姫君《ひめぎみ》出《い》で来《き》給へば、はやおぼしめしおかんこともなし。継母御前の憎み給ふ故《ゆゑ》、頼みし父おろかなり。今はかひなき憂き身の命、とくして迎ひ取り給へ。同じ蓮《はちす》の縁となり、心安くあるべき」と、流《りう》涕《てい》こがれて悲しみ給へども、生《しやう》を隔つる悲しさは、さぞと答へる人もなし。継母、このよし聞き給ひて、鉢《はち》かづきが母の墓へ参りて、殿をもみづから親子をも呪《のろ》ふことこそ恐ろしけれと、まことをば一つも言ひ給はず、虚言《そらごと》ばかりを父に度々《たびたび》言ひければ、男の心のはかなきは、まことと思ひ、鉢かづき呼び出《いだ》し、「無道《ぶたう》の者の心やな。あらぬ片端のつきぬるを、世にいたはしく思ひしに、咎《とが》もなき母御前、兄弟《きやうだい》を呪ふことこそ不思議なれ。片端者を内に置きては何かせん。いづかたへも追ひ出し給へ」とのたまへば、継母、これを聞きて、そばへうち向きて、さも嬉《うれ》しげなる風《ふ》情《ぜい》して笑ひける。

（中　略）

さて、とかく過ぎゆくほどに、嫁合《よめあはせ》の日にもなりぬれば、宰相殿、鉢かづきと二人《ふたり》、いづくへも立ち出でんとおぼしめしけるとそあはれなり。さるほどに、夜《よ》も明け方になりぬれば、召しもならはぬ草鞋《わらうづ》しめはき給ひて、さすが父《ちち》母《はは》住みなれ給ふことなれば、御名残惜《なごり》しくおぼしめし、落つる涙にかき曇り、今一度《ひとたび》父母を見奉《みたてまつ》りて、いづくとも知らず出でむことこそ悲しけれとおぼしめせども、つひに一度《いちど》は離れ参らせんものをと思ひきり給ふ。鉢かづき、このよし見奉り、「われ一人《ひとり》、いづかたへも出で参らせん。契《ちぎ》り深く候はば、まためぐりあひ候はん」とのたまへば、「怨《うら》めしきことを仰せられ候ふものかな。いづくまでも、御供《とも》申し候はん」とて、かくなん、

　　君思ふ心のうちはわきかへる岩間《いはま》の水にたぐへてもみよ

と、かやうにあそばし、立ち出でんとし給ふ時、鉢かづき、かくばかり、

　　わが思ふ心のうちもわきかへる岩間の水を見るにつけても

などとうちながめ、また鉢かづき、かくなん、

　　よしさらば野辺《のべ》の草ともなりもせで君を露とともに消えなん

とあそばしければ、また宰相殿《さいしやうどの》、かくばかり、

　　道の辺《べ》の萩《はぎ》の末葉《すゑば》の露ほども契《ちぎ》りて知るぞわれもたまらん

とあそばして、すでに出《い》でんとし給ふが、さすが御名残惜《なごり》しく、悲しく思ひ給ひて、左右《さう》なく出でやらず、ただ御涙せきあへず。かくて、とどまるべきにもあらざれば、夜《よ》もやうやう明け方になりぬれば、急ぎ出でんとて、涙ともに、二人ながら出でんとし給ふ時に、いただき給ふ鉢《はち》、かつぱと前に落ちにけり。（絵）

　宰相殿驚き給ひて、姫君《ひめぎみ》の御顔《かほ》をつくづくと見給へば、十五夜の月の雲間《くもま》を出づるに異らず、髪のかかり、姿かたち、何に譬《たと》へん方《かた》もなし。若君嬉《うれ》しくおぼしめし、落ちたる鉢を上げて見給へば、二つ懸子《かけご》のその下に、金《こがね》の丸《まる》かせ、金の盃《さかづき》、銀《しろかね》の小提《こひさげ》、砂金《しやきん》にて作りたる三つなりの橘《たちばな》、銀にて作りたるけんぽの梨《なし》、十二単《じふにひとへ》の御小《こ》袖《そで》、紅《くれなゐ》の千《ち》入《しほ》の袴《はかま》、数の宝物《たからもの》を入れられたり。姫君、これを見給ひて、わが母長谷《はせ》の観音《くわんおん》を信じ給ひし御利生《りしやう》とおぼしめして、嬉しきにも悲しきにも、先立つものは涙なり。さて、宰相殿、これを見給ひて、「これほどいみじき果報にてましますことのうれしさよ。今はいづくへも行くべきにあらず」とて、嫁合《よめあはせ》の座敷へ出でんとこしらへ給ふ。

出典
大島建彦校注・訳『御伽草子集』（日本古典文学全集36、小学館、昭和四十九年九月刊）による。

新潟県十日町市の昔話「アワとコメ」

とんと昔あったと。

アワとコメというふたりの女の子があったと。アワは、せん（前）の母親の子で、コメは、今の母親の子だと。今の母親は、自分の子のコメばっかかわいがって、アワをにっくがっていたと。

秋になって、山の栗《くり》がえむ（熟《じゅく》する）ころに、母親が、

「お前たち、山へ栗拾いに行ってこいや。その袋にいっぺになったら、うちへ帰ってこい。いっぺにならんうちは、決してうちへ帰ってくるな」

と、きつくいうて、アワには穴のあいた袋を、コメにはよい袋をあつけたと。

ふたりは山へ行って、袋いっぺにしょうと、しんけんで栗拾いをしたと。アワの袋は、いっこうにたまらんし、コメの袋は、すんま（すぐ）袋いっぺになって、

「アワ、おら袋がいっぺになったすけ、うちへ帰る」

そういうて、ひとりで、さっさとうちへ帰ってしもたと。

アワは山に残って、ひとり、栗拾いをしているうちに、いつか日が暮れ、暗くなってしもたと。

「さあ、困った」

と、せつながっていたれば、山のむこうに、テカンテカンとあかりがめえたと。

「ああ、よかった。あこへ行って、とめてもろおう」

と思って、あかりを目がけて行ったれば、山んばがひとりいて、ボンボン火たいていたと。

「山で暗くなったすけ、こんやひとばん、とめてもらいたい」

「おう、そうか、なじょうもとまれ」

と、とめてくれ、山のごっつぉをいろいろしてくれ、袋の穴も縫うてくれたと。

朝げになって、山んばはアワに、ウチデノコヅチをくれ、

「お前の望みのもんが、何でも出てくる。だいじにしまっておけ」

というたと。アワは喜んで、袋いっぱい山で栗を拾うて、うちへきたと。ほうしたれば、母親が、

「今ごろまで何をしていた。コメは、きんなのうちに帰っている」

と、きつく叱《しか》ったと。

それからお祭りの日がきて、母親はコメに祭り着物をきせて、二人で芝居《しばい》見に行ったと。

「アワ、お前はうちでるすいをして、仕事をしていれ」

と、あれもこれも仕事をいいつけたと。

アワは、るすいして仕事をしていたども、お祭りへいぎたくなって、ウチデノコヅチから、

「下駄《げた》、出てくれ、たびも出てくれ、着物も帯も出てくれ、くしも出てくれ」

と、みんな出して、きれいに着かざって、お祭り場へ出かけたと。お祭り場のしょは、

「どこのお嬢《じょう》さんか」

と、たまげて見ていたと。コメが、

「あれは、うちのアワに似ているが」

というども、母親は、

「いや、アワは、うちでるすいして仕事をしている。あっけな、よい着物を持たない」

というていたと。

アワは、お祭りの芝居の終わらないうちに、うちへ帰ろうとして、あわてて下駄の片方をぬぎ忘れてきたと。アワはうちへきて、お祭り着物をウチデノコヅチに頼《たの》んで、みんなしまった。そうして、いつものきたない着物をきて、仕事をしていたと。

そこへ母親とコメが帰ってきて、コメが、

「アワによく似たあねさが、芝居見にきていた」

というども、アワは、

「そうか」

と、返事していたと。

やがて、金持ちのだんな様から、

「お祭りに行っていたアワを嫁《よめ》にほしい、この下駄をはいていた子だ」

と、嫁もらいがきたと。母親は、コメを嫁にやりたくても、下駄がコメの足にあわない。アワの足に下駄がピッタリとあったと。

「お祭りに行っていたのは、コメだ」

「いや、アワという子だ」

なんて、いいあいをしているうちに、アワは、ウチデノコヅチからお祭り着物を出して、着かざって出てきたれば、

「これが、アワだ」

と、若だんなの嫁にきまったと。
いちがさけもうした。

（樋口末子〈七〇歳〉平成元年）

出典
十日町市史編さん委員会編『十日町の昔ばなし』（十日町市役所　平成五年三月刊）による。

解説　継子譚

継子譚

十世紀末頃に成立した『落窪物語』は、「落窪の君」と呼ばれる主人公が、継母から雇い人同様に扱われ、結婚も妨害されるが、侍女・阿漕の援助によって結婚を果たす。こうした継母と継子の葛藤を主題とする「継子譚」は、文学の中で数多く取り扱われてきた。『源氏物語』「蛍巻」には「継母の腹ぎたなき昔物語も多かるを」と書かれていることから、それ以前から王朝世界の継子譚が存在していたと考えられる。中世以降は、「御伽草子」あるいは「室町物語」とも呼称される多くの短編物語が誕生するが、この中にも「鉢かづき」「姥皮《うばかわ》」「中将姫の本地」などの継子譚が存在する。

こうした継子譚の主人公は、最大の庇護者である実母を失った女児である。男児であれば、倒すべき敵は外に存在し、鬼退治や龍退治を果たすことが試練となるが、女児の場合は継母との葛藤が最大の試練である。主人公は持って生まれた美貌や高い教養、心根の優しさ、時には援助者を得て、これを乗り越えて幸福な結婚に至る。こうした結末から、継子譚は子どもから大人になるための成人儀礼が説話化されたものと考えることができる。

継子譚は世界的に分布しており、ヨーロッパの「シンデレラ」は特に有名であるが、日本の昔話「糠福米福」も「シンデレラ」と同型の昔話である。

変身する主人公—鉢をかづく—

享保年間（一七一六〜一七三六）、数々の御伽草子の中から二十三編を選び、大坂の渋川清右衛門がセットにして「御伽文庫」を刊行した。狭義にはこれを「御伽草子」と呼ぶこともある。この中の一篇に「鉢かづき」も選ばれている。「かづく（被く）」とは「頭にかぶる」という意味の古語で、これは頭に鉢を被った姫君の物語である。何不自由なく暮らしていた姫は、十三歳の時、病で母親を失う。母親は亡くなる直前、姫の頭に大きな鉢をかぶせる。「鉢かづき」となった姫はその姿のせいで継母に忌み嫌われ、家を追い出される。さまざまな艱難辛苦を経て、最後に姫の鉢が割れて美しい姿が露わになり、国司の家の御曹子と幸福な結婚をする。

鉢を被った姫の姿はかなり異様である。しかしその鉢は、最後に姫に幸福をもたらしてくれるものでもある。昔話「姥皮」でも、山の婆からもらった姥皮を着ると美しい娘は汚い姿に変身するが、これを脱いで真実の娘の姿を見た長者の息子から求婚される。つまり鉢や姥皮は、不安定な境遇にある娘たちにとって、不幸をしりぞけ幸いをもたらす呪具である。そして、最後にこれが取り払われ、美しい娘が出現する場面は、物語として幸福な結末がより強調される効果をもたらしている。

「御伽草子　鉢かづき」の挿絵

特別な年齢

『落窪物語』と同様、継子譚で知られる『住吉物語』では、姫君が七歳の時に実母と死に別れている。「鉢かづき」では、姫が十三歳の時に母親が亡くなっている。いずれの年も、日本では人生において特別な年齢となっている。七歳は子どもが社会の一員となる第一歩として、子ども組に加入する年であった。そして、かつては十三歳頃に初潮を迎えた女児が伯父・叔父から腰巻きを贈られる習俗があった。男児の成長に際しては、伯母・叔母から褌が贈られ、男女とも下着をつけることが身体の成熟を表し、成人の印であった。これ以降は、田植えなどの共同作業に参加したり、娘組のある地方では組に加わったりした。また、京都や大阪などでは、今でも十三歳になった女児が初めて振袖を着て虚空蔵菩薩に参拝する「十三参り」が行われており、これも成女式を意味している。継子譚の女児が、七歳や十三歳で母親と別れ、異なる世界に踏み出すという設定は、その背景に「特別な年齢」への意識が働いているものと考えられる。

継子と実子

昔話でも、「糠福米福」、「皿皿山」、「お銀小銀」、「手なし娘」「姥皮」「鉢かづき」「継子の栗拾い」「継子の釜茹で」「継子と鳥」「継子と笛」といった多くの継子譚が語られてきた。ここにあげた主人公はすべて女児であることから、継子譚の主人公は圧倒的に女児であることがわかる。

「糠福米福」は「米福粟福」ともいわれ、特に東日本に多く伝承されている。青森県津軽地方に伝承された内容は次のようなものである。継母が継子（糠福）と実子（米福）を栗拾いに行かせるが、継子には腐った藁袋、実子には新しい藁袋を持たせる。姉の袋はいつまでたっても栗がいっぱいにならない。そのうちに、白い鳥になった実の母親が新しい藁袋をくれ、小袖と笛もくれる。継子は嫁比べの場でこの着物を着て選ばれる。それをうらやんだ継子は田の中に落ちて田螺となったという。ここでは山の中で継子を助けるのは白い鳥と化した母であるが、山姥や婆、神仏が継子を援助する話もある。

こうして対立的に語られることが多い継子と実子であるが、「お銀小銀」（「お月お星」「朝日夕日」ともいう）では、父親の留守に継母に殺されそうになる継子を、実子が援助者となって救うというものもある。

（服部比呂美）

第16講　和尚と小僧譚

『沙石集』巻七下「慳貪者事」

或山寺ニ慳貪ナル房主アリテ、粘桶ヲ一モチテ、只一人アル小児ニイサ、カモ食ハセスシテ、是ハ人ノクヘハ死ヌ物ソトテ、タ、一人クヒテハヨクヲキ〳〵シケルヲ、コノ児イカ、シテ是ヲクハマシト思テ、房主他行のヒマニ、タナニ高クヲキタルヲトルホトニ、髪ニモ小袖ニモウチコホシテツケタリケリ。日コロホシ〳〵ト思ケルマ、ニ、ヨク〳〵二三盃クヒテ、房主ノ秘蔵ノ水瓶ヲ雨タリノ石ニオトシテウチワリテ、房主ノ帰タル時シク〳〵トナク。何事ソ。ケシカラスノナキヤウヤ、トイヘハ、アサマシキ事ノ候。御水瓶ヲアヤマチニウチワリテ候。時ニ、イカナル御勘当モヤトオモヒ候テ、命イキテモヨシナクオホエテ、人ノクヘハ死ト仰ラレ候物ヲ、一盃タヘ候ヘトモ死ナレ候ハス。二三盃タヘツレトモ死ナレ候ハス。カミニモ小袖ニモツケテ死ナントシ候ヘ共、スヘテシナレ候ハス、トイヒケル。慳貪ナルハマサル損ナリ。スコシクハセタラハ、水瓶ハワラレシカシ。児ノ心カシコカリケリ。

出典

国立国会図書館蔵『沙石集』元和四年（一六一八）十巻古活字本による。

福岡県鞍手郡の昔話「和尚と小僧との話（小僧盗み食ひ）」

或る所に山寺があつた。ところが、和尚はなか〳〵の吝嗇ものであつた。小僧が二人あつたけれども、うまい物は自分一人で食つて、小僧には少しもやりません。

或る日、和尚は法事でよそに行かねばなりませんので、其の出がけに二人の小僧に言ひますには　戸棚の瓶をあけると悪い風が入つてゐるから、ぢきに死ぬぞ　と言ひ置いて行きた。其の留守に二人の小僧は戸棚を開けてそのうまい物を残らず皆食つたところが、あとで一人の小僧がしくしく泣くから、一人の小僧が　なぜ泣くか　と尋ねたところが　和尚さんの言はれたことに背いたから、和尚さんの帰られたらひどい目にあはせられうと思ふて泣くのであると言ふから　そんなら自分が良い工夫がある　と言ふて、和尚さんが帰りを待ちました。

帰つて来ると直ぐ戸棚を見て、やかましく叱りますので、一人の小僧はかう申しました。私達が角力を取つて居つたところが、座敷の襖にころびかかつて破つたから、まう命がないと思ふて、あの戸棚の中を開けましたけれども、死にませんから、二人であの中の物を皆食ひました。けれどもまだ死にません　と言つたところが、和尚はなんとも言はれなかつたと言ふ事であります。

（鞍手郡剣高等小学校）

出典
福岡県教育会編『全国昔話資料集成11　福岡昔話集（原題　福岡県童話）』（岩崎美術社、昭和五十年四月刊）による。

『一休諸国物語』巻三「第五　一休、十一歳の時の事」

師の房、他行《たぎょう》し給ひ、留守の所へ、他所《よそ》より餅一つ来れり。一休、少し割り、師匠帰り給ふに、取出して奉る。師も、道化人にて、「満月無《まんげつむ》片破《へんは》、欠けはいづくにかある」との給へば、一休、其比より智慧さかしかりければ、やがて返答に、「雲隠有《うんおんう》是《ぜ》」とて、欠けを出さるる。
まづ此心は、「満月は丸くして欠けたる所なし。此餅も満月の如くにてあるべきが、欠けたるはいかん」と、とひ給へば、「雲隠有是」とは、「雲に隠れてこゝにあり」と答へ給へば、師うち笑ひ給ひて、「さても小賢《こざか》しき小僧かな」とて、皆たびけり。

出典
飯塚大展編『一休ばなし』（『一休和尚全集』第五巻　春秋社、平成二十二年十月刊）による。

解説　和尚と小僧譚

笑話とは何か

口承文芸の昔話は「動物昔話」「本格昔話」「笑話」に分類でき、笑話は聴き手を笑わせることが目的の昔話である。笑話は現実的に語られる特徴があり、語り始め・語り納めなどの形式がないことも多い。笑話の登場人物は多く人間であるが、ナンセンスな笑話では神仏や動物、果ては無機物までもが登場し掛け合いをする。それがまた笑いを誘うのである。笑話には駄洒落の「一口話」、大げさな法螺を吹く「大話（誇張譚）」、人の間抜けな失敗を笑う「愚人譚（愚か者話・愚か聟話・愚か嫁話・愚か村話）」、知恵者が機知で目上の者をやり込める「巧智譚（おどけ者話・和尚と小僧譚）」、知恵を悪用して人を陥れるブラックユーモアの「狡猾者譚」、性的な笑いの「色話（艶笑譚）」などがある。小さい子どもは駄洒落や誇張の話で笑い、少し大きくなると言葉遊びや常識を知らないものの失敗、社会関係の逆転の喜劇で笑えるようになり、大人になり始めるころには黒い笑いや性の笑いが理解できるようになる。子どもから大人への発達段階にふさわしい笑話が用意されているのである。

和尚と小僧譚

『沙石集』「慳貪《けんどん》者事」は、「和尚と小僧譚」の話型に属する笑話である。和尚と小僧譚は頭のいい小僧が吝嗇《りんしょく》な、もしくは無知な和尚を機知でやり込める笑話である。小僧という年齢・地位・知識・体力において劣位にある者が、和尚という優位の者の発したことばを逆用してやり込めるところが笑いを誘う、社会関係の逆転が笑いの肝となる話である。和尚と小僧譚の話型には「飴は毒」を始めとして「鮎は剃刀」「和尚お代わり」「焼餅和尚」「餅は本尊様」など、食べ物に関する話題が多い。また「和尚の夜遊び」「小僧の諫言」など、和尚の女遊びをからかう話型もある。これらには、飲酒・肉食・妻帯が禁じられている（からこそ、その逸脱がスキャンダルとなる）寺院の生活が反映されていると言える。「和尚と小僧譚」の話型は中世に成立し、江戸時代の檀家制度によって、全国に根づいたと考えられている。

なぜ「小僧」なのか

「和尚と小僧譚」と同様、劣位の者が優位の者を知恵でやり込めるという話型は世界的に認められる。ヨーロッパでは「牧師と寺男譚」として語られている。寺男という劣位にある者が、牧師という優位の者の発したことばを逆用してやり込めるところが笑いを誘う。「牧師と寺男譚」と「和尚と小僧譚」とで異なるのは、寺男が一人前の大人であるのに対し、小僧が年端も行かぬ子どもだという点である。知恵ある子どもが大人をやり込めるのは日本の「和尚と小僧譚」に顕著な特徴である。

柳田國男は「和尚と小僧譚」に関して「神童譚」の影響を指摘した。まず「若宮」「若王子」と呼ばれた、童形の神への信仰があった。例えば春日大社の摂社である春日若宮の祭神は童形で描かれ、聖徳太子は童形の太子像として各地で信仰されてきた。このような御子神は、強い力を行使する荒ぶる神であるとも考えられてきたのである。柳田はそこから、神から遣わされた神の子が人間の養父母に育てられ、奇跡を起こす物語である「申し子譚」や「小さ子譚」が派生し、さらに笑話となって子どもが大人をやり込める「和尚と小僧譚」になったと説いている。柳田の図式はともかくとして「子どもの姿で現れる超越的な存在」というイメージは民間説話・民間信仰に浸透していたと考えられる。

一休噺から現代のエンタテインメントまで

「大人をやり込める賢い小坊主」の話型は、江戸期には「とんち小坊主一休さん」の「一休噺」が人気を博した。さらに「子どもの姿で超人的な能力を発揮するキャラクター」は、現代のエンタテインメントにも引き継がれている。あなたの好きな作品に「すごい子どものキャラクター」がいたら「和尚と小僧譚」の系譜を継ぐ子どもなのだ。

参考文献

中田千畝・鈴木棠三『きっちょむ話・和尚と小僧』（日本の昔話15）、未來社、昭和五十年

岡雅彦『一休ばなし―とんち小僧の来歴―』平凡社、平成七年

小林幸夫「「和尚と小僧」譚の源流」花部英雄・松本孝三編『昔話入門（語りの講座）』三弥井書店、平成二十六年

（飯倉　義之）

第17講　おどけ者話

『古本説話集』上「十九　平中事《へいちゆうがこと》」

この平中、さしも心《こゝろ》に入《い》らぬ女の許《もと》にても、泣《な》かれぬ音《ね》を、空泣《そらな》きをし、涙《なみだ》に濡《ぬ》らさむ料《れう》に、硯瓶《すゞりがめ》に水を入《い》れて、緒《をゝ》をつけて、肘《ひぢ》に懸《か》けてし歩《あり》きつ、顔袖《かを》を濡《ぬ》らしけり。出居《でゐ》の方《かた》を妻《め》、のぞきて見《み》れば、間木《まぎ》に物《もの》をさし置《を》きけるを、出《い》でてのち、取《と》り下《をろ》して見《み》れば硯瓶也《すゞりがめ(なり)》。また、畳紙《たゝうがみ》に丁子《ちやうじ》入《い》りたり。瓶《かめ》の水をいうてて、墨《すみ》を濃《こ》くすりて入《い》れつ。鼠《ねずみ》の物をとり集《あつ》めて、丁子《ちやうじ》に入《い》れ替《か》へつ。さてもとの様に置《を》きつ。例《れい》の事なれば、夕さりは出《い》でぬ。暁《あかつき》に帰《かへ》りて、心地悪《あ》しげにて、唾《つはき》を吐《は》き、臥《ふ》したり。「畳紙《たゝうがみ》の物の故《け》なめり」と妻《め》は聞《きゝ》臥《ふ》したり。夜明《あ》けて見《み》れば、袖に墨《すみ》ゆゝしげにつきたり。鏡《かゞみ》を見《み》れば、顔《かほ》も真黒《まくろ》に、目《め》のみきらめきて、我ながらいと恐《をそ》ろしげなり。硯瓶《すゞりがめ》を見《み》れば、墨《すみ》をすりて入《い》れたり。畳紙《たゝう》に鼠《ねずみ》の物入《い》りたり。いと〳〵あさましく心憂《う》くて、そのの《ゝ》ち空泣《そらな》きの涙、丁子含《ちやうじくゝ》む事、止《とゞ》めてけるとぞ。

出典

三木紀人・浅見和彦・中村義雄・小内一明校注『宇治拾遺物語／古本説話集』（新日本古典文学大系42　岩波書店、平成二年十一月刊）による。

『今昔物語集』巻第二十八「木寺基僧依物咎付異名語《きでらのきぞうものとがめによりいみやうつくこと》　第八《だいはち》」

今昔《いまはむかし》、一条《いちでう》ノ摂政殿《せつしやうどの》ノ住給《すみたまひ》ケル桃薗《ももぞの》ハ今《いま》ノ世尊寺《せそんじ》也《なり》、其《そこ》ニテ摂政《せつしやう》、季《き》ノ御読経被行《みどきやうおこなはる》ル時《とき》ニ、山《やま》、三井寺《みゐでら》、奈良《なら》ノ止事無《やむごとな》キ学生《がくしやう》ヲ撰《えらび》テ、被請《こはれ》タリケレバ、皆参《みなまゐり》タリケルニ、夕座《ゆふざ》ヲ待《ま》ツ程《ほど》ニ、僧共居《そうどもゐ》並《なみ》テ、或《あるい》ハ経《きやう》ヲ読《よ》ミ、或《あるい》ハ物語《ものがたり》ナドシテナム居《ゐ》タリケル。

寝殿《しむでん》ノ南面《みなみおも》テヲ御読経所《みどきやうじよ》ニ□タリケレバ、其《そ》ノ御読経所《みどきやうじょ》ニ居並《ゐなみ》テ有《あ》ル程《ほど》ニ、南面《みなみおもて》ノ山池《やまいけ》ナドノ極《いみじ》ク譿《おもしろ》キヲ見《み》テ、山階寺《やましなでら》ノ僧中算《そうちうざん》ガ云《いはく》、「哀《あは》レ、此《こ》ノ殿《との》ノ木立《きだち》ハ異所《ことどころ》ニハ不似《に》ズカシ」ト云《いひ》ケルヲ、傍《かたはら》ニ木寺《きでら》ノ基僧《きぞう》ト云《い》フ僧居《そうゐ》テ、此《これ》ヲ聞《き》クマ、ニ、「奈良《なら》ノ法師《ほふし》コソ尚踈《なほうと》キ者《もの》ハ有《あ》レ。物云《ものいひ》ハ賤《いやし》キ者《もの》カナ。『木立《こだち》』トコソ云《い》ヘ、『木立《きだち》』ト云《い》フラムヨナ。後目《うしろめ》タ無《な》キノ言《こと》ヤ」ト云《いひ》テ、夫《つま》ヲハタ、トス。中算此《ちうざんか》ク被云《いはれ》テ、「悪《あし》ク申《まう》シテケリ。然《さ》ラバ御前《おはむまへ》ヲバ、『小寺《こでら》ノ小僧《こぞう》』トコソ可申《まうすべ》カリケレ」ト云《いひ》ケレバ、有《あり》ト有《あ》ル僧共皆此《そうどもみなこ》レヲ聞《きき》テ、音《こゑ》ヲ放《はなち》テ愕《おび》タ、シク咲《わら》ヒケリ。

其《そ》ノ時《とき》ニ、摂政殿此《せつしやうどのこ》ノ咲《わら》フ音《こゑ》ヲ聞給《ききたまひ》テ、「何事《なにごと》ヲ笑《わら》フゾ」ト問《と》ハセ給《たまひ》ケレバ、僧共有《そうどもあり》ノマ、ニ申《まう》シケレバ、殿《との》、「此《こ》レハ中算《ちうざん》ガ此《か》ク云《い》ハムトテ、基僧《きぞう》ガ前《まへ》ニテ云《い》ヒ出《いだ》シタル事《こと》ヲ、何《いか》デカ心《こころ》ヲ不得《え》ズシテ、基僧《きぞう》ガ、案《あん》ニ落《おち》テ此《か》ク被云《いはれ》タルコソ弊《つたな》ケレ」ト仰《おほ》セ給《たまひ》ケレバ、僧共弥《そうどもいよい》ヨ咲《わらひ》テ、其《それ》ヨリ後《のち》、小寺《こでら》ノ小僧《こぞう》ト云《い》フ異名《いみやう》ハ付《つき》タル也《なり》ケリ。「無《あぢ》端《きな》ク物咎《ものとが》メシテ、異名《いみやう》付《つき》タル」トテナム、基僧悔《きぞうくや》シガリケル。此《こ》ノ基僧《きぞう》ハ□ノ僧也《そうなり》、木寺《きでら》ニ住《すみ》ケルニ依《より》テ木寺《きでら》ノ基増《きぞう》トハ云《い》フ也《なり》。

中算《ちうざん》ハ止事無《やむごとな》キ学生也《がくしやうなり》ケルニ、亦此《またこ》ノ物云《ものい》ヒナム可咲《をかし》カリケル、トナム語《かた》リ伝《つた》ヘタルトヤ。

出典
高橋和夫・国東文麿・稲垣泰一校注・訳『今昔物語集』④（新編日本古典文学全集38　小学館、平成十四年五月刊）による。

熊本県阿蘇郡小国町の昔話「彦八」

昔、あっとこに、彦八どんちう、そうにゃ話上手がおったげな。彦八どんな、あっ時、仲良しの庄屋さんの家に遊びに行ったら「なんか面白か話ばして聞かせてくれんかい」て言われた。彦八どんな「そら宜しうござりますが、実は私が、お宅さん来よるとき、御門前の池の端に、小まかクチナワ（蛇）が、太かワッコ（蛙）ば飲もうでしよりました。そって、私がクチナワに放せて言いましたら、クチナワは、飲まにゃ放さんて言いました」て言うた。

庄屋さんな、膝ば叩いて感心して「おーい、誰か早よ、酒ば持ってけ。彦八が作り話で酒の催促ばしよるぞ」て、おめきなはった。

そるから彦八どんな、酒飲みながる、色々な話ばしたが、みんな尻の話ばかり。庄屋さんな「今夜はもう良かろう。そして、こん次は尻の話はせんがええ」て言わした。そしたら彦八さんの「なんば言いなはりますか。尻は人間の五体。尻ちう言葉は使わでな、日は送られまっせん」て言わした。そして議論の挙句が、先に尻ちう言葉ば使うち負けた者が一両出すて約束さした。

そるからひと月ばかりして、珍らしう彦八どんな、庄屋さん方に行かした。「庄屋さん、まあ、聞いちくだはりまっせ。先日、私が伯母女の家に行ったら、桐の木で作った茶釜で茶ば沸かして出されました。その香りと味の良さ」て言うた。庄屋さんな、笑うち「馬鹿ば言いなはんな。桐の木で作った茶釜なら、すぐ尻が焦げて、水が洩る」て言わしたけん、彦八どんな「はい、庄屋さん、そこで一両、頂きまっしゅう」て言うち、うまうまと庄屋さんかる小判ば取り上げた。

庄屋さんの「俺は六十になるが、まだ、たまがったことがなか。一遍、アッとか、ウーンとか言わせてくれんか」て頼ました。彦八どんな、その日は、そのまま帰って、その年の秋、また、庄屋さん方に行き「今日は、是非、お見せしたか物のありますけん、私に、つんのうち（連れあって）来てくだはりまっせ」て言うち、庄屋さんば畑さん連れち行った。庄屋さんの畑ば見らすと、五反もある畑に、赤胡椒が植えちあり、それが朝日に照り返して、火の燃えるごたる。庄屋さんな「ウーン、これは見事」ていわした。そして「俺はまだ、ぬしに、降参はせん。今度は俺が腰の抜くるごたる事ば見せちくれ」て頼ました。

彦八どんな、翌る年の三月頃、庄屋さん所に走り込うじ来て「庄屋さん。向うの山の松の木の枝に、蜜蜂が山んごと付いとります。早う、一緒に取りに行きましょう」ちうて、二人で巣箱ば作って出掛けたてったい。そしたら、本当に蜜蜂の巣がある。庄屋さんな、松の木に、やっさもっさ（気合を入れて、はりきって）で登らした。ところが、下かる彦八どんな「庄屋さん！大事ばい。お屋敷が燃えよる。大火事たい」て、おらばした。庄屋さんな、そるば聞くと、うったまがらした。その拍子に、松の木から、すべりこけち、腰ば抜かさした。彦八どんな「庄屋さん、火事は嘘――ばってん腰は見事に抜けましたろが」と言わした。今日、こっで、しみゃあ。（阿蘇郡小国町　長谷部保正氏）

出　典

木村祐章著『肥後の笑話―熊本の昔話―』（桜楓社、昭和五十六年九月刊）による。

解説　おどけ者話

全国各地の「おどけ者」たち

笑話の一領域「おどけ者話」は、「おどけ者」と総称される知恵者が、機知で相手をやり込める話型である。そうしたおどけ者は江差の「繁次郎」（北海道）や印内の「重右衛門《じゅえむ》どん」（千葉県）、野津の「吉四六《きっちょむ》さん」（大分県）や八代の「彦一さん」（熊本県）など、全国数十の地域で固有の名称をもって伝えられ、地域ごとに親しまれている。おどけ者の実在を主張する土地も多く、その墓やおどけ者の子孫などが存在することもある。

各地に様々なおどけ者が存在する一方で、話の内容は「烏と雉」「牛の鼻ぐり」「蚤は薬」「天昇り」など全国的にほぼ同じである。また機知を発揮する一方で、屋根に上って星を落とそうとする笑話「星落とし」など、愚かな行動をとることもある。これらのことから「おどけ者話」は、全国的に伝承されている「機知で相手をやり込める笑話」がそれぞれの地域に伝えられた後、その主人公がそれぞれの地域で知恵者・頓智者・ひょうきん者として名が高かった人物や、まぬけな笑話の主人公に置き換えられて成立していったと考えられる。

力関係逆転の笑い

「おどけ者話」の主人公の特徴として、小作人・下男・行商人など社会的地位が低いことが挙げられる。印内の重右衛門や跡江の半ぴ（宮崎県）は下男、中村の泰作（高知県）や唐津の勘右衛門《かんね》（佐賀県）は行商人、江差の繁次郎は「ヤン衆」と呼ばれるニシン漁に従事する季節労働者である。そうした社会的に劣位にある者が、相手の勘違いを誘ったり言葉尻を捕らえたりして庄屋や地主、代官や和尚など社会的に優位の者をやり込める。現実世界ではいかんともしがたい社会関係の優位―劣位を、話の世界で機知により逆転させるところに面白さがあると言える。

例外的に庄屋や郷士、医者など、村落共同体での社会的地位の高いおどけ者もいる。額田の達才《たっつぁい》（茨城県）は医者、引砂の三右衛門《さんにょもん》（石川県）や越原左衛門《おっぱらざえもん》（広島県）は庄屋、日向山侏儒どん（鹿児島県）は郷士であり、一般の村人より社会的に優位である。そのようなおどけ者は、さらに社会的な地位の高い殿様や都会の商人たちをやり込める。社会的地位の高い者の失敗を笑う「おどけ者話」は、現実の社会関係から生じるストレス解消の役割も負っていただろう。

「をこびと」の文芸伝統からお笑い芸人まで

また、おどけ者の名前には漢数字（及びその同音）が使われることが多い。大島建彦は平安期の物名歌人で逸話の多い藤原輔相《ふじわらのすけみ》の異名である「藤六」が、後世の「野間の藤六」「沼の藤六」「藤六坊」などの笑話の主人公に引き継がれた例を挙げ、そうした名前は博していた人気ごと引き継がれる通り名・芸名に近いものだったのではないかと指摘する。

そうして日本文学の伝統の中には、「機知を用いて人を笑わせることを自らの役目とする知恵者」があったと柳田國男は指摘する。『平中物語』の平貞文のような失敗は実は失敗ではなく、それによって世人に笑いをもたらし、自らの名を高める行動であったようである。

柳田はそうしたふるまいをする知恵者たちは、中古文学では「をこびと」と称されてきたと言う。『今昔物語集』巻二十八で「物云ヒニテ人咲ハスル馴者ナル翁」と言われる為盛朝臣・「馴者ノ物可咲ク云ヒテ人咲ハスルヲ役トスル翁」である清原元輔・呼ばれてもいない歌合に罷り出て追い出される曾禰好忠（曾丹）たちを「当人自らは決して馬鹿ではなかった」として、笑われることが「一つの処世法だったのかも知れない」と述べる。藤六や平中、元輔、曾丹らは知的才能に優れた人材だったが、家柄や血筋がすぐれないなど、政治的主流からは外れて世に出る機会のない人物であった。そうした人物が、有力者の文学サロンで笑われ役を務めることを身過ぎ世過ぎの手段としていたのである。

そうした笑いや話の提供を身過ぎ世過ぎの手段とする者は、室町・戦国期には大名・貴族が抱える「お伽衆・お咄衆」として半職業化し、近世期以降は笑わせる芸を市や河原、社寺門前の辻、有力者の座敷などで披露するようになる。

やがてはこれが笑いを専門とする芸能者となり、現在のお笑い芸人の生み出すエンタテインメントを準備するのである。

（飯倉　義之）

参考文献
柳田國男「烏滸の文学」、昭和二十二年（『柳田國男全集』19、筑摩書房、平成十一年七月刊）
大島建彦『咄の伝承』岩崎美術社、昭和四十五年一月刊
民話と文学の会『民話と文学』2・特集「おどけ者」、昭和五十二年十一月刊

第18講　愚か聟話・愚か村話

狂言「おか太夫」

(舅)〽是ハ此あたりにすまゐする者でござる、今日むこ《聟》殿のござらふずるとの御事じや、あるかやひ (太郎冠者)〽お前に (舅)〽今日むこ殿のござらふと有ほどに、聟殿の御ざつたらハこなたへ申せ (太郎冠)〽畏て候 (聟)〽罷出たる者ハ、年ににあ《似合》ハぬ申事なれ共、人のいとしがる花むこでござる、今日ハさいじやう《最上》吉日でござる程に、いそひでむこ《聟》入いたさう (聟)〽しうと《舅》じやもの《者》ゝかたより、とう《疾》から参るやうにと申されたれ共、彼是隙《ひま》もなふておそな《遅》ハつた、いや参る程に是じや、物申《まう》 (太郎冠者)〽たそ《誰》 (聟)〽今日まいれと仰られたほどに、むこがまいつたとおしやれ (太郎冠者)〽むこ殿でござるか (聟)〽おんでもなひ (太郎冠者)〽其通申さう (太郎冠者)〽いかに申、むこ殿のお出でござる (舅)〽こなたへとをら《通》せられひといへ (太郎冠者)〽かしこまつてござる (太郎冠者)〽こなたへとをらせられひと申されまする (聟)〽しうとじやものハうちにか (太郎冠者)〽中〱うちにいられまする (聟)〽そちハこれの人か (太郎冠者)〽中〱 (聟)〽ほねおり《骨折》じや、ちとあちへわたし《渡》め (聟)〽早々まいり、御礼を申が本意なれ共、かれ是いたひておそな《遅》ハつて御ざる (舅)〽内々待まらする処に、只今の御出かたじけなふござる、それへとをら《通》せられひ (聟)〽畏た (舅)〽太郎くわじや、いまの物をだせ 〽又さかづきをだしてからも云 (太郎冠者)〽かしこまつた 〽つゞミおけのふたに、くろきづきんなりとも、ふつくりとして出す、さらハそれをまいれと云時に、むこふしんして、ためす

がめ見て、とりてくふ、一口くひて、むまひ物じやとおもふかほする、一口づゝくふて、かのづきんをにぎり、ちい
さくなるやうにするくでん〽コヲツケテクフマネ也　〽さてくひすましてから、ふところへいる、（聟）〽扨〳〵是ハむまひ、め
つらしひ物でござるが、何と申物でござるぞ　（舅）〽それハ〈ヲ〉〈ヒ〉御ぞんじなひか　（聟）〽いやぞんぜぬ　（舅）〽ふだんハわ
らび《蕨》の餅と申、延喜の御門のきこしめされて、官をなされ、おか太夫とも申たると申が、いやしゐ《賤》物のやうにおほし
めされうずるが、らうゑい《朗詠》のし《詩》にものつ《載》たもので御ざる　（聟）〽まことに一段よひ物でござる、さらハ今一つたべ《食》た
ひ　（舅）〽いやおき《気》にまいつてまんぞく《満足》致す、太郎くわじやまだしんぜ《進》ひ　（太郎冠者）〽いやもござらぬ　（舅）〽なひ
（舅）〽それほど御気にいらふとぞんじたらハ、用意いたさふ物を、もはやなひと申　（聟）〽いやそれならハたべまひ
（舅）〽やれ〳〵のこり《残》おゝ《多》ひ　（聟）〽そうじてなひ物ハ私ハくだされぬ　（舅）〽わたくしがむすめ《娘》が、こしらへやうを
ぞんじた程に、御気にいつたらハ仰付られひ　（聟）〽女共がいたしやうぞんじてござるか　（舅）〽中〳〵　（聟）〽さら
ハまつ《先》まかり帰らふ　（舅）〽いやまつ《先》はなさ《咄》せられひ　（聟）〽いや〳〵しづか《静》に参らふ　（舅）〽いつれもかさねて申い
れう　（聟）〽さらハ〳〵　（聟）〽やれ〳〵うれ《嬉》しや、むこ入しすま《済》ひた、いそゐ《急》で宿へもどらふ、やれ〳〵めづらしひ
ものをくふ《食》た、はやう《早》かへつてこしらへさせてたべふ　（聟）〽是のハ内にか　（妻）〽いやもどらせ○〈ら〉れたか　（聟）〽あ
ふもど《戻》つた　（妻）〽やれ〳〵待かねてござる、さりながらはやうもどらせられた、さだめてとゝさま《父様》のまんぞく《満足》で御
ざらふ　（聟）〽それハ推量あそばせ、かき《垣》からもかべ《壁》からも、皆目ばかりで有て、はづ《恥》かしかつたよ　（妻）〽さうござ
らふ、あそこハ物みだけひ所でござるほどに　（聟）〽扨々むまひめづらしひ物をくれられたハ　（妻）〽さだめてい
ろ〳〵のふるまひをいたされまらせう　（聟）〽なふそれをくハふ　（妻）〽それとハなんでござるぞ　（聟）〽なふいかう
むまかつた、はやうこしらへてくれさしめ　（妻）〽いやなんでござる　（聟）〽いやわごりよがしやう《仕様》をしつ《知》た程に、さ
せてくへ《食》といハれた、はやうこしらへさしめ　（妻）〽されハなんでござるぞぞんぜぬ、名を仰られひ　（聟）〽それもさ
うじや、何とやらいはれたがわす《忘》れた、らう〳〵しあらふゑんとやら、いふ物のうちに有といハれた　（妻）〽それハ
らうゑい《朗詠》のし《詩》の事でござる　（聟）〽あふそれ〳〵そのらうゑいをくハ《食》ふ　（妻）〽それハくふ物でハござらぬ　（聟）〽そ

のうちにあるものくハふ　(妻)〽それならハ、いつもとゝさま《父様》の、朗詠をだん《談》じさせらるゝをきい《ママ》ひて、そらにてあとさき少覚てござる程に、いふてき《聞》かせまらせう、そのうちにあらハあると仰られひ　(聟)〽いふてきかせひきかう程に　(妻)〽いけ《池》の氷のとう《東頭》〳〵ハ、かせ《風》わた《度》つてとく《解》、まど《窓》のむめ《梅》の北面ハ、雪ほう《封》じてさむ《寒》し、まどの梅にておもひ出し候、若もし梅干やまいつたか　〽なふすや、きくさへ、口にすがたまるよ　(妻)〽気はれてハ、風新柳のかみ《髪》をけづり、氷消てハなみ《浪》きうたい《旧苔》の鬚をあらふ《洗》、ひげをあらふで思ひ出してさふらふ、もしところ《野老》をばしまいつたか、〽なふ〳〵にがやなふ　(妻)〽鶏既にな《鳴》ひてちうしん《忠臣》あした《旦》をまつ《待》、あしたハかいじやう《開静》どき《時》、もしかゆ《粥》のす《〈そ〉》さひに、とつさかのり《海苔》ばしまいつたか　〽いや〳〵そのやうな物でハなかつた、いそくさやなふ　(妻)〽はく《白》はんざん《飯山》の上にハりやうぼうの雲たなびき、こしゆかい《古酒海》のそこ《底》にハなつとう《納豆》のいさご《砂》をしく《敷》、はくはんざん《白飯山》とハしろひおだいの事、りやうぽうお《〈の〉》あへで、しろ《白》いめし《飯》やまいつたか　〽人をたハけにして、ふだんくふめしをしらぬといふ事があらふか、にくひやつめが　(妻)〽こしゆかい《古酒海》とハよき酒の事、納豆をさかな《肴》にて、よきさけ《酒》やくらふたか

(聟)〽くらふたか、いや言語道断の事じや、男といふものハ、箸に目鼻つけた物でもそのやうにハいハぬ、人にハつかふことばが有、くらふたか　(妻)〽やらそなたハき《聞》こえぬ、わがくふた物のな《名》さへわすれて、何事をいハします

(聟)〽惣別此中《このぢゆう》あまやかひておくに依て、かつ《勝》にの《乗》つてそのつれな事をいふ、くち《口》をきかぬやうにいたさう　〽かたぬぐ　(妻)〽又いつものつえとりばひがづ《出》るよ　(聟)〽いつものつえとりばひとハ、おのれがくちか《〈のイ〉》こハさよ、まだいひおるか　(妻)〽なふいた《痛》やなふ、そのやうにめ《召》さらふならハ、い《往》んでとゝさま《父様》かゝさま《母様》にいハふぞよ　(聟)〽やれ〳〵おかしひ事を云、いふたらハこハひか　〽扇ひろげ、刀にてをかくる　(妻)〽おんな《女》にむひて、それハなんとした事ぞ　(聟)〽なんとした事ぞ　〽あふぎとりたゝく、つゞけさまたゝひて、てをうけるをたゝく　(聟)〽なミよ、さうもおりやるまひ　(妻)〽あまりのたへ《堪》がたさに、手をう《受》けたれハ、此やうになるほどたゝかれて、なんといたさうぞ、誠にしぢん《紫塵》のものうき、わらび人手をにぎ《握》るとハかやうの事にてや候らん　〽きいておもひ出し、よろこびて、今のハ何がなんと、はらたつる、いや今のをいふてきかせひ　(妻)〽しぢんのもの

うきわらび人手をにぎるよ（聟）〽あふいとしの人や、そのわらびの事《もち》候よ、はやこしらへさ／しめくハふに○こ《○なふ》ちへ《いとしの人や》わたしめ　〽女をおふている
〽池凍東頭風度解窓梅北面雪封寒
〽気霽風梳新柳髪氷消浪洗旧苔鬚
〽鶏既鳴忠臣待旦鶯未出遺賢在谷
〽紫鹿《ママ》嬾蕨人拳手碧玉寒盧錐脱嚢

出典

大塚光信編『大蔵虎明能狂言集　翻刻・註解』上巻（清文堂出版、平成十八年七月刊）による。

福島県東白川郡棚倉町の昔話「馬鹿聟（団子聟）」

むかし、馬鹿聟が嫁さんをもらった。うん。そして、その嫁さんの家《うぢ》行ったときに、その、団子を食べてきたんだって。団子をね。（団子ってゆう。昔だって今だって、団子ってゆうんだ。こうゆう丸めた団子ね、粉で作ったような、ここらではね）。それを、その、食べてきたんだって。そしたら、その、団子を食べたんだって。そしたら、とてもうまがったんだって。嫁さんの家《うぢ》行って。そんで、そのね、忘れねえように、馬鹿だから、

「団子、団子、団子、団子」って、家《うち》い来《き》たんだっぺ。

「団子、団子」

言《ゆ》いながら、そのうち、堀っぽを、（堀っぽって言《ゆ》うんだね、堀があったんだね。堀があったんだ、で）、

「どっこい」と、こう跳び越した訳だ。そしたら、その団子忘れちゃって、

「どっこい、どっこい、どっこい、どっこい」って来たんだって。そして、家《うぢ》さ来て、

「どっこい作れ」って嫁に言《ゆ》うんだって。

「どっこいって、何だい」

「いいから、どっこい作れ」

そんじぇ《（それでも）》も嫁さん分かるまい？どっこいなんてね。

「どっこい作れ、どっこい作れ」

って、嫁さんが作んねえうちに、その嫁さんこと叩《はた》いちゃった。そったら、ここ《（頭）》叩《はた》いたもんだから、ここへ瘤《こぶ》ができたって。たら、

「団子のような瘤ができた」って、その嫁さんが言《ゆ》ったんだ。

「いや、その団子だったんだ」って。そういう話なんだ。それだけなんだね。


（須藤サクヨ　棚倉町富岡）

出典

ざっと昔を聴く会編『東白川郡のざっと昔』（ふるさと企画、昭和六十一年八月刊）による。

鳥取県鳥取市佐治の昔話「ろうそく」

昔

さじ谷のとっつあんが、ある年のことお伊勢さんの講参りをした。

村を出るときに近所中から餞別をむらって来ておるし、帰りにはなんぞ珍しい物をみやげにと思って考えたあげく西洋ローソクを買って来て、早速にお伊勢さんのお札と一緒に隣り近所に配った。ところが、見た事も聞いた事もないみやげに、村の衆はびっくりしながら、珍しさに話が一しきり。

「こりゃあまあ、なんにしても、有難てえ、お伊勢さんのおみやげだけえみんながちいとずつ分けて頂かあいや」

と喜んで、細《こ》うまあに刻んで、家内中に分けてみんなが頂えて、食ってしまってから首をかしげた。

「なんと、どげえだいや、この物《むん》は余《あんま》り味《あじ》が良《よ》うわ無えやあなけえど、西洋から来たむんだちゅうだけえ、そいで、こげえな味がするんだらあかなあいや」

って、わいわい言っていた。

それから、夕方サカムカエが始まって皆んなが行きて話しがはずんだ。みやげのお札も出たりして、酒を呑みながら話すうちに、誰からともなしに、みやげのローソクを食ったことが分った。

「なんだいや、ありゃあ西洋ローソクちゅうむんだけえ食う物《むん》ぢゃねえだぜ、火《ひゅう》とぼす物《むん》だがなあいや」

と笑われた。

それを聞くが早いか、おやじは吾《わ》が家《げえ》にとんで帰って、

「うらあ、ローソクう食ったけえ、腹の中に火が付いて焼けるだらあやあ、早よう水を呑まにゃ、やけどをするわ

いや」
そう言って、家中の者がみんな裸になって、大川に飛び込んでからに、首だけ出して、水につかったまんま、精出して水を呑んでいたということである。

出典
中島嘉吉監修・上田禮之編『佐治谷話』（郷土文化シリーズ第16輯　佐治村文化財協会、昭和四十八年七月刊）による。

解説　愚か聟話・愚か村話

狂言とは何か

狂言は能と密接に連携しながら室町期に猿楽から発展した中世芸能である。能は基本的に演者が面を着用し、謡曲に合わせた舞踏を中心とする音楽劇であり、内容は悲劇的・哀惜的要素が強いのに対し、狂言は基本的に素顔で演じられる、口語体による掛け合いの台詞劇で、笑いを起こさせる内容で即興性・世俗性が強いという特徴がある。

同時代の新しい題材を常に求めていた狂言には、室町期の民間説話や民間歌謡、民間信仰、ことわざや慣用句などの口語表現が素材として使われており、当時の民俗文化を理解するための資料としても読み解くことができる。

狂言は江戸期に大蔵流・和泉流・鷺流の三派が成立したが、大蔵・和泉の二流のみ現存する。鷺流狂言は民俗芸能として伝承している地域が複数ある。

狂言と笑話「愚か聟話」

狂言はシテ（主役）とアド（相手役）の類型により分類される。祝言性の強い「脇狂言」、大名がシテ、太郎冠者がワキの「大名狂言」、太郎冠者がシテ、大名がワキの「小名狂言」、聟がシテの「聟狂言」、聟がシテ、女房がワキの「女狂言」、鬼などの異類や山伏がシテの「鬼山伏狂言」、僧侶や座頭がシテの「出家座頭狂言」、その他の「集狂言」があるが、「聟狂言」は民間説話の笑話「愚か聟話」と同一の内容のものが多くある。

テキストとした聟狂言「岡太夫」はわらび餅を知らず、思い出せもしないという常識知らずで愚かな聟が笑いを誘うが、昔話「団子聟」も団子を知らず、思い違いする聟の笑話である。どちらも妻への八つ当たり的な暴力から名称を思い出すというドタバタの落ちで、同質の内容であることがわかる。他にも嫁の実家への挨拶の次第という常識を知らず、勘違いから奇矯なふるまいをする狂言「鶏聟」は、昔話「聟の挨拶」と対応する。聟狂言は民間説話の「愚か聟話」の話型を取り込んで洗練させ、成立したものと考えられる。

「愚か聟話」は、聟の失敗を笑う笑話の話型である。「糸合図」「馬の尻に札」「結いつけ枕」「団子聟」など、挨拶やことば、物品、食物などに関する一般常識を知らない聟が失敗する話型である。聟の失敗を女房や友人の機知で取り繕う話型も伝承される。

コンプレックスの笑話「愚か村話」

そのような愚かな聟ばかり住んでいたと伝えられるのが、福島県の「南山《みなみやま》話」である。福島県の会津地方・中通り地方で伝承される「南山の馬鹿聟話」では愚か聟の出身地を「南山」とし、そこには「馬鹿聟ばかり住んでいる」として一村全て常識知らずだとする。「南山」は会津の南の山間地一帯を指し、具体的な地域や集落を指すものではない。

しかし全国には、具体的な地域・集落を指定して、その住民はもの知らずだと笑いものにする笑話が伝承されている。そうした笑話は「愚か村話」と呼ばれている。全国の「愚か村話」では、実在の集落が名指しで一村全て常識知らずの愚か者とされる。そうした愚か村は全国に数十か所存在し、いずれも山深い土地であることが共通している。話の内容は「葱をもて」「手水を回せ」「琴三味線」「蝋燭蒲鉾」など、ことば・物品・食物など一般常識や新奇な物品を知らずに、街場に行った折りや、街場から来た代官などを迎えた際に失敗するというもので、ほぼ全国的に共通している。愚か村とされる集落は東日本には少なく、信州と近畿以西に集中する西高東低の傾向で、北海道・沖縄では確認されない。イギリスの「ゴータムの愚か者」など、ヨーロッパや中国にも存在する。

愚か村とされる集落は歴史的に差別を受けてきた経緯もなく、生業その他の民俗も周囲の集落と大差ない。ではなぜ愚か村とされるのか。実はほぼすべての愚か村の舞台は「地域の繁華な街場から一番遠い集落」なのである。新しい文物が広がる際、都会から地方の街場へと伝わり、周辺の集落に徐々に伝わる。都会や街場で新しいものを知らずに失敗する経験や危惧は共通のものであった。そこでは「我々は遅れている」と認めざるを得ない。しかしさらに辺鄙な地域の住民よりは「進んでいる」と見下すことで自尊心を回復できる。「愚か村話」は街場へのコンプレックスを他者を見下すことで解消する、笑話のダークサイドなのである。柳田國男は『笑の本願』や『不幸なる芸術』で愚か村話や愚か聟話を「昔風に何かを笑つて見たい者」が遠方の者や「想像上の馬鹿聟」を笑う「昔の滑稽」で「よろしくない心掛」と論じている。笑いには他者を貶め、それにより優越感を得るというダークサイドも存在する。それが「愚か聟話」「愚か村話」であるだろう。

参考文献

柳田國男『不幸なる芸術』昭和二十八年（『柳田國男全集』19、筑摩書房、平成十一年七月刊）

稲田浩二「愚か村話――佐治谷話の成立――」『講座日本の民俗』9、有精堂出版、昭和五十三年十二月刊

飯倉義之「愚か村話の近代――「解釈する言説」の変遷――」『口承文芸研究』24、平成十三年三月刊

（飯倉　義之）

第五章　伝承文学研究の諸課題

菅江真澄の墓
文政 12 年（1829）没
天保 3 年（1832）墓碑建立
秋田市寺内大小路

第19講　説話の伝播者

『菅江真澄遊覧記』「かすむこまがた」二月二十一日

廿一日　けふは時正也。近隣《チカドナリ》の翁の訪来《トヒキ》て、都は花の真盛《マサカリ》ならむ、一とせ京都《ミヤコ》の春にあひて、嵐の山の花をきのふけふ見し事あり、何事も花のみやこ也とて去ぬ。数多《アマタ》杵《ギネ》てふものして餅搗《モチツキ》ざわめきわたりぬ。けふも祝ふ事あり。日《ヒ》暮《クレ》れば某都某都《ナニイチクレイチ》とて両人《フタリ》相やどりせし盲瞽法師《メシヒノホフシ》、三絃《サミセム》あなぐりいでてひきたつれば、童どもさし出て、浄瑠璃《ゾウルリ》なぢよにすべい、それやめて、むかし〳〵語れといへば、何むかしがよからむといふに、いろりのはしに在りて家室《イヘトジ》のいふ、琵琶に磨碓《スルス》でも語らねか。さらば語り申《モフ》さふ、聞たまへや。「むかし〳〵、どつとむかしの大《オホ》むかし、ある家に美人《ヨキ》ひとり娘《ムスメ》が有《アツ》たとさ。そのうつくしき女《ムスメ》ほしさに、琵琶《ビハ》法師此家《ヤ》に泊りて其母にいふやう、わが家には大牛の臥《ネタ》ほど黄金《カネ》持たり。その娘をわれにたうべ、一生の栄花見せんといへば母の云やう、さあらば、やよ、おもしろく琵琶ひき、八島にてもあくたまにても、よもすがらかたり給へ。明なば、むすめに米《ヨネ》おはせて法師にまゐらせんといふを聞て、いとよき事とよろこび、夜ひと夜いもねず、四緒《ヨツノヲ》もきれ撥面《バチメム》もさけよと語り明て、いざ娘を給へ、つれ行むといふ。先《マツ》ものまゐれ、娘に髪結《カミユハ》せ化粧《ケハヒ》させんとて、磨碓《スルス》をこもづゝみとして負せ、琵琶法師の手を引かせて大橋を渡る。娘は、あまり負たる俵の重《オモ》くさふらふ也、しばらく休らはせ給へと、休らひていふやう、いかにわがおやのさだめ給ふとも、目もなき人の妻となり、世にながらへて、うざねはかん〔うきめ見んといへる事也〕よりは今死なんとて、負ひ来つる台磨碓《シタスルス》をほかしこめば、淵《フチ》の音高う聞えたり。女は岩蔭《イハカゲ》にかくれて息《イキ》もつかずして居たり。かの琵琶法師ひとりごとして云やう、あはれ夫婦《ウバオチ》とならむよき女《ムスメ》也と聞て、からうじて貰《モラ》ひ来りしものをとて、声をあげてよゝとなき、われもともにと、その大淵に飛込《コミ》て身はふちに沈《シヅ》み、琵琶と磨臼《スルス》はうき流て、しがらみにかゝりたり。それをもて琵琶と磨臼の諺《タトヘ》あり。とつひんはらり」と語りぬ。

出典

内田武志・宮本常一編『菅江真澄全集』第一巻（未來社、平成二年三月刊）による。

岩手県遠野市の昔話「座頭と摺臼」

ある時座頭の坊様《ばさま》が来て泊まった。宿語りを夜明けまで語って聞かせたら、娘を女房《おかた》にやると言われ、一夜中寝ないで浄瑠璃《じょろり》コを語り明かして、朝は約束どおり娘の手を引いてその家を出た。

娘が出る時、家では米俵だと言って、スルス（摺臼）を背負わせてやったが、村端れの淵の上にかかった橋の上にさしかかった時、坊様は娘の手を取って嘆いて、「お前もその年若い身そらで、目もない盲人などのオカタになって、一生ウザネハク（苦労する）こったべえ。それよりも一層のこと、俺と一緒にこの川にはいって死なないか。」と言うと、娘は「それではそうします。」と言って、背負っていたスルスを橋の上からザンブリと淵に投げ込んでからそっと傍の葭《よし》立ちの中にはいって隠れていた。

ドブンと高い水音が立つと坊様は「メゴイお前ばかりを何して殺すべえやえ。」と言って後から飛び込み、

お花コや、お花コや
死んで行く身は
いとわなえど
お花コ流すが
いとおしい
ほウいほウい
と言って流れて行った。

出典
柳田國男編・佐々木喜善採録『日本昔話記録2　岩手県上閉伊郡昔話集』昭和十八年（三省堂、昭和四十八年十月刊）による。

栃木県宇都宮市の伝説「ごぜ石《いし》」

宇都宮市の北部で河内町と境を接する山合いに宮内《みよじ》（横山町内）と呼ばれる小さな集落がある。宮内に行くには、今も急な坂を越えなければならない。この坂は、念仏坂と呼ばれており坂の頂上付近には、この地区の人々が〝ごぜ石〟と呼ぶ石がある。

ごぜとは、目が不自由なため人並みの仕事ができず、生活のため三味線を弾き、歌をうたうなどして銭をこい各地を旅して歩く女の人たちである。

宮内の坂の石は、一見なんの変哲もないように見えるが、この石にはごぜがからむ悲しい物語が伝承されている。

江戸時代の話しです。毎年、冬になると雪に閉ざされてしまう北陸地方から、多くのごぜが各地へ旅にでました。宇都宮周辺には越後（新潟県）からごぜがやってきました。

ある年のことです。ごぜは、いつもの年と同じ道を通り旅を続けて宇都宮にやってきました。しかし、その年は、ひどい凶作で村人は自分達の食べ物にさえこと欠くありさまでした。楽しみの少ない村人にとって、村人が一堂に集まってごぜたちの三味線の弾き語りや歌を聞くことが冬の唯一の楽しみでした。

けれども、その年は、ごぜの宿になるはずの家のほとんどが固く戸を閉めてごぜを泊めませんでした。村人はいじわるしたわけではありません。ごぜたちを泊めても、出すたべ物がなかったからでした。泊る宿のないごぜは、空腹なうえに北風の吹きすさぶ夜を野宿して過す日が続きました。それでも、ごぜたちは次々と村を回りました。

そして、ある日の夕方、ごぜたちは念仏坂を宮内に向かって登っていきました。しかし、宮内に着いても泊めてくれるかどうかわからないと思うと、目の見えない空腹のごぜたちは歩く元気を失なってしまいました。そこで、ごぜたちは道の横にあった石の横に身を寄せあって一夜を過ごすことにしたのでしたが、その夜は特に冷え雪もちらつくほどでした。

次の日の朝、仕事に出かけた村人たちは、石の陰で身を寄せあい重なるように息をひきとっているごぜたちの姿を目の当たりにしました。

これ以後、村人たちはこの石を〝ごぜ石〟と呼んだということです。

なお、念仏坂はここで凍死したごぜたちのめい福を祈って名付けられたともいわれています。

出典
宇都宮市教育委員会社会教育課編『宇都宮の民話』（宇都宮市教育委員会、昭和五十八年二月刊）による。

解説　説話の伝播者

伝承文学のさきがけとしての近世文献

『菅江真澄遊覧記』は江戸期の紀行家であった菅江真澄（一七五四？～一八二九）の記した紀行文・随筆・日記・地誌の総称である。真澄は三河国吉田（現在の豊橋）に生まれ、国学、本草学（博物学）を修めた。天明三年（一七八三）に故郷を出立し、現在の長野・新潟・山形・秋田・岩手・青森・宮城を巡遊。蝦夷地にも滞在し、写生入りの日記・紀行・随筆を多く残し、晩年は秋田の久保田藩で地誌編纂に従事した。一生のほとんどを東北地方の旅に費やし、記録を遺した文人だった。真澄の遊覧記の特徴は、庶民の生活・習俗・信仰・方言・民謡・伝承等を客観的に記録している点にある。

江戸期は紀行・随筆等の記録が増大した時代だった。安定した徳川幕府の治世で武家・公家・僧侶・神官のみならず庶民の旅が可能になり、紀行文や随筆を執筆する文人が増加し、世間の珍談奇聞（根岸鎮衛『耳嚢』、松浦静山『甲子夜話』等）、旅先での見聞（古川古松軒『東遊雑記』、橘南谿『東西遊記』等）、当世風俗の記録（喜多村信節『喜遊笑覧』、喜多川守貞『守貞謾稿』等）、地方の生活誌（鈴木牧之『北越雪譜』、赤松宗旦『利根川図誌』等）など多くの記録が生み出された。こうした江戸期の資料は、民俗学成立以前の重要な民俗資料として読み解くことが可能である。民俗学を確立した柳田國男は菅江真澄の観察と客観性を高く評価している。

芸能者「ボサマ」の語る昔話

柳田が真澄遊覧記を高く評価したのは、当時の知識人が漢籍などからの知識を重視して、民俗をいわば頭でっかちに説明する態度を取っていたのに対し、真澄の記述は庶民の暮らしに向き合い、その詳細を克明に著し、またスケッチも行っていることにあった。

『かすむ駒形』は天明六年（一七八六）、現在の岩手県胆沢郡の村上家に滞在時の記録である。時正（春分・秋分。ここでは春分）の祝いに「盲瞽法師」が訪れ浄瑠璃を演ずる。彼らは盲目で僧形の「ボサマ」と呼ばれる職能者で、鍼灸按摩の技能か芸能を職能としていた。芸能者としては奥浄瑠璃・仙台浄瑠璃と呼ばれる、軍記物や判官物を中心とする語り物芸能を表芸としていた。しかし本文中では浄瑠璃に飽きた童たちに「昔々語れ」とせがまれ、家室《いえとじ》（一家で最年長の女性）の促しで「琵琶に磨臼」の笑話を披露している。

このように芸能者は単に芸能のみを持ち歩いたわけではなかった。自らの表芸を看板に巡業する傍ら、芸の合間の閑話休題として大人たちに世間話を語ったり、芸が未熟な者たちが子どもたちの相手として昔話を語ったりして、民間説話を持ち運び、演じて広めていったと考えられる。芸能者は民間説話を、裏芸として持ち運んでいたのである。

口承文芸の伝播者たち

芸能者が伝播した民間説話の痕跡は多い。ボサマと同じ盲目の芸能者は全国的には「座頭」と呼ばれて活動していた。また盲目の女性の芸能者の瞽女《ごぜ》も各地に瞽女唄を語って歩いた。瞽女唄の主要なレパートリーである「葛の葉子別れ」は昔話「狐女房」と同じ話型で、昔話「狐女房」の伝承の背景には瞽女唄の影響を無視することはできない。こうした旅する様々な人々も民間説話を語り広めたのである。こうした説話の担い手を「伝播者」という。外部から共同体を訪れ民間説話を伝えた伝播者たちは、座頭・瞽女・祭文語り・太神楽などの芸能者の他に、山伏や六十六部、歩き巫女・歌比丘尼などの宗教者、大工・鋳掛屋・野鍛冶・屋根葺き・牛方・馬方・薬売りなどの行商人・渡り職人を想定できる。

こうした伝播者たちの話は、芸や宗教行為、商品等の表看板にプラスする「外界からの珍奇な情報」という顧客サービスの側面もあった。話もまた身過ぎ世過ぎの手段だったのである。また伝播者自身がその話の中に登場することも多い。ボサマの語る「琵琶に磨臼」も盲目で僧形の琵琶法師の失敗譚である。伝播者が話の登場人物になりかわり、リアリティを演出したのだといえる。説話の伝播者は説話の管理者でもあったのである。

（飯倉　義之）

参考文献

柳田國男「女性と民間伝承」昭和七年（『柳田國男全集』6、筑摩書房、平成十年六月刊）
明川忠夫『小町伝説の伝承世界——生成と変容——』勉誠出版、平成十九年十二月刊
小堀光夫『菅江真澄と小町伝承』岩田書院、平成二十三年二月刊

第20講　伝説とその伝播者

『菅江真澄遊覧記』「おののふるさと」の小野小町伝説

十四日　小野小町のふるあと、ぶらはんとて湯沢をたちて、せき口村、上せき村になりぬ。山かげをほとゝぎすの百千反なけば、

　里の名の関守もがなほとゝぎす過行かたをさしてとゞめよ

酢河といふを橋よりわたる。岳より落来る出湯の末のながれにや、水の味ひ酢して、もろもろの魚すむことなしと行人かたりぬ。古記云、「酢川岳跨奥羽両境、西北大岳而有温泉。清和帝貞観十五年六月己午、授温泉神従五位下」となん聞えたり。いとふるき、みたけぞありける。はるかに其あたりをあふぎて、ぬさ奉り来れば、夏木立しげりあひたる中に、鶯の春のいろ音残したるはめづらしく、

　夏草のしげきねになく鶯はかへる酢川の路やまどへる

中泊、水口、十日市町邑、寺村、なべて西馬音内の庄小野郷といへり。其いにしへ、いではの郡司良実の住給ひしといふ家居のあとは、桐ノ木田といふところに、めぐりの堀のあと、かたばかり残りぬ。良実のたて給ふたる菩提のみてらとて桐善寺といひ、むかしは天台のゝりを行ひ、なかむかしより禅家の法をつたふ。小野邑に至れば金庭山覚厳院といふうばそくあり。なにくれのこととはまほしく此うばそくをとへば、あるじの云、あが遠つおやは三十八代さ

きなる円明坊とて、これも天台のながれをくんで、良実につきそひ奉りて都より来りて、こゝにとゞまりしいにしへをかたる。むかし、つがろの守の御使ひ一夜あが家にとゞまりて、あなる、うつばりにかゝりたるはいかなるものぞ。あるじ、なにゝてさふらひけるや、しらず。唯いにしへより、かく紙につゝみ、八重縄にゆひたりとかたる。ひめたるものなりとも露人にかたらじ、中見せてたうびよ、とく〳〵とせちにいへば、あるじ、かまもてきり落して、ひらいたるに、いとふるき木のきれのやうなる琴なり。こは、小野の家のふるき調度ならん。又小町姫のもてあそびけるにやとおもひ、この琴を、ひたすらたまへと、いくばくのこがねいだして、かひてけるとぞ、いひつたへ侍る。熊野のみやしろのありけるは良実の建給ひて、此国に見ぬ瓦などもてふき、大なるいらかと聞えしが、今は、さゝやかにやつれておまします。此あたり耕し侍れば、やぶれたる瓦あまた鍬にあたり侍る。いにしへよりは、みちなども、ふみかへてけるならん、あがいにしへ住家のありしは、あなたの木々むら立るところなど、をしへたり。熊野社にぬさ奉る。此みやしろの左はこがねのみや、右は和歌のみやと申奉りたり。里の子の云、小町姫は九のとし都にのぼり給ひて、又としごろになりて此国に来給ひて、植おき給ひし芍薬とて、田の中の小高きところにあり。いざたまへ、見せ申さんとて、あないせり。其めぐり、しば垣ゆひめぐらしたる中に、やがてさくべう、ゑびす薬の花茂りあひたり。これを、いにし頃より九十九本ありて、花の色はうす紅にして、花いさゝか、こと花とたがふなど、此盛を待て田植そめてけり。枝葉露ばかり折てもたちまち空かきくもりて、やがて雨ふり侍る。まことにや雨乞小町ならんとかたる。石ふみに書たるを見れば、「小野小町大同四年己丑生昌泰三年庚申年九十二卒行」としるし、又九十九首の歌を詠じ、名を法実経の花といへり。歌に、「実うへして九十九本《ツクモツクホノ》あならうに法実歌のみたえな芍薬」となんありけり、もてあそび給ふたるげにやあらんか。小町姫のあねの君のなきがら埋し、ふるづかのしるしをゆかりの松といひしが、十とせのむかしかれたりと人のかたりたり。其辺に藤のかゝりたれば、

かれし其むかしは遠し松の名のゆかりはしるし花の藤波

田の面の二森といらふは、いにしへの八十島のおもかげ斗残たる也。むかしはこゝを、おもの川ながれしといふ。岩

屋といふところに、小町老となりてしばし住けるよしをかたり、又聞つたふる歌とて、「有無の身やちらで根に入八十島の霜のふすまのおもくとぢぬる」こは小野小町のよみ給ひしなり。又たれならん、「おもひやるこゝろのうちのしほみちて袖の波こす小野の八十嶋」見たまへ、二森は小町世にすみ給ひしとき、深草の少将の塚をつかせ、又みづからのをも、かねて此つかにならびて作らせ、われ世さらば、かならずこゝに埋みおくべきよし聞えて、かくれ給ふ。

（中　略）

又あるじのかたりけるは、一とせ日でりつゞき、田はたけ、みなかれ行まゝ此芍薬の辺にいもゐして、「ことはりや日のもととなれば」とうたひしかば、雨たちまち降て其しるしをあらはし給ふ。小町姫にもの奉り、此むくひに人々の妻、むすめの、みめよきを集めて歌うたひ酒のみて、さはにはやしくすれば、ときのまに、よき空くもりて、やをら雨ふり出れば、いそぎみな家に帰れば、雨はいやふりにふりて、はたつものもみな波にゆられて、晴行空もみえず。せんすべもなう、又こと神にいのりして、やゝはれ行てけるは、うたての小町姫やといふ。小町の雨いのりのうたといふは、世にいふとはことなれるあり、「ちはやぶる神もみまさばたちさはぎ天のと河の樋口あけたまへ」といふと聞ど、さりとては又とずしたり。はた、此うたうたひて其しるしのあらはれたるは、身の毛いよだつ、ありがたさと人のかたらへば、民のなげき、あめにかよひしならんか。小町姫のうへは、世中にまちまちにかたりつたふることは、あげてかぞふるに、いとまあらじかし。

出　典

内田武志・宮本常一編『菅江真澄全集』第一巻（未來社、昭和四十六年三月刊）による。

『無名抄』「業平本鳥キラルヽ事」の小野小町伝説

或人云、業平朝臣、二条のきさきのいまだたゞ人におはしましけるとき、ぬすみとりてゆきけるに、せうとたちにとりかへされたるよしいへり。この事、又日本記式にあり。ことざまはかの物語にいへるがごとくなるにとりて、むかひかへしけるとき、せうとたち、そのいきどをりをやすめがたくて、業平の朝臣のもとゞりをきりてけり。しかあれど、たがためにもよからぬ事なれば、人もしらず、心ひとつにのみおもひてすぎけるに、業平朝臣、かみおほさんとてこもりてゐたりけるほど、哥まくらどもみんと、すきにことよせて、あづまのかたへゆきにけり。みちのくにゝいたりて、かそしまといふ所にやどりたりけるよ、野のなかに哥のかみの句を詠ずるこゑあり。そのことばに云、

あき風のふくにつけてもあなめ〳〵

といふ。あやしくおぼえて、こゑをたづねつゝこれをもとむるに、さらに人なし。たゞ死人のかしらひとつあり。あくるあしたになをこれをみるに、かのどくろのめのあなより、すゝきなんひともとおひいでたりける。そのすゝきの風になびくおとのかくきこえければ、あやしくおぼえて、あたりの人にこのことをとふ。或人かたりて云、をのゝこまちこの国にくだりて、この所にして命をはりにけり。すなはちかのかしらこれなりと云。こゝに業平、あはれにかなしくおぼえければ、なみだをゝさへつゝ、下の句をつけゝり、

〽をのとはいはじすゝきおひけり

とぞつけゝる。

出典
大曽根章介・久保田淳編『鴨長明全集』（貴重本刊行会、平成十二年五月刊）による。

栃木県栃木市岩舟町の伝説「小野小町の墓」

下都賀《しもつが》郡岩舟《いわふね》町の小野寺《おのでら》には大慈寺《だいじじ》という立派なお寺があります。

ここで慈覚大師が十五歳までの六年間をすごしたと伝えられています。薬師如来の座像がありますが、これは行基菩薩の手になるものだそうです。

このお寺の下にあたる道ばたに、昔は三杉川《みすぎがわ》が流れていたそうですが、そのあたりに小野小町のお墓があります。

小野小町は故郷の羽後に行くために京から旅をしてきました。途中で体中におできができる病気になって、この大慈寺の薬師如来を拝みに立ちよったそうです。そして病気の全快の願をかけました。

しかし病は重く、日ごとにおとろえていきました。三杉川の水に自分の姿をうつして、小町はおどろきました。水の中には美しい姿をみなに知られる、美女の中の美女はいませんでした。みにくい老婆になった自分の姿を見て、小町は悲観して身を投げて死んでしまいました。村の人たちは塚を作って弔ってあげました。それが小野小町の墓として伝わるものです。

大慈寺には小町の詠んだ和歌が伝わっています。境内には國學院栃木短大の細矢藤策先生の筆で書かれた歌碑が建てられています。

出　典
國學院大學栃木短期大学口承文芸セミナー編著『ふるさとお話の旅　栃木　短大生が聴いたむかしむかし』（星の環会、平成十七年四月刊）による。

解　説　伝説とその伝播者

小野小町とその伝説

小野小町は平安前期の宮廷女流歌人で、六歌仙の一人として活躍した。その出生地・身分・晩年等ほとんどが謎に包まれており、さまざまな伝説とともに数多くの生地や墓地が全国に伝えられている。秋田県湯沢市小野も小野小町伝承の地として名高いが、これは平安中期の成立とみられる藤原仲実『古今集目録』の所伝が、小町を「出羽国郡司女」としたことに基づいたもので、小野氏出身者の陸奥守や介、征夷副将軍によって定着したものと考えられる。それらが『十訓抄』『古今著聞集』『三国伝記』などに見られる小町晩年の、尼もしくは乞食となり流浪して路傍に死したという奥州流浪零落説話の成長の起点となったと思われる。そして、平安末期頃から一般化した不浄観の思想を背景に、奥州の地に深く根をおろした。この小町落魄伝説とならび後世広く流伝されたのが「通小町」「卒都婆小町」の百夜通い説話である。『古今集』のよみ人知らずの歌に出発したこの説話の成長の中で、どのようにして小町に結びつけられたのか不明だが、美女・驕慢・妖艶どれも小町にうまくはまっているといえよう。

このほかにも歌人としての才能を発揮する小町伝説も多い。

伝説の伝播

伝説が伝播するということは、ある伝説が何らかの要因により各地に運ばれ定着することである。一つの職業集団が特定の伝説と関わりをもち、職業集団の分化と移動により、管理している伝説が伝播する場合がある。例えば鍛冶屋だが、ある地域の鍛冶屋は「鬼の刀鍛冶」の伝説と不可分に結びついている。この伝説は青森から石川県までの日本海側に多く分布しているが、どの土地でも大同小異で、短時間に刀を作る鬼や蛇はあと少しのところで人間の知恵に破れるといった話である。この伝説の伝承地には鍛冶屋の跡が実際に伝わる。同様な職業集団と伝説の関係は、マタギと磐司磐三郎伝説、木地師と椀貸伝説、タタラ師と炭焼長者伝説、大工と飛騨の工匠伝説にも見受けられる。

各地を巡行する宗教者も伝説の伝播者と位置づけられる。青森県から長崎県まで全国四十三か所に点在する最明寺入道時頼の伝説にしても、共通しているのは時頼が旅僧に身をやつして僻村を訪れるというパターンである。つまり、時頼廻国伝説を伝播させたのは旅の宗教者といえるのである。

小野小町の小野氏は、今日でも諸国の神職にこの姓が多いが、もとは近江に本拠地を持つ氏族であった。滋賀県大野市小野の小野神社には、小町の手具足塚があると伝えている。小野氏の子弟が語部の猨女氏の女性と縁組みしていることからも、歌や芸能に長じたこの一族が、諸国を歩きながら小町の物語を全国に広めたと考えられる。

菅江真澄遊覧記

菅江真澄は宝暦四年（一七五四）に三河国に生まれ、国学・本草学を学び、三十歳の時に故郷を出て巡遊の旅に出る。伊那から信濃・越後を経て、出羽国にいたり、ここから三十五年間、七十六歳の生涯を終えるまで奥羽地方に暮らす。その間、秋田・津軽・盛岡・仙台の藩領を廻り、北海道にも三年あまり滞在する。五十八歳頃、秋田藩の命を受けて地誌の編纂に取りかかり、晩年まで大部の記録を残した。「菅江真澄遊覧記」とは、彼が記した日記・地誌の総称で、著作には庶民の習俗と生活、信仰、伝説、民謡、方言などが絵と創作した和歌とともに丹念に記されている。

本書に取り上げたのは、天明五年（一七八五）の日記「小野のふるさと」からである。四月十四日に小野小町の旧跡小野村（湯沢市）を訪ね、見聞した記録である。

秋田県湯沢市小野の小町伝説

「小野のふるさと」「雪の出羽路」には、菅江真澄が小町伝説に関わる聞き書きをした記録が記されている。話を聞いた相手は金庭山覚厳院という優婆塞《うばそく》（修験者）である。この覚厳院の話では、その祖先は小町の父小野良実にしたがってこの地に来た天台僧であったという。また、「小野のふるさと」には、深草少将伝説に関わる九十九本の芍《しゃく》薬《やく》が記されていてこれを「ゑびす薬の花」と伝えている。芍薬は漢方の薬の原料として著名であり、この地では近年まで、「小町湯」と呼ばれる山芍薬を原料とする婦人病の薬が売られていた。九十九本の芍薬は平地に自生する芍薬とは異なり、修験者が薬草として栽培する山芍薬である。こうしたことから、錦仁はこの地の小町伝説には、覚厳院などの修験が深く関わるものとしている。

一方、真澄は「あるじ」の語る話として、この芍薬には雨乞い祈願の信仰があること、雨乞いのために婦人たちがお籠もりと祈願成就の祭りを行うことが記されている。婦人たちの祭りは「小町講」として戦後まで行われており、それが現在は「小野小町祭り」（六月第二日曜日）として引き継がれている。

（大石　泰夫）

参考文献
大石泰夫「秋田県湯沢市の小野小町伝説と祭り」『祭りの年輪』ひつじ書房　平成二十八年四月刊

第21講　昔話の移動と移入

『沙石集』巻八下「貧窮追出事」の鼠の嫁入り

尾州ニ円浄房トイフ僧アリケリ。年タケテ後アマリニ貧窮ナル事ヲナケキテ、陰陽ノ習カ、若ハ真言ノ習カ聞伝タル術アリトテ、弟子一人小法師一人有ケルニ申合テ、アマリニ貧ナル事術ナカリケレハ、今ハ貧窮ヲ、ヒウシナハント思也トテ、十二月晦日ノ夜、桃ノ枝ヲ我モ、チ、弟子ニモ小法師ニモ持せテ呪ヲ誦シテ、家ノ内ヨリ次第ニ物ヲ追ヤウニ打〳〵シテ、今ハ貧窮殿出テオハせ〳〵トイヒテ門ノ外へ追出テ門ヲ堅クトチツ。其夜ノ夢ニ、ヤせカレタル法師ノ古堂ノヤフレタルニ居テ、年来候ツレトモ追せ給ヘハ、出テテカリ候トテ、雨ノフルニ泣居タルト見テ、円浄坊アハレナル事也。貧窮法師カ夢ニカク見ヘツル、イカニワヒシカルラントテ、サメ〳〵トナキケル。ナサケ有ケル心ナルヘシ。サテ其後、世間、事カケスシテスキケルト申伝ヘ侍リ。近キ事也。貧富ハ前世ノ事ナレトモ、今生ノ善行ニ転せラル、コトモ有ヘキニヤ。

或山寺法師ノ弟子、アマリニ貧シカリケルカ、他国へ落ユカント師ニイトマコヒケレハヤ、御房一升入餅ハイツクニテモ一升入ソト云ケル。有漏ノ法ハ繫地各別ニ候ニヤト答ケル。去事モ有ニヤ。又アル僧モ貧ニせメラレテ、他国へユカント出立ケル夜ノ夢ニヤせカレタル小冠者、ワラクツヲツクリテ御供仕ルヘシトイヒケリ。誠ニ仏法ノ効験ナントニテ、ヲノツカラ貧ヲノソク事ハ有ヘシ。生レツキタル果報ハ定リ有テ、転シカタキ事也。今生ノ果報ハ先世ノ業ニコタフ。当来ノ果報ハ今生ノ業ニヨルヘシ。只未来無窮ノ果報目出カルヘキ浄土菩提ノ道ヲコヒ、子カヒテ、既ニサタマレル貧賤ノ身、非分ノ果報ヲ望ムヘカラス。

鼠ノ女ヲマウケテ、天下ニナラヒナキ聟ヲトラントオホケナク思企テ、日天子コソ世ヲ照シ給徳目出ケレト思テ、朝日ノ出給フニムスメヲモチテ候ニ、メカタチナタラカニ候。マイラセント申ニ、我ハ世間ヲ照ス徳アレ共、雲ニアヒヌレハ光モナクナルナリ。雲ヲムコニトレト仰ラレケレハ誠ニト思テ、黒キクモノ見ユルニアヒテ、此ヨシ申ニ我ハ日ノ光ヲモカクス徳アレトモ風ニフキタテラレヌレハ、何ニテモナシ。風ヲムコニせヨトイフ。サモト思テ山風ノ吹ケルニ向テ此ヨシ申ニ、我ハ雲ヲモフキ木草ヲモフキナヒカス徳アレトモ。築地ニアヒヌレハ力ナキナリ。築地ヲ聟ニせヨト云ケニモト思テ、築地ニ此ヨシヲイフニ、我ハ風ニテウコカヌ徳アレトモ、鼠ニホラル丶時タヱカタキナリトイヒケレハ、サテハ鼠ハ何ニモスクレタルトテ、子スミヲムコニトリケリ。是モサタマレル果報ニコソ。

出典

国立国会図書館蔵『沙石集』元和四年（一六一八）古活字本による。

新潟県長岡市吹谷の昔話「土竜の嫁入」

あったってや。

あるとこい、もぐらが一匹あったたって。いたってや。そいで、それが子供産んだら、とーってもいい子が生まれたんだってや。

「こんげないい子を、もぐらんとこなんか嫁にやっちゃ、もったいないすけに、日本一いいとこへ嫁にやりたい」

って。

「それんしちゃ、おてんとう様が一番に偉いすけに、おてんとう様に嫁に貰わいたい」

って。そいで、おてんとう様んとこへ行って、

「おてんとう様、おてんとう様。おれんとこへ、ほんに器量もいいし、利口だし、いい子が生まれたすけいに、嫁に貰うてくらっしゃい」

ったって。そしたら、おてんとう様が、

「もぐらどん、もぐらどん、はあ、そういったって、俺らこうしていたって、雲が来ればみんな俺隠しちまって、俺、出らいなくなっちまう、照らさいなくなっちまう。雲の方が私より偉いすけいに、雲に貰ってもらいし」

ったってや。ほいから、

「雲どん、雲どん、ほんのいい子が生まれたすけいに、嫁に貰うてくらっしゃい」

ったって。

「そげんこといったって、俺ら、あの、風が吹けば俺らなんか、吹っ飛んじゃう。んだから、俺よっか風の方が偉いすけいに、風んとこに貰ってもらいし」

ったってや。んだから風んとこ行って、

「風どん、風どん、俺らっ子、嫁に貰ってくらっしゃいし」

ったって。

「う、ん。もぐらどん。そういったって、俺ら偉いどこじゃねえ。俺らもう、いっくら一所懸命吹いたって、土手があったんじゃ土手吹き抜けることできねい。土手どんの方が偉いすけに、土手どんに貰ってもらいし」

そしたら、こんだ土手んとこ行って、

「土手どん、土手どん、俺らっ子、いい子ができたすけいに、嫁ん貰ってくらっしゃい。日本一、偉い人んとこ嫁貰われたい」

って。そしたら、土手がつはあ、

「そげんこといったって、俺らもう、もぐらにもぐらいたんじゃ、みんな崩さいちゃう。俺よりも、もぐらが偉い」

って。そしたら、

「そうか。じゃ、もぐらの子はもぐらんとこいやったが一番いい」

って。そいで、仲間のもぐらんとこい嫁にやったってや。

いっちご・さっかい。鍋ん下、ガイガイガイ。

出典

野村純一編『定本関澤幸右衛門昔話集―「イエ」を巡る日本の昔話記録―』（瑞木書房、平成十九年二月刊）による。

中国河北省漢族の昔話「老鼠嫁女」（鼠の嫁入り）

鼠の母親に美しい娘がいた。母親は娘のために誰も敵わない英雄を捜して婿にしたいと思った。母親はいろいろ考えて、月に思い至り、娘を連れて月に向かって言った。

「おらは誰もあんたに敵わないと思った。おらのきれいな娘を嫁がせよう」

月は笑って言った。

「私を負かすのがいる。私は雲が怖い」

鼠の母親は、雲を訪ねて言った。

「あんたは誰にも負けない。おらは娘をあんたに嫁がせる」

雲は首を振って言った。

「私が風が怖い」

鼠の母親は、更に風を訪ねて言った。

「誰もあんたに敵わないと聞く。おらは娘をあんたの嫁にしよう」

風は言った。

「私は壁が怖い」

鼠の母親は、壁を訪ねて言った。「あんたは最も素晴らしい。誰もあんたに敵わない。おらは娘をあんたに嫁がせよう」

壁は言った。「私は鼠が最も怖い」

その後、鼠の母親は一匹の若い鼠を選び言った。

「あんたは世界の英雄だ。おらの娘をあんたに嫁がせよう」

若い鼠は溜息をついて言った。

「ああ、私がどうして英雄か。猫に会えば、私は命がない」

鼠の母親はそれを聞き、突然悟った。おらは本当に馬鹿だった。猫こそがおらの娘に最もふさわしい。母親が一匹の猫を訪ねると、まだ何も言う前に、猫は鼠の母親と娘を食べてしまった。

出典
立石展大『日中民間説話の比較研究』（汲古書院、平成二十五年三月刊）による。

解説　昔話の移動と移入

昔話の移動と移入

世界各地に伝えられた昔話には、驚くほど似通ったものがある。その源流の一つに、インドで誕生した説話集がある。紀元前三〜二世紀に成立したとされる仏教説話集『ジャータカ』はその嚆矢で、仏陀が菩薩であった前世のさまざまな善行を述べたものである。

十五夜の「月の兎」の伝承もここに見られる。食料を求めるバラモン僧の老人に何も与えることができなかった兎は、自らの身を食料として捧げるため火の中に飛び込む。老人の正体は帝釈天で、兎の捨身の慈悲行を後世まで伝えるため、月へと昇らせたのだという。

三世紀頃の成立とされるインドの説話集『パンチャタントラ』は、『ジャータカ』と共通する説話のほか、インド各地の昔話や寓話が集成されたもので、世界最古の子ども向けの物語集とも言われている。のちにさまざまな言語に翻訳されて東西諸国に伝えられ、西方では『イソップ物語』や『アラビアン・ナイト』、さらに『グリム童話』、ラ・フォンテーヌの『寓話』に影響を与えている。日本へは漢訳の仏典を通じて伝わり、『今昔物語集』などに類話が収録されている。

『パンチャタントラ』の「鼠の嫁入り」

『パンチャタントラ』から日本に伝えられた説話に、「鼠の嫁入り」や「猿の生き肝（くらげ骨なし）」がある。「鼠の嫁入り」は、鼠の娘に世界一の花婿を選ぼうとする話である。「はつか鼠」を妖術師に頼んで十五歳の娘にしてもらったバラモンは、娘の結婚相手にまずは太陽を選ぶが、太陽は雲に負け、雲は風に負け、風は山に負け、山はネズミを薦めたため、最後には分相応の鼠を聟に選ぶという筋書きである。

日本では十三世紀に尾張国長母《ちょうぼ》寺《じ》住職の無住《むじゅう》による仏教説話集『沙石集』にこの類話を見ることができる。子どもにも理解できる物語は、読み書きができない人びとに「因果応報」という教義を理解してもらうための最適な教材となったであろう。結びの言葉「是も定れる果報にこそ」には、説教の場で用いられていたことがうかがえるが、インド発祥の説話は、唱導活動を手助けする用途から各地の寺院へと伝えられていった。

张道一著『老鼠嫁女—鼠民俗及其相关艺术』
山东美术出版社　2009 年 4 月

中国の老鼠倣親（鼠の嫁入り）

「鼠の嫁入り」は中国では「老鼠嫁女」と表記され、年画（新年用の版画）のモチーフとしても好まれた。そこには、豪華な輿に乗った鼠の花嫁がラッパや鑼《どら》に囃されて行列を組み、猫の家へと向かう姿が描かれている。中国の「老鼠嫁女」には、この年画のように鼠と猫を関係付けて語られたものがある。

河北省の漢族に伝わる「老鼠嫁女」では、鼠の母は美しい娘を最強のものに嫁がせたいと願う。まずは月にその願いを伝えるが、月は雲の方が良いという。雲は風を、風は壁を、壁は鼠を薦めるが、若鼠は「わたしがなぜ英雄か。猫に会えば命がない」と固辞する。母鼠は猫こそが最強な者であると悟って猫を訪ねるが、親子ともども猫に食べられてしまう。また河南省の漢族の伝承では、鼠の父親が娘の結婚相手を探していると、猫に出会う。父鼠は猫の庇護を受けるために娘を嫁がせようとするが、猫は雨を薦める。太陽、雲、風、壁とおなじみの展開の後、父鼠は娘を若い牡鼠と結婚させる。婚礼後、新郎は紅い馬、新婦は輿に乗って、楽器の演奏とともに賑やかに行列する。猫は新鮮な魚を食べながら、この交通整理を手伝ったという。

累積譚の形式

「鼠の嫁入り」は、次々に物や人が積み上げられてゆく累積譚である。日本では鼠に代わって「土竜の嫁入り」として語られることもある。主人公が鼠から土竜に置き換えられているだけで、話の展開は変わらない。農村では、畑を荒らす土竜が鼠よりも身近な動物だったのだろう。一方、江戸の都市社会では、単に結納から出産までを描いた「鼠の嫁入り」の絵本が出版される。この背景には、元文年間（一七三六〜一七四〇）、江戸で大流行した大黒天信仰にともない、そのお使いとなるはつか鼠も人気を博したことがある。

アイヌの『カムイユカラ』にも、「鼠の嫁入り」と同形式の累積譚がある。「人間は氷の上で滑って転ぶので氷が偉い」に始まり、太陽、雲、風、木と続き、最後は「人が木を切り倒すので人間が一番偉い」と説いている。

累積譚の形式は、モチーフがそれぞれの土地でなじみ深いものに変換されたとしても、話の筋が破綻することはない。そのため、広い範囲での伝承が可能となったのであろう。

（服部比呂美）

参考文献

野村純一　『野村純一著作集第五巻　昔話の来た道・アジアの口承文芸』　清文堂　平成二十二年九月刊
立石展大　『日中民間説話の比較研究』　汲古書院　平成二十五年三月刊

第22講　歌の伝承

『萬葉集』巻九　高橋虫麻呂の筑波嬥歌《かがひ》の歌

筑波嶺に登りて嬥歌《かがひ》会を為《す》る日に作る歌一首并せて短歌

鷲《わし》の住む　筑波《つくは》の山の　裳羽服津《もはきつ》の　その津の上《うへ》に　率《あども》ひて　娘子壮士《をとめをとこ》の　行《ゆ》き集《つど》ひ　かがふ嬥歌《かがひ》に　人妻《ひとづま》に　我《わ》も
交《まじ》はらむ　我《わ》が妻に　人も言問《ことと》へ　この山を　うしはく神の　昔より　禁《いさ》めぬ行事《わざ》ぞ　今日《けふ》のみは　めぐしもな見そ
事も咎《とが》むな〈嬥歌は、東《あづま》の俗《くにひと》の語《こと》にかがひと曰《い》ふ〉

反　歌

男神《ひこがみ》に　雲立ち登り　しぐれ降り　濡《ぬ》れ通るとも　我《われ》帰らめや

右の件《くだり》の歌は、高橋連虫麻呂《たかはしのむらじむしまろ》が歌集の中に出でたり。

（巻九・一七五九、一七六〇番歌）

出　典

小島憲之・木下正俊・東野治之校注・訳『萬葉集』②（新編日本古典文学全集7、小学館、平成七年四月刊）による。

『日本書紀』巻二十四　皇極天皇条の童歌《わざうた》（謡歌）

戊申《ぼしん》に、剣池《つるぎのいけ》の蓮《はちす》の中《なか》に、一茎《ひとつのくき》に二萼《ふたつのはなぶさ》ある者有《ものあ》り。豊浦大臣《とゆらのおほおみ》妄《みだり》に推《お》して曰《いは》く、「是《これ》、蘇我臣《そがのおみ》が将来《ゆくさき》の瑞《みづ》なり」といひ、即《すなは》ち金《くがね》の墨《すみ》を以《も》ちて書《か》きて、大法興寺《だいほふこうじ》の丈六《ぢやうろく》の仏《ほとけ》に献《たてまつ》る。

是《こ》の月に、国内《くぬち》の巫覡《かむなぎら》等、枝葉《しば》を折《を》り取《と》り、木綿《ゆふ》を懸掛《かけし》でて、大臣《おほおみ》の橋《はし》を渡《わた》る時《とき》を伺《うかか》ひ、争《きそ》ひて神語《かむこと》の入微《たへ》なる説《ことば》を陳《の》ぶ。其《そ》の巫《かむなぎ》甚《はなは》だ多《おほ》くして、具《つぶさ》に聴《き》くべからず。老人等《おきなら》の曰《いは》く、「移風《ときかは》らむとする兆《きざし》なり」といふ。時に、謡歌《わざうた》三首有《あ》り。

其の一に曰く、

　遥々《はろはろ》に　言《こと》そ聞《きこ》ゆる　島《しま》の藪原《やぶはら》

といふ。其の二に曰く、

　遠方《をちかた》の　浅野《あさの》の雉《きぎし》　響《とよも》さず　我《われ》は寝《ね》しかど　人《ひと》そ響《とよも》す

といふ。其の三に曰く、

　小林《をばやし》に　我《われ》を引《ひ》きれて　奸《せ》し人《ひと》の　面《おもて》も知《し》らず　家《いへ》も知《し》らずも

といふ。

（中　略）

是に或人《あるひと》、第一の謡歌《わざうた》を説《と》きて曰《いは》く、「其《そ》の歌《うた》に所謂《いはゆる》、『遥遥《はろはろ》に　言《こと》そ聞《きこ》ゆる　島《しま》の藪原《やぶはら》』といふは、此即《これすなは》ち宮殿《みや》を島大臣《しまのおほおみ》が家《いへ》に接起《まぜた》てて、中大兄《なかのおほえ》と中臣鎌子連《なかとみのかまこのむらじ》と、密《しのび》に大義《おほきなることわり》を図《はか》りて、入鹿《いるか》を謀戮《ころ》さむとする兆《きざし》なり」といふ。第二の謡歌《わざうた》を説《と》きて曰《いは》く、「其《そ》の歌《うた》に所謂《いはゆる》、『遠方《をちかた》の　浅野《あさの》の雉《きぎし》　響《とよも》さず　我《われ》は寝《ね》しかど　人《ひと》そ響《とよも》す』といふは、此《これ》即《すなは》ち上宮《うへのみや》の王等《みこたち》の性《ひととなり》順《ゆる》くして、都《かつ》て罪有《つみあ》ること無《な》くして、入鹿が為《ため》に害《ころ》されたり。自《みづか》ら報《むく》いずと雖《いへど》も、天《あめ》の、人をして誅《ころ》さしむる兆なり」といふ。第三の謡歌を説きて曰く、「其の歌に所謂、『小林《をばやし》に　我《われ》を引入《ひきい》れて　奸《せ》し人《ひと》の　面《おもて》も知《し》らず　家《いへ》も知《し》らずも』といふは、此即ち入鹿臣《いるかのおみ》の忽《たちまち》に宮中《みやのうち》にして、佐伯連《さへきのむらじ》子《こ》麻《ま》呂《ろ》・稚犬養連《わかいぬかひのむらじ》網田《あみた》が為《ため》に斬《き》らるる兆なり」といふ。

庚戌《かうじゆつ》に、位《みくらゐ》を軽皇子《かるのみこ》に譲《ゆづ》り、中大兄を立《た》てて皇太子《ひつぎのみこ》としたまふ。

出典

小島憲之・直木孝次郎・西宮一民・蔵中進・毛利正守校注・訳『日本書紀』③（新編日本古典文学全集4、小学館、平成十年六月刊）による。

『宇治拾遺物語』巻第九　六「歌詠《よ》みて罪を許さるる事」

今は昔、大隅守《おほすみのかみ》なる人、国の政《まつりごと》をしたため行ひ給ふあひだ、郡司のしどけなかりければ、「召しにやりて戒めん」といひて、先々《さきざき》か様にしどけなき事ありけるには、罪に任《まか》せて重く軽《かろ》く戒むる事ありければ、一度にあらず、たびたびしどけなき事あれば、重く戒めんとて召すなりけり。「ここに召して率《ゐ》て参りたり」と、人の申しければ、先々するやうに、し伏せて、尻《しり》、頭《かしら》にのぼりゐたる人、笞《しもと》を設《まう》けて、打つべき人設けて、先に人二人《ふたり》引き張りて出《い》で来《き》たるを見れば、頭《かしら》は黒髪も混《まじ》らず、いと白く、年老いたり。

見るに、打《ちやう》ぜん事いとほしく覚えければ、何事につけてかこれを許さんと思ふに、事つくべき事なし。過《あやま》ちどもを片はしより問ふに、ただ老《おい》を高家《かうけ》にていらへをる。いかにしてこれを許さんと思ひて、「おのれはいみじき盗人かな。歌は詠みてんや」といへば、「はかばかしからず候《さぶら》へども、詠み候ひなん」と申しければ、「さらば仕《つかまつ》れ」といはれて、程もなく、わななき声にて打ち出《いだ》す。

年を経て頭の雪はつもれどもしもと見るにぞ身は冷えにける

といひければ、いみじうあはれがりて、感じて許しけり。人はいかにも情《なさけ》はあるべし。

出典

小林保治・増古和子校注・訳『宇治拾遺物語』（新編日本古典文学全集50、小学館、平成八年七月刊）による。

解説　歌の伝承

歌の存在と意義

日本文学の定型詩を代表する短歌は、古代文学においては長歌とともに重要な存在として人々の生活に深く根ざしていた。『古今和歌集』仮名序には次のように記されている。

やまとうたは、ひとのこゝろをたねとして、よろづのことの葉とぞなれりける。世中にある人、ことわざしげきものなれば、心におもふことを、見るもの、きくものにつけて、いひいだせるなり。花になくうぐひす、みづにすむかはづのこゑをきけば、いきとしいけるもの、いづれかうたをよまざりける。ちからをもいれずして、あめつちをうごかし、めに見えぬ鬼神をも、あはれとおもはせ、をとこ女のなかをもやはらげ、たけきもの丶ふのこゝろをも、なぐさむるは哥なり。

このうた、あめつちの、ひらけはじまりける時より、いできにけり。

歌は人の心を種とし、言葉として表現されるもので、心に思うことを見るもの聞くものについて表現するものであって、生きているものは誰でも歌を必ずよむとしている。つまり、人間にとって歌は、必須のものであるとしているのである。その歌は力も入れないのに天地を動かし、目に見えない鬼神にも感動を与え、男女の心を結びつけ、猛々しい武人の心を和らげる力を持っているとする。そして、歌はこの世ができたときから生じたものとしている。

ここには、歌が日本人にとってごく当たり前の表現方法として存在し、そのチカラは神秘に満ちた強大なものであって、この世の始まりとともに存在していたとされているのである。

生活の中の歌——歌垣

歌垣《うたがき》は男女が歌をよみ交わす習俗の呼称であるが、上代文献にはこの呼称以外にも同様な習俗を表すものとして「かがひ」「小集楽《をづめ》・野遊」（『萬葉集』）、「つめのあそび」（『日本書紀』）などを伝える。中央での呼称が歌垣と呼ばれた。

歌垣とは、多数の男女が、特定の日に、山上・海辺や市などに集まって飲食し、歌舞し、性の解放も行われる習俗であることが伝えられている。その伝承地を見ると神婚説話（三輪山海石榴市《つばいち》）、男神・女神（筑波山・杵島山）など、男女対偶神の祭祀および神婚の伝承が存在している。男女の歌の掛け合いと、神婚の伝承とは関わりがあるとみてよかろう。奄美大島に伝わる八月踊りは、男女が唄を掛け合いながら踊る芸能であるが、その中にシマダテの男女二神の神婚伝承を伝える地域があり、八月踊唄はこの二神の立場からの唄を始源とするとみる見方がある。

ここで注目したいのは、歌垣という習俗では歌を即興で掛け合うということである。『常陸国風土記』が伝える「かがひ」の歌は、短歌形態（五七五七七）であり、この歌が音声の歌として掛け合わされたということになる。つまり、短歌も書く文字の歌ではなく、音声の歌として機能していたわけである。今日の中国少数民族に、こうした男女が歌を掛け合う習俗が伝えられており、そのあり方を分析する研究が進められている。

中国貴州省黎平県地扪トン族の「行歌座夜」（歌垣）

今日に「ウタ」と言えば、まずはメロディーにのせてうたうものを連想するだろう。古代の歌垣における歌も、それと同様声でうたうものだったのである。

歌の呪力—童謡《わざうた》—

『日本書紀』に十首、『続日本紀』に一首見られる、社会的事件や異変の予兆を暗示したり、事後に風刺・批評する歌を童謡（謡歌とも）という。中国の『漢書』『晋書』に典拠があり、神意が幼童の口から告げられると考え、社会異変への予言の歌をよんだ。皇極紀二、三年（六四三、四）の歌は、山背大兄王が蘇我入鹿に殺される事件に関わる歌で、その前兆に関わる解釈が付記される。同じく三年の巫覡達が蘇我蝦夷に神話を告げた時の三首は、一年後に蘇我入鹿暗殺の前兆と解釈された。これらの歌の中には猿の歌とするものまであり、声でうたうものであった。これ以降の童謡も白村江の敗戦や法隆寺の火災などの予兆と解釈されている。

歌徳説話

歌をよむこと、またその歌によって、神仏や人々の心を動かし、利益を得るという説話。『日本書紀』雄略天皇条に、舎人《とねり》や木工の命をその和歌に感じて許したとあるのが早い。『古今和歌集』仮名序の影響で、中世の説話文学に積極的に取り上げられた。近世初期には版本や絵巻の「和歌威徳物語」など、それのみをテーマとする作品が成立した。

（大石　泰夫）

第23講　絵解き・唱導文芸

『道成寺縁起』の来訪僧と女人救済

醍醐《だいご》天皇の御宇、延長六年戊子《つちのえね》八月の比《ころ》、奥州より、見目能《みめよ》き僧の浄衣《じょうえ》着たるが熊野《くまの》参詣する有りけり。紀伊国室《むろ》の郡《こおり》真砂《まなご》と云ふ所に宿在り。此の亭主、清次庄司と申す人の娵《よめ》にて、相随ふ者数《あまた》在りけり。彼の僧に志を尽くし痛みけり。何の故と云ふ事を、怪しきまでにこそ覚えけれ。然るに、伴《くだん》の女房、夜半計《ばか》りに彼の僧のもとへ行きて、衣《きぬ》を打ち懸け、副《そ》ひ伏して云ふ様、「妾《わらわ》が家には、昔より旅人など泊らず。今宵《こよい》、斯《か》くて渡らせ給ふ、少縁の事に非ず。誠、一樹の影、一河の流れ、皆、先世《せんぜ》の契りとこそ承り候へ。御事《おこと》を見参らせ候《さぶら》ふより、御志浅からず。何かは苦しく候べき。只、斯《か》くて渡らひ給ひ候へかし」と強《あなが》ちに語らひければ、僧、大いに驚き、起き直り申す。「年月の宿願在りて、持戒精進して、白雲万里の路を分け、蒼海《そうかい》漫々の浪を凌《しの》ぎて、権現の霊社に参詣の志を運ぶ。争《いかで》か此の大願を破るべき」とて、更に承引《しょういん》の気色無し。女房、痛く恨みければ、僧の云く、「此の願、今二、三日計りなり。難無く参詣を遂げ、宝幣を奉り、下向の時、哪《いか》にも仰せに随ふ」とて出でにけり。大方、此の事思ひも寄らぬ事なれば、弥《いよいよ》、信を致しけり。其の後、女房、僧の事より外は思はず。日数を算《かぞ》へて、種々の物を貯へて待ちけれども、其の日も暮れければ、上下の檀那《だんな》に「然々《しかじか》の僧や下向し候ひつる」と尋ねければ、或る上道の先達、「左様めかしき人は、遥かに過ぎ候ひぬらん」と申すも終わらざれば、「偖《さて》は賺《すか》しにけり」と怒りて、鳥の飛ぶが如く叫び行く。「設《たと》へ深き蓬《よもぎ》が元までも尋ね行かんずるものを」とて、ひた走りに走りけり。道つきずりの人々も、身の毛弥立《よだ》ちてぞ覚えける。

「やや、先達の御房に申すべき事候。浄衣くら懸けて候若き僧と、墨染め着たる老僧と、二人連れて下向するや候ひつる」と尋ねければ、「左様めかしき人は、遥かに延び候ひぬらむ」といへば、「あな口惜しや。さては、我を賺《すか》しにけり」と追ひて行く。縦《たと》へ、雲の終わり、霞の際までも、玉の緒の絶えざらむ限りは尋ねむ物を」とて、麒麟《きりん》・鳳《ほう》凰等《おうなんど》の如く、走り飛び行きけり。

「南無金剛童子、助けさせ給へ。あな恐ろしの面飛《つらつ》礫《ぶて》や。本より悪縁と思ひしが、今、斯かる憂き目を見る事よ。笈《おい》も笠も、此の身に非や、惜しからめ。失せむ方へ失せよ」

欲レ知二過去因一　見二其現在果一

欲レ知二未来果一　見二其現在因一

日高河と云ふ河にて、折節、大水出《い》でて、此の僧、舟にて渡りぬ。舟渡しに云ふ様、「斯かる者の、只今追ひて来るべし。定めて、此の舟に乗らんと言はむずらん。穴賢《あなかしこ》、穴賢、乗せ給ふな」と言ひけり。此の僧は、急ぎ逃げけり。蛇《あむ》の如く来て、「渡せ」と申しけれども、舟渡し、渡さず。其の時、衣《きぬ》を脱ぎ捨て、大毒蛇と成りて、此の河をば渡りにけり。舟渡《ふなわたり》をはぢけしと申して、岩内に在りけると、日記には慥《たし》かに見えたり。これを見む人は、男も女も、妬む心を振り捨て、慈悲の思ひを成さば、仏神の恵み有るべし。

日高郡道成寺と云ふ寺は、文武天皇の勅願、紀大臣道成公奉行して建立せられ、吾朝の始め出現の千手千眼大聖観世音菩薩《ぼさつ》の霊場なり。伴《くだん》の僧、此の寺に参り、事の子細を大衆《だいしゅ》に歎きければ、衆徒《しゅと》、愍《あわれ》みを垂れて、大鐘を下ろして僧を中に籠め、御堂を立てけり。此の蛇、跡を尋ねて当寺に追ひ来たり、堂の廻《めぐ》りを度々行き回りて、僧の居たりける戸に至り、尾にて叩き破りて中に入りて、鐘を巻きて、龍頭を咥《くわ》へて、尾を以て叩く。さて、三時余り、火焔燃え上がり、人近付くべき様無し。身の毛弥立《よだ》ちてぞ覚えける。四面の戸を開き、寺中・寺外の人々、舌を振り、目を細めつつ、中々言葉無くてぞ侍りける。偖《さて》、蛇、両《ふたつ》の眼《まなこ》より血の涙を流し、頭を高く上げ、舌を閃《ひろめ》かし、本の方へ帰りぬ。其の時、近く寄りて見るに、火、未だ消えず。水を懸けて、鐘を取り除《の》けて見れば、僧は骸骨計《がいこつばか》り残りて、墨の如し。目も当てられぬ有様、哀れみの涙塞《せ》き敢《あ》へず。老若男女、近きも遠きも、見る人は哀れを催さぬは無し。其の後、日数経て、或る老僧の夢に見る様、二つの蛇来たりて、「我は鐘に籠められ参らせたりし僧なり。終《つい》に、悪女の為、夫婦と成れり。吾、先生《せんじょう》の時、妙法を持《たも》つと雖も、薫修《くんじゅ》年浅くして、未だ勝利に与《あづか》らず。先業《せんぎょう》限り有れば、此の悪縁に逢ふ。願はくは、一乗妙法を書き供養しましまして、廻向《えこう》し給へ。然らば、吾、并を証し、得脱《とくだつ》を得ん事、疑ひ無し。僧も、後生《ごしょう》を成就せむ事、子細有るべからず」と、夢現《ゆめうつつ》ともなく見えけり。則《すなわ》ち、信を致し、経を供養しけり。此の事を、倩《つらつら》、私《ひそか》に案ずるに、女人の習ひ、高きも賎しきも妬心を離れたるは無し。古今の例《ためし》、申し尽くすべきに非ず。されば、経の中にも、「女人地獄使　能断㆓仏種子㆒　外面似㆓菩薩㆒　内心如㆓夜叉㆒」と説かるる心は、女は地獄の使ひなり、能《よ》く仏に成る事を留め、上には菩薩の如くして、内の心は鬼の様なるべし。然れども、忽《たちま》ちに蛇身を現ずる事は、世に例《ためし》無くこそ聞きけれ。又、立ち返り思へば、彼の女も徒人《ただびと》には非ず。念《おも》ひの深ければかかるぞと云ふ事を、悪世《あくせ》乱末の人に思ひ知らせむ為に、権現と観音と方使の御志、深き物なり。且つは、釈迦如来の出世し給ひしも、偏《ひとえ》に此の経の故なれば、万《よろず》の人に信を取らせむ御方便貴ければ、憚《はばか》りながら書き留むる物なり。開き御覧の人々は、必ず熊野権現の御恵みに与かるべきものなり。又、念仏十返、観音名号三十三返申さるべし。

其の後、老僧、夢に見る様、清浄《しょうじょう》の妙衣着たる二人来りて申す。「一乗妙法の力によりて、忽ちに蛇道を離れて、忉利天《とうりてん》に生まれ、僧は都率天《とそつてん》に生まれぬ」。この事を成し了《おわ》りて、各々相別れて、虚空に向かひて去りぬと見えけり。一乗妙法の結縁《けつえん》、愈々《いよいよ》頼もしくて、人々怠らず読みけり。

出典

小松茂美『桑実寺縁起・道成寺縁起』（続日本絵巻大成13　中央公論社、昭和五十七年九月刊）による。

「苅萱親子御絵伝」(往生寺)の苅萱親子

当山は苅萱堂往生寺と申しまして、苅萱上人八十三歳で亡くなられました御遺跡《ごいせき》としてのお寺でございますが、八十三歳の御修行のお姿と、親子地蔵尊と申しまして、苅萱上人とそのお子さんの石童丸さんの、親子一体ずつ、善光寺如来様のお告げを蒙《こうむ》られまして、お刻みになりましたお姿です。都合三体、こちらの正面奥に保管してございます。はじめにこの二幅のお掛軸《かけじく》によりまして、一代記御縁起《ごえんぎ》の話を申し上げさせていただきます。

こちらは、苅萱様お花見にいらっしゃいまして、御発心《ほっしん》のおはじまりでございます。そもそも当山の開山、苅萱上人と申されます方は、只今から八百年程昔、九州の博多の城主のお殿様で加藤左衛門尉《さえもんのじょう》重氏と申されましたが、そのお殿様でいらっしゃいました仁平二年という年の春のある日のこと、お国元の苅萱の関、桜の馬場というところでお花見をなさいました。よい心持ちで御酒盛りをしてらしたことでありましょうに、桜の花びらが散る中に、一輪つぼみの花が、お殿様のお持ちになっとられました盃の中に舞い落ちまして、それを御覧になりました重氏公は、つくづくと世の無常をお感じなされました。自分は今、栄耀栄華に、何不足なく日々くらしとるけれども、今が今にも、無常の風にさそわれれば、このつぼみの花のように散っていかなければならない。この運命であるとお感じなされまして、出家になろうという志をおたてになり、比叡山、叡空上人の元をお尋ねになりまして、出家の気持ちのほどをお述べになりますと、叡空上人、重氏公の志の切なるをお感じなされまして、心ゆくまま弟子となさり、剃髪《ていはつ》して名前を寂照坊等阿《とうあ》法師と名付けてくださいました。ここでしばらく修行をしてらっしゃいますと、お殿様でいらしたときの鎮守神様の、筥崎《はこざき》の八幡様が夢枕に立って、「お前は今、比叡山で仏門の修行をしておるが、都黒谷に法然上人という立派なお坊様が出て、今、念仏の修行を広めておるから、お前はそこへ行って修行をしてはいかがであるか」というお告げによりまして、比叡山を下って京都においでになり、黒谷の法然上人様のお膝元において、念仏の御修行をなさる事十三ヶ年に及んだのでありまするが、ある日の事、指折りかぞえてお考えになりますには、自分は国許《くにもと》を出る時に、妻の胎内《たいない》には子どもが宿ったはずであるが、その子が成人して万一尋ねてくるような事があっては、せっかく出家の身となって、仏門の修行に励んでおる妨げになるとお考えになられました。法然上人様にお別れを致し、女人禁制《にょにんきんぜい》の高野山に、身をおかくしになるために登ってゆかれる旅の姿でございます。

一方、お国許の方では、その後お生まれになりましたのがお子さんの石童丸さん。御年《おんとし》十四歳になりました時に、お母様の桂御前様にお願いになります。「どうか私に暫くお父様のお行方をお尋ね致すお暇をいただきとうございます。子どもとして一度お尋ね致さないことには、人間としての道もたちませぬから」と切にお願いになりますと、お母様が申されますには、「私もかねがねそう思っておったことであるから、一緒にお捜し致しましょう」と、はるばる九州から旅立たれまして、都の方にお上りになりますと、風のお便りに、都黒谷の法然上人様のところにおいでになるとお聞きになりましたので、そこをお尋ねになったのでありまするが、もうすでに、お父様は高野山へ登ってしまわれました後でありました。余儀なく後を追って高野へ向かわれる親子の旅の姿でございます。

高野山の麓の、学文路《かむろ》の宿《しゅく》という宿場までお着きになったのでありまするが、お母様は長い旅のお疲れか、御病気の様子でありますので、宿屋の主人玉屋与治右衛門に看病をたのんで、石童丸さん一人だけ高野山に登られ、「今道心の加藤左衛門重氏入道という方を御存知ありませぬか」とあなたこなたを尋ね来られまして、ようやく蓮華谷の往生院において、親子御対面のお姿でございます。

お父様の方では我が子の尋ねて来たことを、一目見て御承知でありながら名乗りをなさらない。「あなたのお尋ねになるその方は、私としばらく一緒にここで御修行をしておられたことではあるが、もうとっくにこの世を去られて、今はこの世にない人である。あなたは大家の御子息様でもあるから、早く国許に帰って立派に家督《かとく》相続なされよ」とお諭《さと》しになられます。石童丸さんは、いかがはせんと思い悩まれた事でありまするが、とも角お母様の病気の事も心配でありますので、ひとまず麓の学文路の宿に戻ってごらんになりますと、哀れにもお母様は昨夜空しくお果てなされてしまわれました後でありました。泣く泣く野辺《のべ》の送りを致しまして、お母様をお骨《こつ》に致しまして、それを背負って再び高野山へ登られました。先の蓮華谷の、往生院で会いましたお坊さんの許を尋ねられまして、「どうかあなたのお弟子にしていただき、仏道を修行のかたわら、御両親の御菩提をお弔《とむら》いいたしとうございます」と切にお願いになりますと、よんどころなく、親子ではありますけれども、名乗りをなさらないまま御弟子となさり、石童丸を剃髪して、名前を信生房道念と名付ける。ここで暫く一緒に御修行をしとられたのでありまするが、お父様にしてみますれば、我が子と百も承知でやってみれば、親子の情愛に引かれ、日々の修行の妨げになりますので、お考えになりますに、信州善光如来様は三国伝来の霊仏であるから、善光如来様のお力におすがりをして、修行し往生していこうとお考えになられました。で、そこでまた高野山に石童丸さん、お残しになって御自分だけ善光寺へいらっしゃる旅のお姿でございます。

善光寺御堂前《みどうまえ》においでになり、七日七夜の間に日参あそばされ、「汝、われに往生の地を授け給え」とお願いになりますと、七日満願の暁に、善光如来様は真の御来迎松に御来迎遊ばされまして、「汝往生の地はここである。我が縁のある地を汝に授けるぞよ」とお手招きくださいました。その招かれましたところにおいでになってそこで庵を結んで、永年御修行をなさったのでありまするが、御修行をしていらっしゃいますと、善光如来様お告げくださいますには、「汝は菩薩の化身《けしん》であるによって、末世の衆生《しゅじょう》を済度《さいど》するために、地蔵菩薩を刻んで残しておけよ」というお告げをくだされまして、そこで鏡が池に御自分の姿をお写しになりました。鏡に写るおのが姿を手本とされながら、一刀三礼にお刻みになりました御地蔵様の御姿、只今の御宮殿《みくうでん》の奥にお立ちの、むかって右側のお姿でございます。

かくして建保二年の、八月二十四日に、八十三歳にして、大往生なされましたお姿、苅萱上人、亡くなられましてから後に、高野山に一人残されましたお子さんの石童丸様も、また善光如来様のお徳をしたってこの土地においでになり、生前お父さんであり、御師匠《おししょう》さんでありました苅萱上人が、自作で残した地蔵菩薩を手本とされまして、それと同じものをお刻みになりました。奥のむかって左側のお姿でございます。

親子で一体ずつお刻みになりましたので、これを苅萱親子地蔵尊と申してございます。一度我に拝礼をとげるものならば、この世においては安穏にまもってやるぞよ。未来は必ず同行となって、導きせんとのお誓いのもとにお刻みになられたものでございます。御信心あってあれ、南無阿弥陀仏、〳〵〳〵。

こちらを当山の善光如来様の御来迎の松と申しており、ただ今この松の下に石の大きな地蔵様がお立ちになりまして、苅萱上人のお墓となっております。古の松が枯れまして、ただ今二代目の松でございますが、庭隅の石段をお上りになりまして、平に右の方へちょっとおいでになりますとございますから、どうぞ御覧になって下さい。

出　典

林雅彦・中西満義・小林一郎・山下哲郎編『語り紡ぐ絵解きのふるさと・信濃〈台本集〉』（笠間書院、平成十二年四月刊）による。

解　説　絵解き・唱導文芸

絵解き

寺社などに伝わる壁面や襖などに描かれた仏画や寺社縁起の絵巻・掛幅絵を、棒で指し示しながら、主として説教・唱導の目的のために、解説・説明する行為を「絵解き」という。また、解説者を指して「絵解き」と呼ぶ場合もある。

絵解きとは、宗教的な背景を持つ物語性・説話性を、豊かな説明絵の内容や思想を、当意即妙に解説・説明することであり、説教唱導を目的とする文学・芸能である。

絵解きの歴史

絵解きは、古代インドに起こり、その後中央アジア・中国・朝鮮半島に伝えられ、日本に伝来した。日本最古の記録は、重明親王『吏部王記《りほう》』の承平元年（九三一）に、貞観寺に参詣して太政大臣堂の柱に描かれた「釈迦八相図」を寺僧から絵解きされたと記されるものである。四天王寺（大阪府）や法隆寺（奈良県）では、早くから「聖徳太子絵伝」の絵解きがなされていた。おおむね、平安時代の絵解きは、皇室や貴族を対象に、高僧みずから壁画や障屏画を用いて行われたようである。鎌倉時代に至ると、絵解きは盛んになり、下級の寺僧らによって芸能化・話芸化が急速に進み、寺社に属する絵解き法師と呼ばれる専従の下級僧や扮装だけは僧形の俗人たちが、巷間で絵解くようになった。室町時代末には、「熊野観心十界図」を用いて女性や子供に絵解きする熊野比丘尼などの女性が、諸国巡遊の旅によって、各地に絵解きを伝えていくようになった。このようにかつての絵解きは至る所で容易に視聴できたものであったが、明治以降は急速に廃れ、今日では唯一絵巻を用いた『道成寺縁起絵巻』など、一部寺院に残されるのみとなった。

絵解きの内容

絵解きで用いられる絵画を形態から見ると、（1）壁画、（2）障屏画、（3）絵巻、（4）掛幅絵、（5）額絵に分けられる。このうち持ち運びや多くの視聴者に供覧できる便利さから、（4）掛幅絵が圧倒的に多い。

また、内容面から分類すると、

（1）経典の教化宣揚を意図する各種の曼荼羅や変相図《へんそう》

「法華経曼荼羅図」「地獄極楽図」など。

（2）釈迦の伝記に関わる涅槃《ねはん》図や八相図

「仏伝図」「涅槃図」など。

（3）日本の各宗派の祖師・高僧の絵伝

「聖徳太子絵伝」「弘法大師絵伝」など。
（4）寺社の縁起・由来・霊験・案内を兼ね備えた縁起絵および参詣曼荼羅
「立山曼荼羅」「白山参詣曼荼羅」など。
（5）英雄の最期や軍記を扱った合戦絵
「京都六波羅合戦図」「安徳天皇御縁起図」など。
（6）物語・伝説に題材を得た一代記図絵や九相図《くそう》
「苅萱道心石童丸御親子御絵図」「小野小町九相図」など。
というようになる。

『道成寺縁起』について

作者不詳、成立不明だが、奥書によれば天正元年（一五七三）以前の成立。上下二巻、詞書、絵、絵の中の会話文（画中詞）からなり、画面に比して人物、建物が大きく描かれているところに特徴がある。絵巻を所蔵する道成寺では、この模型を作り、それを用いて現在も観光客向けの絵解きをしている。

この縁起では熊野参詣をしたのは若い僧であるが、道成寺説話の最も古い記録である『本朝法華験記』では、熊野参詣は若僧と老僧の二人である。『今昔物語集』『元亨釈書《げんこうしゃくしょ》』の話もこれと同じだが、『元亨釈書』は若僧の名を安珍と伝えている。また、縁起では若僧の相手は宿の主人の寡婦であるが、異本とされる『賢学草子』『道成寺絵詞』では、若僧の相手は十六歳の姫君に変わっている。能の「道成寺」この系統を汲むものであるが、話のメインは完成した鐘の供養に白拍子（大蛇）が現れ、鐘もろともに海に飛ぶという内容となっている。道成寺には安珍と清姫の墓がある。

（大石　泰夫）

第24講　説話と芸能

『鎌倉大草紙』の小栗・てる姫譚

応永三十（一四二三）年条

応永卅年癸卯春の頃より常陸国住人小栗孫五郎平満重といふ者ありて謀反を起し。鎌倉の御下知を背ける間。持氏御退治として御動座被レ成。結城の城まで御出。同八月二日より小栗の城をせめらるゝ。小栗兼而より軍兵数多城よりそとへ出し防戦けれども。鎌倉勢は一色左近将監。木戸内匠助。先手の大将として。吉見伊与守。上杉四郎。荒手にかはりて両方より責入ければ。終に城を被二責落一。小栗も行方しらずおち行けり。宇都宮右馬頭持綱も小栗に同意して落行けるを塩谷駿河守追かけ討取てける。桃井下野守。佐々木近江入道も是等に一味の由にて同八月八日に被二討取一。八月十六日結成より武州府中へ御帰陣有。高安寺に御陣座。明る応永卅一年三月三日京都より照西堂為二御使一下向あり。是は京都の御下知もなくして大名数多御誅伐の事條々御とがめの儀也。持氏大におどろき給ひ。奉レ対二京都一一切不レ致二私曲一。自今以後は可レ抽二無二忠勤一由告文を以被二申上一。西堂五月十日上洛。九月重而下向有て都鄙御和睦あり。目出度事限なし。十月廿三日御陣所武州府中の高安寺炎上の間。同十一月十四日持氏公鎌倉へ還御。同十一月廿日御舎弟奥州の稲村殿鎌倉へ御上り。是は今度御和談事無二御心許一被二思召一。奥州には眼代残置御上りの由にて永安寺に御座。同廿四日持氏御悦の余りに永安寺へ御出。御重代の中之御目貫を被レ進。同廿七日重て御重代の鎧通の御腰物を給はりけり。何も御当家嫡々御相伝の御たからなり。今度小栗忍びて三州へ落行けり。其子小次郎はひそかに忍びて関東にありけるが。相州権現堂といふ所へ行けるを其辺の強盗ども集りける所に宿をかりければ。主の申は。此牢人は当州有徳仁の福者のよし聞。定て随身の宝あるべし。打殺して可レ取由談合す。乍レ去健なる家人どもあり。いかゞせんといふ。一人の盗賊申は。酒に毒を入呑せころせといふ。尤と同じ宿々の遊女どもを集め。今様などうたはせをどりたはぶれかの小栗を馳走の体にもてなし酒をすゝめける。其夜酌にたちけるてる姫といふ遊女。此間小栗にあひなれ此有さまをすこししりけるにや。みづからもこの酒を不レ呑して有けるが。小栗をあはれみ此よしをささやきける間。小栗も呑やうにもてなし酒をさらにのまざりけり。家人共は是をしらず。何も酔伏てけり。小栗はかりそめに出るやうにて林の有間へ出てみければ。林の内に鹿毛なる馬をつなぎて置けり。此馬は盗人ども海道中へ出大名往来の馬を盗来けれども。第一のあら馬にて人をも馬くひふみければ。盗ども不レ叶して林の内につなぎ置けり。小栗是を見てひそかに立帰り。財宝少々取持て彼馬に乗。鞭を進め落行ける。小栗は無双の馬乗にて片時の間藤沢の道場へ馳行。上人を頼ければ。上人あはれみ時衆二人付て三州へ被レ送。かの毒酒を呑ける家人並遊女少々酔伏けるを河水へながし沈め財宝を尋取。小栗をも尋けれどもなかりけり。盗人どもは其夜分散す。酌にたちける遊女は酔たる体にもてなし伏けれどももとより酒をのまざりければ水にながれ行。川下よりはひ上りたすかりけり。其後永享の比小栗三州より来て彼遊女をたづね出し。種々のたからを与へ。盗どもを尋。みな誅伐しけり。其孫は代々三州に居住すといへり。

出典

宮川孝之・佐藤広・秋谷治編『小栗判官の世界』（第五回全国をぐりサミット「八王子人形劇フェスティバル」実行委員会、平成七年十月刊）による。

神奈川県藤沢市の小栗判官・照手伝説

昔、小栗判官は常陸の国に住んでいたんだね。そのとっぱた郡《ごおり》に、みぞろが池という池があって、大蛇がいたそうです。小栗判官が青葉の笛を吹いていると、ひじょうに音色がすばらしいんで大蛇が聞きつけて、きれいな女に化けてきたんだね。

小栗判官の笛はね、奈落の底までひびきわたるという、ひじょうによい音が出るんだそうです。判官はいい男だし、大蛇はすっかり惚れてしまったって。それでね、大蛇が懐妊して、そのお産のときには、ずいぶん池が波立って荒れたそうですよ。

その後、小栗判官は藤沢の方へやってきたらしいんだね。そのころ、横山将監という人が、境川のむこうがわの東俣野（横浜市）に住んでいて、娘の照手姫の御殿が西俣野の上分《かみぶん》にあったんだね。御所ヶ谷ですよ。そこへ小栗判官がやってきて、よくなっちゃったんだよね。照手姫と。

それで、横山の親父さんが怒って、小栗判官に難題を吹きかけたんだね。この向こうの山のね、いまでも鬼鹿毛とよんでるところだけど、上俣野（横浜市）の分だね、そこに横山将監が、鬼鹿毛馬というのを飼ってあった。とにかく鬼鹿毛というくらいだから、とっても恐ろしい馬だったんだね。この馬をうまく乗りこなしたら姫をやる、というわけなんで。小栗判官をこの馬に食い殺させようとしたらしいんだね。

そこで、小栗判官がその馬のマセをはずすとね、馬がすっ跳び出しちゃって、こっちへすっとんで来たって。判官は、はずしたマセン棒を田んぼの中へほうり投げたので、その田んぼを今でもマセ田とよんでるんだね。一枚の田んぼですよ。

馬は跳び出しちゃったけど、小栗判官が扇子を開いて招いたら、鼻を返して戻ってきたんだって。だからハナゲエって字《あざ》があすこにあります。鼻をかえたって意味だね。今、横浜市になってるね。

こうしてね、小栗判官が鬼鹿毛馬をうまく乗りこなしちゃった。碁盤の上にも馬をちょっと乗せたり、小栗判官ができるだけ曲芸をやらせたんだね。だから横山将監がおどろいた。それで、しかたなしに照手の聟にしたけれど、それでも、こんな小栗判官が恐ろしいから気に入らないんだね。

それで、こんどは毒酒を飲ましたんですよ。小栗判官には十人殿ばらといって、十人の家来がいたんだね。その家来も殺しちゃって、それは火葬にしたけれど、小栗判官だけは土葬にしたんだね、そのまんま。そこが小栗塚ってわけだね。

ところが生き返って、そこから出て砂をふるったとこが、そばにある砂ふるい塚なんだね。

そんな話を年寄りから聞いてます。わたしがおぼえているのはここまでで、照手がどうなったかということは、聞いた話のなかにはありませんでしたよ。遊行上人のことも聞いてませんね。

（西俣野　飯田義平氏　明治三十二年生　昭和四十九年四月）

出典

藤沢市教育文化研究所編『藤沢の民話』第二集（昭和五十年二月刊）による。

解説　説話と芸能

説話と芸能

口承の昔話や伝説あるいは説話の伝承は、その物語が語られたり、話されたり、歌われたりするが、これらとは別に芸能としての拡がりもある。説話・昔話などは芸能と相互関係をもちながら伝承されてきたということもできる。たとえば異類婚姻譚の狐女房の物語と説経・古浄瑠璃「信田《しのだ》妻《づま》」や、文楽・歌舞伎の「芦屋道満大内鑑《あしやどうまんおおうちかがみ》」葛の葉子別れの段との関係は典型例といえる。現在はその存在を知る人が少ない説経節は、説話や昔話などから題材を取っているものが多く、逆に説話や口承の昔話などに説経節の一部が取り込まれている。芸能でいえば申楽・能も同じで、これは謡曲をもとにして舞いが形成されているが、その曲目の多くは説話であったり、神々の物語であったりしている。

ここでは小栗判官・照手姫の物語を取り上げて説話と芸能の関係をみていく。

小栗判官と照天姫

小栗判官助重と照天姫の物語は、説経節として人口に膾炙したが、この物語の一部は室町時代の合戦記である『鎌倉大草紙』に記されている。応永三十年（一四二三）の小栗孫五郎の謀反の条で、後半の小栗小次郎の相州権現堂での顚末は、小栗とてる姫の物語である。記録された小栗の物語は、これが最も古いといえる。説経の小栗の内容は寛文六年（一六六六）刊の説経正本によって知ることができるが、この物語の全容としては宮内庁三の丸尚蔵館所蔵の絵巻『をぐり』がもっとも整い、古形を残しているといわれている。これによれば物語の由来は、現在の岐阜県安八《あんぱち》郡墨俣《すのまた》町の正八幡社の神の本地を説くものであるという。神社の縁起としての位置づけになっているが、主人公の小栗は、鞍馬の毘沙門天の申し子で、美女に化身した深泥池の大蛇と契りを交わしてしまい、これに拠って常陸国行方《なめかた》郡玉造郷に流される。いわゆる貴種流離の物語を発端にしている。そして、常陸から元の京都への帰途に相模国横山郷で武蔵・相模の郡代である横山氏の娘照天姫（照手姫）と恋仲となる。このことを良しとしない横山郡代が小栗に難題を出し、最後は毒殺する。物語の第一のハイライトはこの部分で、歌舞伎の外題になるのはその難題解決が多い。相模川に流された照天姫は漁師に助けられるが、美濃国青墓《あおはか》の宿に売られてしまう。第二のハイライトは、毒殺された小栗は、閻魔大王からこの世に戻され、藤沢清浄光寺（遊行寺）の上人によって「餓鬼阿弥陀仏」として蘇らされ、熊野本宮湯の峰の湯によってもとの身体に戻ると告げられる場面である。餓鬼阿弥姿の小栗は「土車」に乗せられて熊野に向かい、その途次の青墓で照天姫がこの土車を引き、ついに熊野に至る。湯の峰の湯でもとの身体に蘇生した小栗は照天姫と再会し、帝に謁見して復権し、常陸国の長者となって没後は岐阜県墨俣の正八幡の神として祀られるという物語である。

貴種流離の要素とともに、死者の蘇生譚、そして熊野の湯の霊験というように、民俗学的にもいくつもの研究課題が見出せる物語でもある。このなかの蘇生と餓鬼阿弥陀仏の姿などを結びつけて日本人の霊魂観を論じたのが折口信夫で、大正十五年（一九二六）には「餓鬼阿弥蘇生譚」、「小栗外伝（餓鬼阿弥蘇生譚の二）」を発表している。

歌舞伎・小栗十勇士の風間八郎正国（十五代市村羽左衛門）
（折口信夫歌舞伎絵ハガキコレクションより）

人形芝居浄瑠璃・歌舞伎の「小栗物」

この物語は、江戸時代初めには語り芸の説経節などで知られるようになり、その後、浄瑠璃義太夫節では近松門左衛門作『当流小栗判官』、千前家（初代竹田出雲）・文耕合作の『小栗判官車街道』などがあり、寛政十二年（一八〇〇）九月に大坂角（角座）で初演され、近松徳三・奈河篤助作『姫競双葉絵双紙《ひめくらべふたばえぞうし》』によって歌舞伎外題として集大成が行われている。歌舞伎では文政十三年（一八三〇）九月には江戸中村座で『熊野霊験小栗街《かいどう》』、嘉永四年（一八五一）四月には同じく中村座で『世界花《せかいのはな》小栗外伝』などいくつもがあり、これらを「小栗物」と総称して人気外題となっている。

平成三十年（二〇一八）一月には国立劇場で、『姫競双葉絵双紙』をもとにした『通し狂言　世界花小栗判官』が上演され、その内容は、発端「室町御所塀外の場」、序幕「鎌倉扇ヶ谷横山館奥庭の場」「同　奥御殿の場」「江の島沖の場」、二幕目「堅田浦浪七内の場」「同　湖水檀風の場」、三幕目「青墓宿宝光院境内の場」「同　万屋湯殿の場」「同　奥座敷の場」、大詰「熊野那智山の場」の構成であった。

伝説と絵解き

この物語は、さらに享保十二年（一七二七）には読本『小栗実記』、葛飾北斎が挿絵を描いた文化十一～十二年（一八一三～一五）刊の読本『寒燈夜話　小栗外伝』などとしても作られている。このように語り物・人形芝居・歌舞伎に加えて読本など、人気を博した小栗判官は、茨城県や神奈川県、岐阜県など各地に伝説としても伝えられ、なかでも相模横山の舞台である神奈川県の相模川東岸の相模原市から藤沢市にかけてはいくつもの小栗・照手伝説の地がある。さらにゆかりの時宗総本山の藤沢遊行寺には小栗堂（長生院）と小栗・照手の墓があって絵で解く一代記がある。また、小栗蘇生の地である「砂ふるい塚」がある藤沢市西俣野では花應院で一代記の絵解きが行われている。

参考文献

折口信夫「餓鬼阿弥蘇生譚」「小栗外伝（餓鬼阿弥蘇生譚二）」大正十五年一月・十一月刊（『折口信夫全集』2　中央公論社　平成七年三月刊）

国立劇場調査養成部調査記録課編『国立劇場上演資料集六二四　第三〇七回歌舞伎公演　通し狂言世界花小栗判官』独立行政法人日本芸術文化振興会　平成三十年一月刊

（小川　直之）

第25講　説話とメディア・観光

春亀斎『桃太郎乃話《はなし》』

むかし〳〵あつたとサア（中　略）

爺《ぢゝ》ハ山へ草かりに、婆《ばゝ》は川へせんたくにゆく（中　略）

大きなる桃がながれて来たとサア（中　略）

ばゝ、此桃をとりてくらひ、いま一つながれて来《こ》い、ぢゝにおましよといひしに、はじめのごとき桃ながれて来《きた》る。

ばゝ、此桃をとりて爺《ぢゝ》にあたへしに、ぢゝは悦《よろこ》び、これをくらハんと二ツにわれば、中にうごくものあり。あやしんでこれを見るに、玉のやうなる男子のかたちなり。（中　略）

爺婆《ぢゝばゝ》は大によろこび、桃の中よりいでたれバ桃太郎と名付《づけ》て寵愛《てうあい》せしに、次第にせい長するにしたがひ、力《ちから》つよくして、おとなも中々をよバぬほどなり。（中　略）

ある時桃太郎、両人にむかひ、日本一の黍団子《きびだんご》をこしらへて給ハるべし。鬼《をに》がしまへたからをとりにゆかんといふ。

ぢゝばゝこれをとゞむれども、きかず。つゐに、こしらへあたへけり。（中　略）

桃太郎これををしいたゞき、早々《そうそう》旅《たび》の装《よそほ》ひをなし、たゞ一人鬼がしまさしていそぎけるに、むかふより猿《さる》一疋《ぴき》いできたりて、桃太郎さんどちらへ御いでなさる、御腰《こし》の物は何《なに》にて候ぞといへば、桃太郎そのよしをこたへ、黍だんごなることをつげしに、ひとつ給ハれといふまゝにだんごをなげあたへければ、猿《さる》ハよろこび、供《とも》にしたがひけり。

（中　略）

又、むかふより一匹《は》の雉《きじ》きたりていふこと、猿のいへるにおなじ。桃太郎、これにもきみだんごをあたへて、同じく供《とも》にしたがへり。（中　略）

又、むかふより一ぴきの犬《いぬ》いできたり、いふ事また前《まへ》におなじ。桃太郎、これにもきミだんごをあたへて、同じく供にしたがへり。（中　略）

桃太郎は、此ものどもを供《とも》にしたがへて次第〳〵に行程《ゆくほど》に、つゐに海べに着《つき》ければ、こゝよりふねにうちのり、順《じゅん》風《ぷう》に帆《ほ》をあげて、鬼がしまをさしてわたりけり。（中　略）

漸々《やうやう》にして鬼が島に着《ちゃく》せしに、鬼の窟《いはや》はかたく石門《せきもん》を戸《と》ざして、たやすく入るべきやうもなかりしを、桃太郎、例《れい》の大勇力《ゆうりき》をいだし、石門ををしくづしけり。（中　略）

鬼ども、此いきほひにをそれ、かくれ蓑《みの》かくれ笠《かさ》その外種《くさ》々の宝《たから》ものをいだし、降参《かうさん》を請《こひ》しかば、桃太郎は、猿雉子《さるきじ》犬とも凱歌《がいか》をあげて、かえりけり。目出たし〳〵。

出典

上笙一郎編『江戸期童話研究叢書　別巻　江戸期の童話研究』（久山社、平成四年六月刊）による。

愛知県犬山市の伝説「桃太郎」

日本八景の一つ、日本ラインを望むところに、桃太郎神社がある。お伽話《とぎ》の桃太郎の出生地がまだ何国とも知られていないところから、この天下の景勝の地に配しようとした。あまりにも多くの地名・地形、伝説が話に一致する。そこで、桃太郎出生地に間違いないということになった。現在の桃太郎神社の北一キロメートル栗栖の桃山の麓に子供神様があり、子供と等身大の御幣を奉納すれば、何病によらず霊験あらたかであった。かつて、桃太郎をお祀りしていた祠であろうとのことで、昭和五年五月、現位置へ遷座、桃太郎神社とした。

日本ラインの上流に大桃《だいとう》というところがあり、そこには桃林が多く、大桃《おおもも》はそこより流れてきた。桃太郎神社近くの木曽川沿岸には、洗濯岩がある。栗栖の東方四キロメートルのところの可児川の河中には鬼ケ島がある。犬山のことはいうまでもなく、鬼が島へ行く途中には猿洞《さるばら》・猿渡りがあり、雉《きじ》が棚がある（岐阜県可児市）。木曽川の対岸には鬼と戦った取組村があり、勝ったところを勝山という。戦勝を祝うための酒倉や、祝杯をあげた酒（坂）祝（岐阜県加茂郡坂祝町）も現存する。鬼が島から奪ってきた宝を積んだお寺が、宝積寺（岐阜県各務原市）なのである。

出　典

犬山市教育委員会・犬山市史編さん委員会編『犬山市史別巻　文化財　民俗』（犬山市、昭和六十年三月刊）による。

山梨県大月市の伝説「桃太郎」

あの昔話のヒーロー「桃太郎」が活躍した場所は、実は大月だった…ことをご存じですか⁇

昔、岩殿山に赤鬼が住んでいました。この赤鬼は、九鬼山の九匹の青鬼と一緒に住んでいましたが、とても乱暴者だったので九鬼山から追い出されてしまい、里の人々を苦しめていました。一方、岩殿山の東側には百蔵山（桃倉山）があります。これは昔桃の木がたくさん生えていたのでこの名前で呼ばれていました。

ある日、たわわに実った桃の実の、中でも特別に大きな実がポトリと川に落ち、下流の鶴島（上野原市）に住むおじいさんとおばあさんに拾われました。その後のお話はご存じですね。鬼退治に行く途中、犬目（上野原市）で犬、鳥沢で鳥、猿橋で猿を家来にした桃太郎は、勇気リンリンに攻めていきました。その時、右手で投げた長い杖が笹子に、左手で投げた短い杖が石堂に刺さり、大地震を起こしたため、石の落ちた付近を石動（大月市賑岡町）と呼ぶようになったそうです。今でも杖が見る事ができます。

出典

大月市役所『観光ガイドマップ大月』（平成三十年刊）による。

解説　説話とメディア・観光

大月の桃太郎伝説『鬼の杖』

実は新しい昔話「桃太郎」

「桃太郎」は日本で最も知られている昔話の一つである。異常な誕生をした神の子が異常な成長を遂げ、偉業をなす「小さ子譚」の話型に属する昔話といえる。曲亭馬琴（滝沢興邦）が『童蒙話赤本事始《わらべはなしあかほんじし》』（一八二四）において花咲爺、舌切雀、猿蟹合戦、かちかち山とともに代表的な昔話に挙げていることから、江戸期にはすでによく知られていたことがわかる。

しかし「桃太郎」は、口承文芸史では比較的新しい民間説話である。他の「太郎」を主人公とする民間説話と比べると、「浦島太郎」は『日本書紀』『万葉集』等の上代文学を初出とし、「金太郎」は酒呑童子を退治した源頼光四天王の一人、坂田金時として中世文学に登場するのに対し、桃太郎は江戸期まで文献に記されることはない。昔話「桃太郎」の成立は江戸初期、早くとも室町時代後期を遡ることはないと推測されている。

しかも桃太郎は江戸期に人気を博して様々なバリエーションが生まれた。江戸期に絵巻物に作られた桃太郎は「回春型」と呼ばれるものが多い。桃太郎が桃から生まれずに、爺婆が不思議な桃を食べて若返り、妊娠して桃太郎が生まれるというストーリーになっている。健康な赤子の誕生と偉業の達成に加え、爺婆の若返りと長寿を加えた、祝儀性の高さで人気であった。また爺が便所の屋根葺き中に肥桶に落ち、川に洗いに行って桃を拾う「便所の屋根葺き型」（福島県など）や、三年間寝ているだけで何もせず、薪を取りに行けと言いつけられると、山から大木を持ってきて家を壊してしまう「三年寝太郎型」（中国地方）、お供が犬猿雉ではないものなど、各地に個性的な桃太郎が多数存在した。

桃太郎の「定本」化

現在「桃太郎」といえば桃から生まれる話型（「果生型」）であり、その他の多彩な桃太郎は知られていない。その原因は昔話「桃太郎」が近代以降にたどった経緯にある。桃太郎は明治二十年（一八八七）に、国定教科書『尋常小学読本』巻一に採用される。そこでは果生型が採用され、教科書の話を下敷きに明治四十四年（一九一一）、文部省唱歌「桃太郎」も作られた。また国定教科書の桃太郎にも関わった児童文学者の巌谷《いわや》小波《さざなみ》は、桃太郎を日本の子どもの手本として称揚し、自身の著作や口演童話活動でも国定教科書型の桃太郎を広めた。桃太郎は国定教科書を定本として「国民的昔話」になった。

その後、桃太郎は戦時中には鬼畜米英を討伐する日本軍のイメージ、戦後には軍部や資本家から民衆を解放するヒーロー像、近年では「本当に鬼退治は正しかったのか」を問う道徳教材として用いられるなど、その時々の「期待される子ども像」を投影されつつ、今に人気を伝えている。

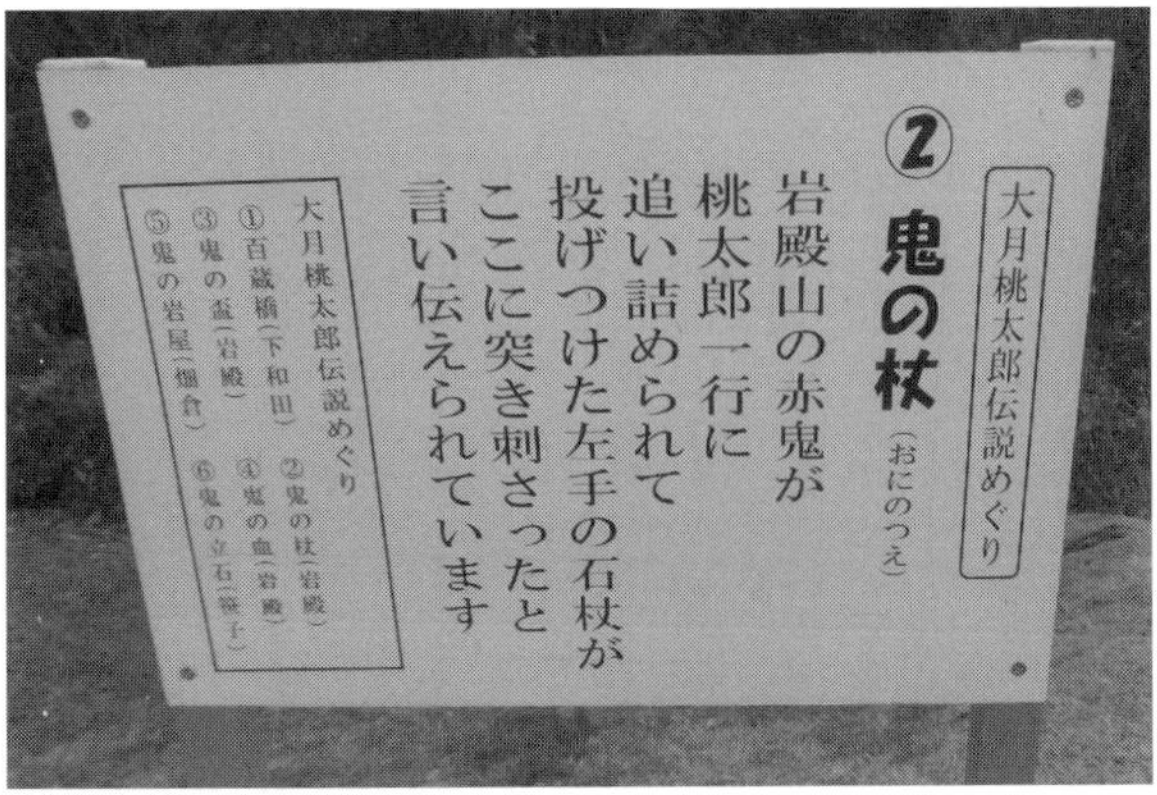

大月の桃太郎伝説『鬼の杖』説明板

桃太郎「伝説」の誕生と定着

桃太郎は昔話として語られる。昔話はフィクションであり、歴史時間や固有の場所との関わりを持たない民間説話である。しかし「桃太郎はこの土地で起きた物語だ」と主張する土地が、全国に数か所存在する。昔話「桃太郎」が伝説化していると言ってよい。岡山は吉備津神社に伝わる温羅《うら》退治伝説が桃太郎の起源だとしている。香川県高松市の鬼無地区は古代の海賊退治の事跡が桃太郎の起源と主張する。ほか、愛知県犬山市や山梨県大月市が桃太郎伝説地を名のり、奈良県田原本町は「桃太郎生誕の地」と称しており、いずれも桃太郎ゆかりの地名や事物、桃太郎を祀る神社や墓などがある。こうした「桃太郎伝説地」は、いずれも大正から昭和初期に地域の郷土史家により「発見」され、鉄道や観光と関連して発展した特徴がある。例えば大月の桃太郎伝説は犬目・猿橋・鳥沢の地名と岩殿《いわとの》山の鬼伝説から「発見」され、国鉄中央線の延伸とともに昭和初期に観光の目玉として伝説が整えられていった。地域の伝承が、国民的昔話になった桃太郎の知識から再編成され、語り変えられたのである。こうした昔話の伝説化は桃太郎だけでなく、同時期に浦島太郎や金太郎などでも行なわれ、地域の伝承となっている。

こうした「昔話の伝説化」は単なる「後世のニセモノ」ではなく、伝承形態の一部であると考える必要がある。地域の人々がその時代の知識と判断をもって、前代からの伝承に新たな意味を付け加えるのは伝承のあるべき姿である。その変化が共同体内外の多くの人に承認されれば、それは新たな地域の伝承となって定着していく。口承文芸は常に再創造されつつ受け継がれていくものなのである。

（飯倉　義之）

参考文献
滑川道夫『桃太郎像の変容』東京書籍、昭和五十六年三月刊
野村純一『新・桃太郎の誕生――日本の「桃ノ子太郎」たち――』吉川弘文館、平成十二年二月刊
齊藤純「桃太郎伝説」『国文学　解釈と鑑賞』70-10、平成十七年十月刊

第26講　世間話の伝承と生成

『今昔物語集』巻三十一「大刀帯陣売魚嫗語《たてはきのぢんにいをうるおうなのこと》　第三十一《だいさむじふいち》」

今昔《いまはむかし》、三条《さむでう》ノ院《ゐん》ノ天皇《てんのう》ノ春宮《とうぐう》ニテ御《おはし》マシケル時《とき》ニ、大刀帯《たてはき》ノ陣《ぢん》ニ常《つね》ニ来《きたり》テ魚売《いをう》ル女有《をむなあり》ケリ。大刀帯共此《たてはきどもこ》レヲ買《かは》セテ食《く》フニ、味《あぢは》ヒノ美《むま》カリケレバ、此《こ》レヲ役《やく》ト持成《もてな》シテ菜料《なのれう》ニ好《この》ミケリ。干《ひ》タル魚《いを》ノ切々《きれぎれ》ナルニテナム有《あり》ケル。而《しか》ル間《あひだ》、八月許《はづきばかり》ニ大刀帯共小鷹狩《たてはきどもこたかがり》ニ北野《きたの》ニ出《いで》テ遊《あそび》ケルニ、此《こ》ノ魚売《いをうり》ノ女出来《をむないでき》タリ。大刀帯共女《たてはきどもをむな》ノ顔《かほ》ヲ見知《みしり》タレバ、「此奴《こやつ》ハ野《の》ニハ何態為《なにわざす》ルニカ有《あ》ラム」ト思《おもひ》テ、馳寄《はせより》テ見《み》レバ、女大《をむなおほ》キヤカナル籭《したみ》ヲ持《もち》タリ、亦楚一筋《またすはえひとすぢ》ヲ捧《ささげ》テ持《もち》タリ。此《こ》ノ女《をむな》、大刀帯共《たてはきども》ヲ見《み》テ、怪《あやし》ク逃目《にげめ》ヲ仕《つか》ヒテ只騒《たださわ》ギニ騒《さわ》グ。大刀帯《たてはき》ノ従者共寄《じゆしやどもより》テ「女《をむな》ノ持《もち》タル籭《したみ》ニハ何《なに》ノ入《いり》タルゾ」ト見《み》ムト為《す》ルニ、女惜《をむなをし》ムデ不見《み》セヌヲ、怪《あやし》ガリテ引奪《ひきばひ》テ見《み》レバ、蛇《へみ》ヲ四寸許《しすんばかり》ニ切《きり》ツヽ入《いれ》タリ。奇異《あさまし》ク思《おもひ》テ、「此《こ》ハ何《なに》ノ料《れう》ゾ」ト問《と》ヘドモ、女更《をむなさら》ニ答《こた》フル事無《ことな》クテ□テ立《た》テリ。早《はや》ウ、此奴《こやつ》ノシケル様《やう》ハ、楚《すはえ》ヲ以《もつ》テ藪《やぶ》ヲ驚《おどろ》カシツヽ、這出《はひいづ》ル蛇《へみ》ヲ撃殺《うちころ》シテ切《きり》ツヽ、家《いへ》ニ持行《もてゆき》テ、塩《しほ》ヲ付《つけ》テ干《ほし》テ売《うり》ケル也《なり》ケリ。大刀帯共其《たてはきどもそ》レヲ不知《しら》ズシテ、買《かは》セテ役《やく》ト食《くひ》ケル也《なり》ケリ。

此《こ》レヲ思《おも》フニ、蛇《へみ》ハ食《くひ》ツル人悪《ひとあし》ト云《い》フニ、何《な》ド蛇《へみ》ノ不毒《どくせ》ヌ。

然《しか》レバ、其《そ》ノ体慥《ていたしか》ニ無《な》クテ切々《きれぎれ》ナラム魚売《いをう》ラムヲ広量《くわうりやう》ニ買《かひ》テ食《く》クハ事《こと》ハ可止《とどむべ》シ、トナム此《こ》レヲ聞《き》ク人云繚《ひといひあつかひ》ケル、トナム語《かた》リ伝《つた》ヘタルトヤ。

出典
馬淵和夫・国東文麿・稲垣森一編『今昔物語集』④（新編日本古典文学全集38　小学館、平成十四年六月刊）による。

東京都千代田区・渋谷区の世間話「須田町食堂の猫の首・渋食の猫肉」

今にして思えば、父親からの「須田町食堂の猫の首」は、何回聴かされても面白かった。毎度お馴染みのということであろうが、子ども心にも半信半疑、大人の世界の裏を垣間見る好奇心とともに、そこには当然、外食に対する不信感と他方、家に在る母親の手料理への手固さを強調する教訓性も周到に用意されていたかと思われる。

ところが意外や意外、これとまったく同じ話は、その後、大学に入って間もなく学生食堂の一隅で耳にした。当時人気抜群の渋食こと、渋谷食堂のカレー・ライスは、うまくて安いが、その実、使われているのは「猫の肉」だというのである。しかもここにはしっかりとした情報源があって、体育会系のクラブの誰それがアルバイトに行ったところ「バケツの蓋からはみ出している猫の首を見た」。仰天して早々に辞めてきたとするのである。「嘘だ」「本当だ」と散々やり合った挙げ句、またぞろ繰り出して行くのだから、その頃の渋食は、それ程に学生たちの胃袋には人気があったのである。ちなみに、この話を家内に確認したところ、彼女たちの間では「猫の首」の捨ててあったのは「裏手のゴミ箱の中」だったそうである。しかるに、このあと何年かすると、今度はこれが新宿の食堂三平に変わって登場してきた。

出　典

野村純一編『江戸東京の噂話　「こんな晩」から「口裂け女」まで』（大修館書店、平成十七年二月刊）による。

都内大学生の世間話「ニャンバーガー」

友人の兄が高校に入って初めてバイトを始めた時のこと。某駅前にあるマクドナルドハンバーガーで働いていたんだって。始めは仕事がキツかったけど、その内慣れてきていろんなパートとかも任されるようになったんだって。二、三ケ月して、仕事も充分こなせる様になってきたからって店長から鍵を預かるぐらいになったんだって。

ある日、終番で遅くまで片付けをやっていたら、店長に明日の用意をするからもう上がっていいよ、って言ったから着がえて帰ろうとしたんだけど、帰る途中で腕時計を忘れたことに気がついて、お店までとりに帰ったんだって。そうしたら店長が明日の用意の為に肉を混ぜてたんだけど、テーブルの上になんか動物の毛がちらかってたんだって。よく見ると、そこには明らかに猫のってわかる尻尾があって、それを見た店長が「内緒にしておいて下さい」って五万円渡されたんだって。（三年前の秋、友人である某大学のY・Kの妹から聞く）

出　典

岩倉千春「ヤングの知っているこわい話」32（不思議な世界を考える会編『会報』49号　平成十二年五月刊）による。

解　説　世間話とは何か

世間話とは何か

口承文芸のうちの民間説話（民話）は、さらに「昔話」「伝説」「世間話」の三つに分類されている。「昔話」は語りに語り始め・語り納め・あいづちの形式があるのが特徴で、語り手も聴き手もフィクションと納得して語り、聴く民話であり、内容は歴史時間や固有の場所・名詞にとらわれない。「猿蟹合戦」のようにそれがいつ・どこで起きたか、本当に起きたのかは考えないことを「お約束」としている説話である。語り手・聴き手とは関係のない、架空の世界で起きたであろう出来事として楽しむのが昔話である。

「伝説」は伝承されている地域に過去に起きた出来事として伝承される説話で、岩石や樹木、川、泉、湖沼、地形、地名、石碑、社寺、祭礼、名字などの事物と結びついて語られる。伝説はそれを伝える集団や地域のアイデンティティの核となりやすく、柳田國男は伝説を「歴史になりたがる話」と評した。伝説は地域の「あったるべき」歴史を伝える民間説話だと言える。それは話し手・聴き手の生活する地域において、話し手・聴き手の生活時間から遥かな過去に起きた出来事が現在の事物の由来となっているという、土地の過去と現在を繋ぐ役割を果たしている説話であると言える。

そうした昔話・伝説に対して「世間話」は、ぐっと話し手・聴き手の現実に近い話題である。世間話は話し手・聴き手に身近な時間と場所で本当に起きたとされるノンフィクションの出来事として伝えられる日常ではありえない珍しい体験や、外部からもたらされる情報が主な話題となる。狐・狸に化かされた話や天狗や河童との遭遇、幽霊・妖怪・火の玉などの目撃、霊魂や憑き物の憑依、祟りのある土地や事物などの怪異・妖怪譚などの奇事異聞や、事件事故・災害・戦争に巻き込まれそうになった体験談、共同体で際立つ大力・大食・名猟師・達人の職人・卜占の徒の不思議の技や、度を越えたせっかち・怠け者・けち・偏執狂といった奇人変人の逸話のほか、知人の間でのみ話される地域社会内のゴシップや経験談・体験談まで、世間話でくくられる領域は多岐にわたる。

このような特徴を持つ世間話は一時の流行である噂の類ととらえられ、伝承文学との関りが薄いように感じられるかもしれない。しかし世間話が生成し流行するためには、その話が共同体や社会の成員に「あり得ること」と認められ、「興味深い話題」だとされなくてはならない。例を挙げれば「狐に化かされた話」からは、狐という動物が人を化かすという信仰、化かされたとされる場所が地域社会の中で怪異が起こってもおかしくないとされる場所であること、狐の化かし方や化かされる人の言動についてどう思っているのか、等を知ることができる。世間話の分析から、その世間話を保持する社会が共有している、同時代のものの考え方や感じ方――ざっくりといえば「常識」――を明らかにすることができるのである。世間話には「世間」が反映されているのである。

世間話と伝説と昔話と

経験や風聞が生々しい間は事実譚として取りざたされ、それを聴いた地域社会の構成員の耳目を驚かせる。この段階ではその話題は「噂」「風聞」であり、真偽は定かではない。しかし、やがてその話題が飽きられる時がくる。実際にあった出来事も遠くから伝わってきた風聞も、話されるうちに民間説話の話型に落ち着いていく。世間話は時代と共に民間説話としての形を整え、共有して語り継ぐ伝説に移行してゆく傾向がある。例えば、東京都日野市は幕末の新撰組の逸話を多く伝えている。それは明治維新期の新撰組の活躍や幕末の動乱が身近であった人たちには、郷里の英傑の「世間話」と受け取られていたはずだ。しかし現代においては新撰組の活動ははるか過去のものとして受け取られ、歴史時間の中に位置づけられていると言える。こうした例に、ある時代には世間話であったものが時代を経るにつれ土地の事物と結びついて伝説化する、もしくは地域性を喪失して昔話化する可能性を見ることができる。

都市伝説・学校の怪談・ネットロアへ

世間話は、同時代の本当にあった（という設定で話される）奇事異聞である。商業メディアで人気のコンテンツとなって久しい「都市伝説」「学校の怪談」も、民俗学・伝承文学では「現代の都市的な生活を背景とした世間話」「学校文化を背景とした世間話」として世間話の領域に含めて研究している。またインターネットで広がるさまざまな「ネットロア（電承文芸）」もまた、新たな世間話の一領域といえるのである。

（飯倉　義之）

参考文献

柳田國男「世間話の研究」一九三一（『柳田國男全集』28、筑摩書房、平成十三年七月刊）

重信幸彦「「話」という言語実践へのまなざし」日本口承文芸学会（編）『こえのことばの現在――口承文芸の歩みと展望――』三弥井書店、平成二十九年四月刊

飯倉義之「都市伝説とメディアの変遷――都市民俗・ネットロア・SNS――」日本口承文芸学会（編）『こえのことばの現在――口承文芸の歩みと展望――』三弥井書店、平成二十九年四月刊

伝承文学を学ぶ　基本文献

●ガイドブック・ハンドブック

日本民話の会編『ガイドブック世界の民話』講談社、一九八八
日本民話の会編『ガイドブック日本の民話』講談社、一九九一
野村純一編『昔話・伝説必携』學燈社、一九九一
稲田浩二編『世界昔話ハンドブック』三省堂、二〇〇四
稲田浩二・稲田和子編『日本昔話ハンドブック（新版）』三省堂、二〇一〇
石井正己『ビジュアル版　日本の昔話百科』河出書房新社、二〇一六

●入門書

福田　晃編『民間説話　日本の伝承世界』世界思想社、一九八九
飯島吉晴編『日本文学研究資料新集一〇　民話の世界』有精堂出版、一九九〇
小澤俊夫編『昔話入門』ぎょうせい、一九九七
福田晃・常光徹・斎藤寿始子編『日本の民話を学ぶ人のために』世界思想社、二〇〇〇
小長谷有紀編『「大きなかぶ」はなぜ抜けた？　謎とき世界の民話』講談社現代新書、二〇〇六
日本口承文芸学会編『シリーズことばの世界』全四巻　三弥井書店、二〇〇七
稲田浩二『昔話は生きている』ちくま学芸文庫、一九九六

桜井徳太郎『昔話の民俗学』講談社学術文庫、一九九六
松谷みよ子『民話の世界』講談社学術文庫、二〇一四
マックス・リュティ（小澤俊夫訳）『ヨーロッパの昔話　その形と本質』岩波文庫、二〇一七

●講座本

関　敬吾監修『日本昔話研究集成』全五巻　名著出版、一九八四―八五
福田晃・渡邊昭五編『講座日本の伝承文学』全一〇巻　三弥井書店、一九九四―二〇〇四
花部英雄・松本孝三編『語りの講座』全五巻　三弥井書店、二〇〇九―一五
久保田淳ほか編『岩波講座日本文学史』第一六巻　口承文学一　岩波書店、一九九七
久保田淳ほか編『岩波講座日本文学史』第一七巻　口承文学二・アイヌ文学　岩波書店、一九九七
日本口承文芸学会編『こえのことばの現在　口承文芸の歩みと展望』三弥井書店、二〇一七

●事典類

稲田浩二ほか編『日本昔話事典』弘文堂、一九七七
乾　克己ほか編『日本伝奇伝説大事典』角川書店、一九八六
大隅和雄ほか編『日本架空伝承人名事典』平凡社、一九八六
福田アジオほか編『日本民俗大事典』上・下　吉川弘文館、一九九九～二〇〇〇
志村有弘・諏訪春雄編『日本説話伝説大事典』勉誠出版、二〇〇〇
山田厳子・飯倉義之編『世間話関連文献目録集成』世間話研究会、二〇〇九
小松和彦ほか編『日本怪異妖怪大事典』東京堂出版、二〇一三

野村純一ほか編『昔話・伝説を知る事典』（やまかわうみ Vol.7）アーツアンドクラフツ、二〇一三
朝里　樹『日本現代怪異事典』笠間書院、二〇一八
朝里　樹『日本現代怪異事典副読本』笠間書院、二〇一九
説話と説話文学の会編『日本説話索引』全七巻　清文堂出版、二〇二〇～（刊行中）

●話型索引（タイプ・インデックス）

関敬吾・野村純一・大島廣志編『日本昔話大成』全一二巻　角川書店、一九七八～八〇
稲田浩二・小澤俊夫編『日本昔話通観』全二九巻、別巻二巻　同朋舎、一九七七～一九九八
荒木博之ほか編『日本伝説大系』全一五巻、別巻二巻　みずうみ書房、一九八二～一九九〇
ヴォルフラム・エーバーハルト著（馬場英子・瀬田充子・千野明日香編訳）『中国昔話集』全二巻　平凡社東洋文庫、二〇〇七
スティス・トンプソン（荒木博之・石原綏代訳）『民間説話　世界の昔話とその分類』八坂書房、二〇一三
ハンス＝イェルク・ウター編（加藤耕義訳）『国際昔話話型カタログ　アンティ・アールネとスティス・トムソンのシステムに基づく分類と文献目録』小澤昔ばなし研究所、二〇一六
崔仁鶴・厳鎔姫編（李権熙・鄭裕江訳）『韓国昔話集成』全八巻　悠書館、二〇一三～二〇

●柳田國男

『柳田國男全集』全三六巻、別巻二巻　筑摩書房、一九九七～
『女性と民間伝承』（一九三二）　角川文庫、一九六六
『桃太郎の誕生』（一九三三）　角川ソフィア文庫、二〇一三

『昔話と文学』（一九三八） 角川ソフィア文庫、二〇一三
『木思石語』（一九四二）
『昔話覚書』（一九四三）
『物語と語り物』（一九四六） 角川選書、一九七五
『口承文芸史考』（一九四七） 講談社学術文庫、一九七六
柳田國男監修『日本昔話名彙』日本放送出版協会、一九四八
柳田國男監修『日本伝説名彙』日本放送出版協会、一九五〇
野村純一ほか編『柳田國男事典』勉誠出版、一九九八
石井正己・青木俊明『遠野物語辞典』岩田書院、二〇〇三

●折口信夫

『折口信夫全集』全三六巻、別巻三巻 中央公論社、一九九五〜九九
『古代研究』全三巻（一九二九） 全六巻 角川ソフィア文庫、二〇一三
『日本藝能史六講』（一九四四） 講談社学術文庫、一九九一
『日本文学の発生序説』（一九四七） 角川ソフィア文庫、二〇一七
西村 亨編『折口信夫事典 増補版』大修館書店、一九九八
有山大五・石内徹・馬渡憲三郎編『迢空・折口信夫事典』勉誠出版、二〇〇〇
小川直之編『折口信夫・釋迢空—その人と学問—』おうふう、二〇〇五

●学会・研究会機関誌

日本昔話学会『昔話　研究と資料』一九七二〜
日本口承文芸学会『口承文芸研究』一九七八〜
説話・伝承学会『説話・伝承学』一九九三〜
昔話伝説研究会『昔話伝説研究』一九七一〜
世間話研究会『世間話研究』一九八九〜
日本民話の会『聴く　語る　創る』一九九三〜

●語りと語り手

野村純一編『昔話の語り手』法政大学出版局、一九八三
『野村純一著作集』全九巻　清文堂出版、二〇一〇〜一三
日本民話の会編『語り継ぐふるさとの民話　二四人の語り手たち』農山漁村文化協会、一九九一
黄地百合子『伝承の語り手から現代の語り手へ』三弥井書店、二〇二〇

●伝説研究の展開

小松和彦『「伝説」はなぜ生まれたか』角川学芸出版、二〇一三
佐々木高弘『民話の地理学』古今書院、二〇一四
野村典彦『鉄道と旅する身体の近代　民謡・伝説からディスカバー・ジャパンへ』青弓社、二〇一一

●世間話から都市伝説・学校の怪談へ

野村純一『日本の世間話』東京書籍、一九九五

松谷みよ子『現代民話考』全一二巻　ちくま文庫、二〇〇三〜〇四
常光　徹『学校の怪談　口承文芸の展開と諸相（新装版）』ミネルヴァ書房、二〇一三
伊藤龍平『ネットロア　ウェブ時代の「ハナシ」の伝承』青弓社、二〇一六

●記載説話との交渉

小峯和明『中世説話の世界を読む』岩波書店、一九九八
福田　晃『昔話から御伽草子へ　室町物語と民間伝承』三弥井書店、二〇一五
伊藤慎吾編『お伽草子超入門』勉誠出版、二〇二〇
伊藤龍平『江戸の俳諧説話』翰林書房、二〇〇七
堤　邦彦『江戸の高僧伝説』三弥井書店、二〇〇八
笹原亮二編『口頭伝承と文字文化　文字の民俗学　声の歴史学』思文閣出版、二〇〇九

●アイヌ文化と南島文化

萱野　茂『アイヌと神々の物語　炉端で聞いたウウェペケレ』ヤマケイ文庫、二〇二〇
萱野　茂『アイヌと神々の謡　カムイユカラと子守歌』ヤマケイ文庫、二〇二〇
福田　晃・岩瀬博編『民話の原風景　南島の伝承世界』世界思想社、一九九六
福田　晃『神語り・昔語りの伝承世界』第一書房、一九九七
遠藤庄治『遠藤庄治著作集一　沖縄の民話研究』沖縄伝承話資料センター／フォレスト、二〇一〇

●海外との比較

中国民間故事調査会編『中国民話の旅』三弥井書店、二〇一一

高木昌史『グリム童話と日本昔話　比較民話の世界』三弥井書店、二〇一五

鵜野祐介編『日中韓の昔話　共通話型三〇選』みやび出版／星雲社、二〇一六

執筆者紹介

小川　直之（おがわ　なおゆき）　國學院大學名誉教授
大石　泰夫（おおいし　やすお）　國學院大學文学部日本文学科教授
飯倉　義之（いいくら　よしゆき）　同　上
服部比呂美（はっとり　ひろみ）　同　上

伝承文学を学ぶ

2021年12月20日　第1刷発行
2024年 4 月11日　第2刷発行

編　者　小川直之・大石泰夫・飯倉義之・服部比呂美
発行者　前田博雄
発行所　清文堂出版株式会社
〒542-0082　大阪市中央区島之内2-8-5
電話 06-6211-6265　FAX06-6211-6492
ホームページ= http://www.seibundo-pb.co.jp
メール= seibundo@triton.ocn.ne.jp
振替 00950-6-6238

印刷：亜細亜印刷　製本：渋谷文泉閣
ISBN978-4-7924-1496-2 C0091